Einaudi. Stile Libero B

Di Gianrico Carofiglio nel catalogo Einaudi

Cocaina (con M. Carlotto e G. De Cataldo)
La regola dell'equilibrio
Una mutevole verità
L'estate fredda
Passeggeri notturni
Le tre del mattino
La versione di Fenoglio
La misura del tempo
Non esiste saggezza. Edizione definitiva
Rancore
Cacciatori nelle tenebre (con F. Carofiglio)
L'ora del caffè (con G. Carofiglio)

Gianrico Carofiglio
L'orizzonte della notte

Einaudi

www.einaudi.it

ISBN 978-88-06-25611-1

L'orizzonte della notte

Parte prima

1.

Anni fa ho letto l'autobiografia di un famoso avvocato americano.

Il libro era cosí cosí, in molti punti anche noioso, ma raccontava un aneddoto che mi è rimasto impresso.

L'autore, appena laureato a Harvard, viene assunto da un prestigioso studio legale. Dopo mesi di pratica trascorsi a preparare fascicoli per altri, arriva il grande giorno: quello del primo processo che dovrà trattare personalmente insieme al titolare dello studio, interrogando i testimoni e discutendo la causa di fronte a una giuria.

Il suo capo gli dà appuntamento davanti al palazzo di giustizia con mezz'ora d'anticipo. Probabilmente, immagina lui, per fare un ultimo punto sulla strategia e sulle questioni da affrontare. Quando si incontrano, però, quello si limita a dirgli di seguirlo. Percorrono i corridoi deserti, che a breve – con l'inizio delle udienze – si trasformeranno in alveari impazziti, ed entrano nell'aula. L'ambiente è uno di quelli che abbiamo visto tante volte nei film: architettura neoclassica, maestosa ed enfatica, che pare voler esaltare la solennità dei riti che vi si celebrano.

Il vecchio avvocato dice al giovane di guardarsi attorno, di pensare a dove si trova, a quanto sta per accadere in quel luogo. Dopo qualche minuto, gli domanda cosa stia provando.

«Reverenza», risponde il giovane.

«Bene, cerca di imprimere nella mente questa sensazione. Se un giorno ti capiterà di entrare in un'aula di giustizia senza percepirne nemmeno piú un frammento, allora sarà arrivata l'ora di smettere».

Il protagonista della storia sosteneva che quella reverenza non lo avesse mai abbandonato, perciò aveva continuato a fare l'avvocato con entusiasmo fino alla vecchiaia.

È una bella storia, romantica, molto americana. Forse anche vera. Il mio ingresso nella professione è stato assai meno romantico. Niente aule neoclassiche silenziose ed emozionanti. La mia prima udienza fu in un'affollata pretura di provincia: un cumulo di fascicoli e faldoni affastellati davanti al giudice, brusio, odore acre di umanità, claustrofobia. Tutto fuorché sacralità della giustizia. Però posso testimoniare anch'io che le aule solitarie, in certi momenti di attesa e sospensione del tempo, pure in assenza di marmi e stucchi, hanno una potente capacità di evocare inquietudine, stupore, intuizioni.

I giudici togati e popolari erano usciti a uno a uno attraverso la porta della camera di consiglio. Era uscito il sostituto procuratore, frettolosamente; erano usciti gli agenti di polizia penitenziaria con la mia cliente, il pubblico, i giornalisti e i carabinieri. Per ultimo era uscito il cancelliere dottor D'Eusebio, dopo avermi detto che mi avrebbe chiamato appena la corte fosse stata in procinto di rientrare per la lettura della sentenza. Immagino dipenda da una stratificazione dei ricordi dovuta alle tante volte che ho visto questa scena, ma sembra sempre vi sia una liturgia non dichiarata, una regola processuale non scritta, quasi una coreografia nel modo in cui si svuota l'aula della corte d'assise quando i giudici si ritirano in camera di consiglio.

Io avevo rimesso in borsa le mie carte con gli atti e lo

schema dell'arringa, avevo riposto la toga nello zaino e di regola sarei dovuto andare via. Invece rimasi. Non era una cosa che facevo abitualmente. Anzi, a pensarci bene, non l'avevo fatto mai. Vanno via tutti e di regola vuoi andartene anche tu, toglierti da quel posto che diventa d'un tratto... diverso. Non solo perché prima era affollato e dopo è deserto. Non solo perché le sedie che erano occupate adesso sono vuote. È proprio diverso, la stessa percezione sensoriale di quel luogo cambia. Certo, è normale, ovvio che quando non c'è piú nessuno tu percepisca il silenzio del dentro e i rumori ovattati del fuori.

Meno ovvio, per esempio, è che quando l'aula si tramuta in un luogo abbandonato tu riesca ad avvertire odori che non esistevano. Per esempio: l'odore di legno consumato e di polvere. Giace pesante nell'aria e tu ti chiedi perché fino a un attimo fa non lo sentivi e ora invece sí. Mi sedetti al posto del pubblico ministero e per qualche minuto annusai l'aria e mi guardai attorno.

Di colpo le pareti, che durante l'udienza non guardi e se le guardi appaiono banalmente bianche, o grigiastre, mostrano una trama di segni, un alfabeto muto e indecifrabile. Lo stesso i banchi consumati da decenni di processi. Su uno di quelli della seconda fila qualcuno, chissà quando, aveva inciso con un temperino: la giustizia è una merda. Mi domandai perché nessuno se ne fosse accorto, perché nessuno avesse pensato a far lucidare quel tavolo e cancellare quella frase eversiva. La verità è che nell'aula piena certi segni sono invisibili. Come se la presenza dei giudici, degli avvocati, della polizia penitenziaria, dei carabinieri, dei cancellieri, del pubblico scacciasse il vero, inquietante *genius loci*.

Mi alzai, feci il giro dell'aula, mi sedetti al posto di uno dei giudici popolari e, dopo qualche attimo di esitazione, al posto del presidente. Per vedere l'effetto che fa, tanto per citare una vecchia canzone. Non faceva alcun effetto particolare. Cosí entrai nella gabbia – che parola oscena, se riferita a un posto dove si rinchiudono delle persone, assai peggiore di cella o prigione – e mi sedetti su uno dei banchi destinati agli imputati detenuti. Guardai fuori, attraverso le finestre sulla parete opposta. Guardai il fuori attraverso le sbarre, e pensai a come tutto era cominciato.

2.

Ero rientrato in studio dopo un paio d'ore in tribunale fra udienze di rinvio e deposito di atti nelle cancellerie. Se avessi dovuto dire chi avevo incontrato, con chi avevo scambiato due parole, in che sequenza ero stato nei vari uffici e segreterie, in pratica se avessi dovuto fare un resoconto della mattina, anche solo dieci minuti dopo, non ne sarei stato capace. Sapevo di essere stato al palazzo di giustizia e di avere smaltito tutti gli impegni annotati sulla mia agenda, e basta.

La distrazione mi ha sempre afflitto, sin da quando ero bambino. Per fortuna ai miei tempi nessuno parlava di disturbo da deficit di attenzione, quindi, semplicemente, ai colloqui le maestre, le professoresse e i professori dicevano a mio padre che avevo la testa fra le nuvole. Espressione che allora andava parecchio e che adesso non si usa piú. Ma se è vero che la distrazione mi ha sempre accompagnato, quello che mi stava succedendo da un po' era diverso, per certi aspetti allarmante. Mi muovevo nel mondo – professione e, poca, vita privata – come immerso in una nebbia. O sotto una blanda anestesia della percezione. Ero circondato da ombre, non rammentavo (in assenza di agenda, appunto) cosa dovevo fare, non ricordavo cosa avevo fatto, con chi avevo parlato (e comunque cosa avessi detto e cosa mi avessero detto), chi avevo incontrato. Cercavo di evitare verifiche sul punto perché i loro esiti erano piuttosto spaventosi: guardavo indietro e per ritrovare qualche vero ricordo dovevo risalire di mesi, se non di anni.

Squillò il cellulare e comparve sul display il nome di Ottavio, il mio amico libraio. Una cosa inattesa e inusuale. A mia memoria, Ottavio non mi aveva mai cercato di giorno e solo rare volte, negli anni, di sera. Lui ha una libreria – l'*Osteria del Caffellatte* – parecchio speciale, non credo ne esistano molte di simili nel mondo. Se non altro perché apre alle ventidue e chiude alle sei del mattino.

La creazione di questa libreria è stato il personalissimo modo di Ottavio di affrontare il problema della sua insonnia. Qualche volta, di rado, mi aveva telefonato, sempre facendosi precedere da un messaggio, all'apertura (vale a dire, appunto, subito dopo le ventidue) per informarmi dell'arrivo di qualche volume che avevo ordinato: mi ostino con le librerie fisiche ed evito le piattaforme online, ne faccio una questione ideologica. Un po' rétro e non troppo originale, mi rendo conto.

Lasciai squillare tre o quattro volte. Pensai che forse la chiamata gli era partita per errore. Poi risposi.

– Ottavio?

– Ciao Guido, spero di non disturbarti, ma è un'emergenza.

– Cosa è successo?

– Lo so che ti faccio una richiesta un po' strana, ma potresti passare dall'*Osteria*?

– Adesso?

– Se possibile, sí.

– Ma la libreria è aperta?

– No, ma io ci sono.

Aveva un tono concitato, inconsueto per lui. Non ci frequentavamo, al di fuori dei nostri incontri notturni in libreria, non ricordavo di averlo incrociato di giorno. Per quanto lo conoscevo Ottavio era un tipo molto tranquillo, dava l'impressione di non perdere mai la calma. E non per effetto di una pratica di controllo: era il suo modo naturale di essere. Quieto. Perciò quel tono, quella concitazione, mi preoccuparono un po'.

– Puoi anticiparmi qualcosa?

– Se non ti dispiace, preferirei parlarne a voce.

Si è messo in un guaio, pensai. O ci si è messa una persona amica sua. In quel momento mi resi conto che non sapevo nemmeno se avesse una compagna; non avevo idea di come fosse la vita privata di uno che lavora di notte e dorme di giorno. Mi passò per la testa che, forse, dei malviventi gli avevano chiesto soldi per non creare problemi al negozio. È una cosa che capita ai gestori di locali aperti di notte, ma l'idea di un'estorsione ai danni di un libraio mi parve particolarmente odiosa. Magari voleva chiedermi consiglio su come regolarsi.

O magari stavo lavorando di fantasia, si trattava di tutt'altro e fare congetture, come sempre, era inutile.

– Dammi mezz'ora e ti raggiungo.

– Grazie, Guido.

3.

Ottavio mi aspettava davanti all'*Osteria*. La saracinesca era aperta solo per metà, e lui stava fumando una sigaretta. Un'altra cosa fuori posto: lui si concedeva l'unica sigaretta della giornata alle sei del mattino, subito dopo aver chiuso la libreria e subito prima di tornarsene a casa. In passato era stato un fumatore piuttosto accanito (come me, del resto), poi si era reso conto che non poteva continuare cosí, però l'idea di smettere del tutto gli metteva addosso una terribile tristezza. Ed era riuscito a fare quello che non riesce praticamente a nessuno. Quasi smettere. Godersi una sigaretta al giorno gli permetteva di non avvertire – o forse di elaborare senza troppi traumi – il lutto per la fine di quella vita, di quella parte della vita nella quale aveva fatto la maggior parte delle cose divertenti, fra cui fumare.

Rispettava la regola con estremo scrupolo, dunque se vi stava derogando doveva essere accaduto qualcosa di grave. In maniera del tutto incoerente, avvicinandomi ebbi l'impulso di chiedergli una sigaretta. Se fumava lui potevo fumare anch'io, mi dissi. Feci in tempo a reprimere la voglia mentre attraversavo la strada.

– Ciao, Guido. Grazie per essere venuto, – disse gettando il mozzicone nel posacenere che era davanti all'ingresso della libreria.

– Cosa è successo?

Lui tirò su col naso, senza che ce ne fosse bisogno.

– Non so come cominciare...

– Ti sei messo in qualche guaio?

– Non io. Ma il guaio è molto serio.

– Chi allora?

– C'è una mia amica che ha fatto un casino, insomma no, peggio che un casino.

– Be', spiegami, ti ascolto.

– Elvira, si chiama cosí, la conosco da tanto tempo. Mi piaceva anche, ma non c'è mai davvero stato nulla fra noi, essenzialmente perché lei mi piaceva come donna e io le piacevo come amico. Ma è il passato remoto. Appunto ora siamo solo amici.

Pensai che questa Elvira avesse fatto un incidente stradale e che qualcuno fosse morto.

– Non so come dirlo, ma insomma: Elvira ha ucciso un uomo, – concluse Ottavio.

Ebbi un piccolo fremito di stupido compiacimento per le mie capacità di intuizione. Ci avevo azzeccato, Elvira aveva investito qualcuno ed era finita nel modo peggiore.

– Un incidente stradale, – replicai senza nessuna intonazione di domanda.

– No.

– No? Ma che è successo, allora? – percepii nella mia voce una nota di impazienza.

– Una cosa cosí enorme... non riesco a pronunciare le parole.

Lo guardai stupito. Che intendeva per enorme?

– Ha ucciso un tizio.

– Ucciso?

– L'ex compagno della sorella, che è morta suicida qualche settimana fa. Era andata da lui. Hanno avuto una discussione che è degenerata e lei... lo ha ammazzato.

Non sapevo che dire, e alla fine mi venne solo una domanda da avvocato.

– L'hanno arrestata?

– No. È qui in libreria, – disse accennando col capo alla serranda semiaperta. – Mi ha chiesto aiuto, è sotto choc, e l'unica cosa che sono riuscito a pensare è stato chiamare te.

Fui sul punto di fargli altre domande, poi mi resi conto che era inutile. A pochi metri da lí c'era la persona che poteva fornirmi risposte sull'accaduto.

– Va bene, andiamo, – dissi.

Ottavio mi fece entrare, mi seguí e abbassò la saracinesca.

La donna era seduta dietro il piccolo banco del bar. Il posto sembrava un altro, come capita quando un luogo lo conosci molto bene e una volta, per una ragione qualsiasi, lo vedi in condizioni diverse, in orario diverso o piú semplicemente (semplicemente?) con occhi diversi. Tutto, in quel momento, era straniante.

La donna si alzò, Ottavio fece delle impacciate presentazioni. Io ero l'avvocato Guido Guerrieri, lei Elvira Castell. Doveva avere piú o meno quarant'anni. Statura media, jeans e maglione, nessun segno distintivo a parte, forse, una mascella pronunciata che dava una sfumatura maschile e aggressiva al suo volto. A me non sembrava in stato di choc.

Ci sedemmo nel salottino. Ottavio chiese se volessimo un caffè, lei disse no, grazie; io stavo per rispondere allo stesso modo, poi invece accettai. Non so per quale motivo: non avevo nessuna voglia di un caffè.

– Cosa è successo? – chiesi.

Lei prese un respiro profondo, come per darsi forza. Estrasse da una tasca il telefono, digitò qualcosa e me lo porse.

Era il sito di un quotidiano online locale.

Un tale Giovanni Petacci era stato assassinato nel suo appartamento, gli avevano sparato. Sul caso indagava la squadra mobile e al momento non era chiara la possibile causale del delitto. Petacci, la cui compagna si era di recente suicidata, non sembrava in rapporti con la criminalità organizzata. Gli inquirenti ipotizzavano che del delitto fosse responsabile una persona conosciuta alla vittima, perché nell'appartamento non vi erano segni di effrazione.

La notizia era molto asciutta, del resto il fatto era accaduto poche ore prima. Io mi aggiravo nella nebbia della mia distrazione per i corridoi del palazzo di giustizia, la vita tutto intorno scorreva regolare e la donna che adesso era seduta davanti a me stava uccidendo un altro essere umano.

Prima di cominciare dissi a Ottavio di allontanarsi e di non ascoltare il racconto di Castell. Magari era una preoccupazione da film americano, ma io avevo la tutela del segreto professionale, lui no. Ove mai la polizia o il pubblico ministero lo avessero sentito come persona informata sui fatti, avrebbe dovuto dire la verità. Dunque, meno sapeva, meglio era.

Ottavio rispose che sarebbe andato nell'altra sala a mettere a posto i libri appena arrivati.

Mi rivolsi di nuovo a Elvira.

– Vuole raccontarmi?

Si schiarí la voce, come per prepararsi a una lezione o a un discorso, poi cominciò a parlare. Il contenuto drammatico, anzi tragico, della sua storia strideva con il tono quasi astratto con cui la narrava.

Petacci era stato il compagno della sua gemella, Elena, che come riportava il sito si era tolta la vita e che era anche la proprietaria della casa in cui la coppia viveva. Elvira ne era l'unica erede, dato che non c'era testamento, non c'erano figli e non c'era matrimonio. Da giorni chiedeva all'uomo, per telefono e per messaggi, di liberare la casa al piú presto, ma lui non voleva saperne. Rispondeva che gli occorreva tempo per trovare un'altra sistemazione, che Elena aveva piú volte manifestato l'intenzione di cointestargli l'appartamento e che insomma lui considerava un suo diritto quantomeno restarci tutto il tempo che gli serviva.

– Visto che per telefono non ottenevo niente, ho deciso di andare a parlargli personalmente.

– Immagino aveste un appuntamento.

– Sí, gli avevo preannunciato che sarei passata da lui per chiarire una volta per tutte la questione.

– Vada avanti.

– Sono arrivata alle undici e gli ho ripetuto in modo molto duro che doveva andarsene. Gli avrei concesso qualche settimana se avessimo fissato una data certa, scritta, per il trasloco. Ma in ogni caso doveva consentirmi di esaminare e ritirare gli effetti personali di mia sorella.

– Perché aveva tanta fretta di mandarlo via?

– Trovavo offensivo per la memoria di Elena che lui continuasse a stare lí dopo quello che era successo.

– Può spiegarsi meglio?

Lei scosse la testa in un moto di frustrazione, rabbia e qualcos'altro che non colsi. Comunque, un gesto piú autentico di quello di poco prima, quando si era schiarita la voce. Non rispose subito.

– Lo considero corresponsabile della morte di mia sorella. È vero che si è suicidata, ma a causa della vita d'inferno che lui le ha fatto fare per quasi tutto il tempo che sono stati insieme.

D'un tratto si sentí il suono di una sirena e lei tacque. Forse pensammo entrambi la stessa cosa: la polizia stava venendo a prenderla. Ma la sirena, cosí come si era avvicinata, si allontanò.

– Di questo riparleremo dopo. Adesso è importante che lei mi dica con precisione cosa è accaduto. Nell'articolo si parlava di un colpo d'arma da fuoco. È un'informazione corretta?

– È un'informazione corretta.

– Ed è stata lei.

– Sí, ma per difendermi. Mi stava aggredendo, io ho estratto la pistola e gli ho detto di stare indietro, lui invece è venuto avanti, mi ha detto qualcosa… forse quello che mi avrebbe fatto… Non so nemmeno come è successo, ma ho esploso un colpo.

«Esploso un colpo». Ti esprimi cosí quando hai appena ucciso qualcuno? Non lo so, non ho questa grande esperienza. Ho difeso un certo numero di persone accusate di omicidio, ma prima di quel pomeriggio solo in un'occasione mi era capitato di parlare con l'accusato (l'omicida, in realtà) «nell'immediatezza del fatto», come si dice nel gergo, cioè poco dopo che era avvenuto.

Accadono le cose piú strane nella testa delle persone dopo un evento del genere, difficile esprimere giudizi. Però «esploso un colpo» è un'espressione che ti aspetti di trovare nello stile asettico e un po' grottesco delle informative di polizia o degli atti giudiziari, non nel racconto, a caldo e in prima persona, di chi ha ucciso un uomo.

– Dove ha preso la pistola?

– Era di nostro padre, l'ho ereditata, ed è regolarmente denunciata.

– Ma lei ha il porto d'armi?

Scosse la testa. Quindi l'aveva portata fuori casa abusivamente e, con ogni probabilità, proprio in vista di quell'incontro; questo era un serissimo problema che conduceva dritti alla contestazione dell'omicidio premeditato, cioè a un'accusa da ergastolo.

– L'ha ancora con sé?

– No, l'ho buttata in un cassonetto.

– Sa dirmi che modello è?

– Una piccola semiautomatica, calibro 6,35.

Tutta la storia e anche la maniera in cui la raccontava non promettevano niente di buono. Cioè un ottimo processo per l'accusa e un incubo per la difesa.

– Qualcuno l'ha vista, quando è arrivata o quando è andata via?

– Quando sono arrivata ho incontrato un uomo che usciva dal palazzo. Quando sono andata via, nessuno.

– Cosa ha fatto dopo essersi sbarazzata della pistola?

– Ho vagato per la città, non so per quanto. Finché non mi ha chiamato Dharma, la mauriziana che lavora da me, dicendomi che era venuta la polizia a cercarmi e aveva perquisito casa. Poi mi sono ricordata che Ottavio mi aveva parlato di lei come di uno bravo. Insomma, gli ho telefonato e lui mi ha detto di raggiungerlo qui. Mi sembra sia tutto.

Temo proprio che non sia tutto, pensai articolando le parole nella mia mente e figurandomi le cose che sarebbero successe, nessuna delle quali piacevole. Bisognava presentarsi alla polizia, e al piú presto; e soprattutto bisognava che Elvira Castell si preparasse all'idea di trascorrere in carcere quella notte e molte altre a seguire.

– Non l'ho ancora detto, ma ovviamente voglio nominarla mio avvocato di fiducia, – aggiunse.

Annuii facendo caso ancora una volta al tono lucido e asettico, privo di emozione. Non quadrava. O quadrava troppo, che è quasi sempre la stessa cosa.

– Cosa facciamo adesso?

– La stanno cercando. La cosa migliore da fare, anzi l'unica, è presentarsi in questura.

Lei ci pensò qualche secondo.

– Non rischia di essere un'ammissione di responsabilità?

Ancora quel tono lucido.

– Vede, i casi sono due. Hanno qualcosa a suo carico, ipotesi molto probabile visto che sono stati da lei; presentarsi ci consente di sostenere che non c'è pericolo di fuga, che è la premessa per un eventuale fermo da parte della polizia o del pubblico ministero. Questo, fra l'altro, ci permetterà di sapere cosa hanno. Il che è utile per decidere la futura strategia. Se, ed è probabile, dovessero interrogarla stasera stessa come indagata, lei dovrà avvalersi della facoltà di non rispondere. Sul punto sarei tassativo, ci sarà il tempo, dopo, per dare la nostra versione. Ma non oggi.

– Diceva che i casi sono due.

– Sí. L'alternativa è che non abbiano elementi a suo carico e che vogliano sentirla come persona informata sui fatti. Anche in questo caso presentarsi è la cosa migliore. Devo dirle, però, che considero improbabile la seconda ipotesi. È stata vista arrivare al domicilio della vittima in orario compatibile con... ecco, con l'evento. Detiene un'arma da fuoco che certamente gli agenti cercavano quando hanno perquisito il suo appartamento e... Insomma, ho preso in considerazione l'ipotesi solo per amore di completezza. Secondo me sospettano di lei e vogliono interrogarla. Meglio non aspettare che siano loro a trovarla.

– Va bene, – rispose. – Cosa succederà in questura?

– Potrebbero interrogarla subito o attendere il pubblico ministero che segue il caso, con ogni probabilità il sostituto procuratore di turno.

– Ma lei mi accompagnerà?

– Certo. E sarò presente all'interrogatorio.

– Dove io dovrò avvalermi della facoltà di non rispondere.

– Sí, ma non dichiari subito la sua intenzione: lasciamo che le contestino gli elementi a carico, solo a quel punto lo dirà.

– E non devo giustificare perché lo faccio?

– No, è un suo diritto in qualità di indagata. Non è tenuta a dare alcuna spiegazione.

4.

Prima di uscire di là dovevo fare due cose.
Innanzitutto, mandai un messaggio al dottore.

Buonasera, le scrivo per il nostro appuntamento di oggi pomeriggio alle 17.30. È sorta un'emergenza di lavoro piuttosto seria e di sicuro non riuscirò a essere da lei per quell'ora. Dovremmo rinviare. Se fosse possibile, però, non vorrei saltare la seduta di questa settimana. Pensa di poter trovare uno spazio per me nei prossimi giorni, o magari stasera sul tardi?

Rispose subito, come faceva sempre se non era con un paziente. Uno dei motivi per cui l'uomo mi piaceva, insieme ad altri piú sostanziali. Anche se, a pensarci bene, questo è un motivo sostanziale. Mi piacciono quelli che rispondono subito, se possono. Forse perché mi dànno fastidio quelli che non rispondono subito anche se potrebbero, se nulla glielo impedisce; un modo per esercitare una piccola, meschina forma di potere. Come mi irritano quelli che arrivano sistematicamente in ritardo, i burocrati o i magistrati o i professionisti che ti fanno aspettare in anticamera anche se avevi un appuntamento; quelli che non ascoltano mentre stai parlando; quelli che si dedicano a piccole denigrazioni quotidiane verso le persone che lavorano con loro o alle quali dovrebbero voler bene.

Buonasera. Potremmo vederci oggi sul tardi. Finisco l'ultima seduta alle 20.30. Se pensa di farcela, l'aspetto.

Lo ringraziai, risposi che per me andava benissimo e che se ci fossero stati ulteriori contrattempi (speravo di no) lo avrei avvertito, in modo da non farlo attendere.

Poi chiamai l'ispettore Lanave, decano della squadra mobile, sezione omicidi, allievo del mio amico Carmelo Tancredi, ex poliziotto e ora investigatore privato. Conoscevo Lanave da almeno vent'anni. Era cresciuto a Bari vecchia, sapeva muoversi nel sottobosco criminale della città ed era il tipo di poliziotto che riesce a scoprire qualsiasi cosa dai suoi informatori. In piú era uno che giocava pulito; nessun mio cliente si era mai lamentato di essere stato picchiato da lui in questura.

– Avvocato Guerrieri, a che devo l'onore?

– Buonasera, ispettore. Tutto bene, spero. Mentre la chiamavo mi è venuto il dubbio. Mi dica che non è ancora in pensione.

– L'anno prossimo. Sto contando i giorni. Poi magari finisco a giocare a tressette sulle panchine dei giardinetti, ma al momento non vedo l'ora. Quarant'anni di polizia bastano per chiunque. Lei non ha voglia di smettere? Per quello che mi ricordo siamo coetanei, anche se, certo, il lavoro di avvocato è diverso.

Questo riferimento al fatto che fossimo coetanei da parte di uno che stava per andare in pensione mi provocò un insensato quanto penetrante fastidio. Mi fece venire in mente una cosa che mi aveva detto non molto tempo prima un collega un po' piú anziano di me dopo aver compiuto i sessant'anni. «Sai cosa mi ha seccato di piú, Guido? Rendermi conto... solo rendermi conto, bada bene, nessuno mi ha offerto niente... che potevo comprare biglietti a prezzo ridotto sul treno e che al supermercato dove abitualmente faccio la spesa potevo avere uno sconto del 10 per cento ogni mercoledí».

– Comunque, no, – riprese Lanave, – non va tutto bene, a essere sinceri. Stamattina abbiamo avuto un omicidio e sa come vanno queste cose, siamo nel pieno del casino. Come posso aiutarla?

– So che state cercando la signora Castell.

– Sa dov'è? – Il suo tono era cambiato, la nota scherzosa era scomparsa.

– Sí, mi ha appena nominato suo difensore di fiducia.

– Sarebbe meglio se la accompagnasse in questura al piú presto.

– È quello che pensavo di fare, ma è possibile sapere per quale motivo la cercate?

– Avvocato Guerrieri, non faccia cosí. Lo sappiamo bene entrambi perché la cerchiamo. E quella che lo sa meglio di tutti è la signora.

Mi aveva risposto, non c'era molto da aggiungere.

– D'accordo, fra poco ci muoviamo e fra una mezz'ora siamo in questura. Le dispiace se ci incontriamo al corpo di guardia? Cosí entriamo insieme senza trambusto?

– Vi aspetto fra mezz'ora all'ingresso di via Murat.

5.

Arrivammo puntuali e l'ispettore Lanave era lí ad attenderci.

– Ha con sé la pistola?

Scossi la testa.

– Dov'è?

Nel tragitto dall'*Osteria del Caffellatte* alla questura avevo chiesto di nuovo a Castell come e dove si fosse sbarazzata dell'arma. Non ricordava con esattezza, ma le sembrava di averla buttata in un cassonetto a qualche isolato dal condominio dove era accaduto il fatto.

– Entriamo, le dico dopo.

Ci accompagnò nei locali della squadra mobile in modo molto discreto. Qua e là riconobbi alcuni cronisti di nera, ma nessuno si accorse di noi. Entrammo insieme in un piccolo ufficio appartato e Lanave ci chiese di nuovo dove fosse la pistola.

– Andiamo un minuto a parlare nel corridoio, lei e io. La signora Castell ci aspetta qui, – risposi. Uscimmo e lo informai che l'arma poteva essere in un cassonetto nel raggio di alcuni isolati dal luogo dell'omicidio.

– Non può essere piú preciso?

– Temo di no.

– Chiediamolo a lei –. Indicò con un cenno del capo la porta chiusa della stanza in cui la mia cliente ci stava aspettando.

– Mi dispiace, ma dovrete arrangiarvi con le informazioni che vi ho dato io. Anche perché la signora non ha altro da aggiungere, ricorda in modo confuso. Saranno al massimo una decina di cassonetti, se l'arma è ancora lí, la troverete.

– Perché non ce lo fa dire da lei?

Stringendomi nelle spalle abbozzai un sorriso del tipo: lo so che questo vi dà fastidio e che preferireste ve lo dicesse lei – o addirittura che vi accompagnasse a recuperarla, quella pistola – per scrivere nel verbale di sequestro che l'avete ritrovata su indicazioni dell'indagata. Purtroppo, però, faccio l'avvocato e mi guadagno da vivere con questa roba. Lui sospirò, e pareva il sospiro di chi sta pensando «per fortuna arriva la pensione». Poi disse che andava a chiamare il capo della mobile. Rientrai nella stanza da Elvira. Adesso mostrava qualche segno di nervosismo e di inquietudine, ma era difficile dire da cosa dipendessero. Se dalla percezione dell'enormità del gesto che aveva compiuto dopo la fase di anestesia emotiva che a volte si verifica in certi eventi; o se dall'ansia, dall'angoscia che generano gli uffici di polizia. Non solo nei colpevoli.

– Di regola non possono intercettare le conversazioni fra avvocato e cliente. Però non si sa mai, dunque, finché siamo qua, parliamo lo stretto indispensabile. Senza dire nulla che non vorremmo fosse ascoltato da altri.

Lei mi guardò sbarrando gli occhi. Pareva stesse per ribattere qualcosa, ma non lo fece.

Una decina di minuti dopo tornò Lanave; il capo della mobile voleva parlarmi, andammo nel suo ufficio. Non lo conoscevo, era arrivato da pochi mesi, e comunque io non ero un frequentatore abituale di uffici di polizia, ma riuscí al primo colpo a suscitare in me la piú genuina delle antipatie. Era basso di statura, compatto e muscoloso, sui quarantacinque anni, abbronzato in modo artificiale.

– Grazie per avere accompagnato da noi la Castell, avvocato, – disse senza cordialità. – Adesso può andare, la terremo al corrente degli sviluppi.

Era chiaro cosa aveva in mente. Io me ne andavo, loro la torchiavano, la convincevano ad ammettere tutto dandole a intendere che era la cosa migliore per lei. Solo dopo mi richiamavano per un interrogatorio farsa in cui lei confermava le sue dichiarazioni in modo che fossero processualmente utilizzabili. Caso chiuso.

Capita. Tanto con indagati colpevoli quanto con indagati innocenti, per ragioni in parte diverse in parte simili. Certo, il colpevole avverte il peso di quello che ha fatto e può succedere che voglia liberarsene. Però, a volte, anche i non colpevoli confessano, purché cessi la pressione insopportabile dell'interrogatorio. Non mi riferisco alla violenza fisica: capita anche quella, ma non è indispensabile per produrre false confessioni. Essere interrogati in un ufficio di polizia da donne e uomini che sono convinti della vostra responsabilità può essere insostenibile anche se non vi mettono un dito addosso, a meno che non siate dei criminali di professione abituati a questo genere di esperienze o degli psicopatici, che per definizione non sono capaci di provare emozioni. Molto piú spesso di quanto si possa pensare, persone innocenti, magari fragili, arrivano ad attribuirsi reati gravissimi che non hanno mai commesso. Ci sono aneddoti a bizzeffe. Ho letto su una rivista che, dal 1976 a oggi, negli Stati Uniti si contano decine e decine di casi di rei confessi poi scagionati dal test del Dna. Il problema, dunque, è che le pressioni anche solo psicologiche sui sospettati o sui testimoni reticenti non sono solo illegali, sono pure inattendibili, dunque pericolose per l'accertamento della verità.

Tanti anni fa Carmelo Tancredi (il tipo di poliziotto che vorreste si occupasse del vostro caso se siete innocenti e che vorreste evitare se siete colpevoli) mi disse una frase che non ho piú dimenticato: «Io non mi fido mai di una confessione cui non ho assistito. E, a dire la verità, non mi fido nemmeno di quelle cui ho assistito, se non so bene cosa è successo prima».

Va bene, ho divagato. Risposi al capo della mobile parlando lentamente. Nemmeno il mio tono era amichevole.

– Desidero sapere se la mia cliente è indagata o se è solo una persona informata sui fatti. Nel primo caso vorrei fosse chiaro che, in mia assenza, non potete rivolgerle alcuna domanda diversa dalla richiesta delle generalità.

– Non sono qui per soddisfare le sue curiosità. E le consiglio di cambiare tono.

– Io invece le consiglio di chiamare il pubblico ministero di turno per sentire la sua opinione. Per ora le spiego meglio la mia e spero di essere chiaro. O non avete nulla a carico della mia cliente e dovete al massimo sentirla come persona informata sui fatti, in questo caso subito dopo la lascerete andare. Oppure avete qualche elemento a suo carico e in tal caso non potrete procedere ad alcuna audizione in assenza del suo difensore di fiducia; altrimenti qualsiasi cosa dovesse dire sarebbe inutilizzabile. A prescindere dal fatto, non irrilevante, che sarebbe un abuso.

– Non dobbiamo rendere conto a lei di come facciamo il nostro lavoro.

– Temo che dobbiate rendere conto alla legge e alle regole di procedura. Noi avvocati serviamo a vigilare su questo, anche se immagino che, a volte, possiate non gradire la cosa.

– Adesso la accompagniamo fuori dalla questura, poi valuteremo il da farsi.

– Se fossi un suo amico, o un suo collega, o un pubblico ministero, le suggerirei di non prendere decisioni di cui potrebbe pentirsi. Comunque, se mi sta cacciando da questi uffici, prima dovrò conferire con la mia cliente. Prima che chiunque possa parlarle di nuovo.

Era furioso. Si era spinto troppo oltre, aveva detto cose che non poteva sostenere. E se ne stava rendendo conto. Avrebbe voluto farmela pagare in qualche modo, ma non sapeva come. E nemmeno sapeva fin dove poteva forzare senza commettere un errore irreparabile.

– Fate accomodare l'avvocato, – disse con un gesto di stizza a Lanave e all'altro poliziotto che era con lui e che non conoscevo. Gli avevo fatto fare una figura di merda davanti ai suoi subalterni. Difficilmente lo avrebbe dimenticato.

6.

Il pubblico ministero Consoli arrivò presto. Non piú di mezz'ora dopo la mia poco amichevole conversazione con il capo della mobile. Odio certe definizioni, ma quella di giovane sostituto procuratore rampante era forse la piú adatta per lui.

Era a Bari da un paio di anni, non l'avevo mai incontrato in un processo serio, non avevo idea se fosse bravo o no, ma i colleghi ne parlavano come di uno molto desideroso di fare carriera. Le poche volte che avevo scambiato qualche parola con lui mi era parso mediocre ma simpatico. Entrambe le caratteristiche sono spesso predittive, in effetti, di una carriera di successo. Aveva meno di quarant'anni e mentre ci salutavamo pensai che quando io cominciavo a fare l'avvocato lui andava alle elementari.

Mi prese in disparte.

– Ho saputo che ha avuto una discussione un po' accesa con il dirigente della mobile.

Scossi la testa, ma prima che riuscissi a replicare lui continuò a parlare.

– Va bene, comunque adesso procediamo con l'interrogatorio della sua cliente. Vediamo di chiarire questa brutta storia e di limitarne i danni.

Faceva l'amico per cercare di evitare che gli creassi dei problemi.

– Naturalmente conosce la situazione.

– Credo vogliate sentirla in relazione alla morte dell'ex compagno della sorella. Abbiamo letto la notizia sui siti.

Quello mi guardò e l'espressione diceva: vuoi prendermi per il culo. Restituii lo sguardo e la mia espressione diceva: temo di sí. Ma anche tu, in fondo, vuoi fare la stessa cosa. Nulla di personale, fa parte del gioco.

Per l'interrogatorio ci spostammo in una stanza nella zona piú appartata della squadra mobile. Subito prima di entrare sussurrai a Castell di ricordarsi quello che le avevo spiegato all'*Osteria del Caffellatte*.

Eravamo lei, io, il pubblico ministero e due ispettori, una donna e un uomo.

Dopo l'identificazione e le formalità preliminari il sostituto procuratore diede gli avvisi di legge. – Signora Castell, la informo che le sue dichiarazioni potranno essere sempre utilizzate nei suoi confronti, salvo quanto previsto dall'articolo 66; che ha facoltà di non rispondere ma comunque il procedimento seguirà il suo corso; che se renderà dichiarazioni a carico di altri, assumerà l'ufficio di testimone salve le incompatibilità di cui all'articolo 197 e le garanzie di cui all'articolo 197 bis. Infine, la informo che lei è indagata per il delitto previsto e punito dagli articoli 575 e 577 codice penale per avere cagionato volontariamente la morte di Petacci Giovanni esplodendo al suo indirizzo un colpo d'arma da fuoco; fatto aggravato dalla premeditazione. Commesso in Bari il 12 aprile 2019. Intende rispondere?

Castell fece per aprire bocca, ma io la fermai con un gesto della mano.

– Prima vorremmo sapere su cosa si fonda l'accusa. Come per legge, vorremmo fossero contestati gli eventuali elementi di colpevolezza.

A Consoli fu chiaro che la tattica della simpatia non

aveva funzionato benissimo. Di conseguenza diventò meno simpatico.

– Per ragioni di segreto investigativo in questa fase non è possibile.

– Mi scusi per la pedanteria, dottor Consoli, ma l'articolo 65 del codice di procedura penale... vado a memoria, potrebbe esserci qualche imprecisione... recita: l'autorità giudiziaria contesta alla persona sottoposta alle indagini in forma chiara e precisa il fatto che le è attribuito, le rende noti gli elementi di prova esistenti contro di lei e, se non può derivarne pregiudizio per le indagini, gliene comunica le fonti.

Ci fu qualche istante di silenzio sospeso e mi venne addirittura il dubbio che lui non conoscesse bene quella norma basica del codice. Capita, a dire il vero.

– Lei può non indicare le fonti degli elementi di prova, se ci sono specifiche esigenze di segreto investigativo, ma non può rifiutarsi di indicare tali elementi di prova. È una premessa fondamentale per esercitare il diritto di difesa. Se non so in base a cosa vengo accusato, come mi difendo?

– Ci sono dichiarazioni testimoniali raccolte nell'immediatezza del fatto. Inoltre la signora detiene un'arma da fuoco di tipo e calibro compatibili con l'esplosione del colpo che ha ucciso il Petacci. Ecco gli elementi di prova.

– Col dovuto rispetto, a parte il riferimento all'arma, questo significa poco. Dire che ci sono dichiarazioni testimoniali senza indicare, anche sommariamente, il contenuto di tali dichiarazioni è come dire che ci sono elementi di prova senza precisare quali sono questi elementi di prova. È una parafrasi della norma, se mi passa l'espressione.

Non me la passava, questo era evidente, ed è probabile che non avesse tutti i torti. Stavo esagerando, senza sapere bene perché. Ci stavo prendendo gusto a farlo innervosire (come col dirigente della mobile), e far innervosire senza necessità gli interlocutori o gli avversari non è mai una buona idea. Prima o poi troveranno il modo di pareggiare i conti.

Consoli respirò in modo plateale per esprimere esasperazione e un filo di minaccia.

– Ripeto: ci sono dichiarazioni testimoniali relative al momento dei fatti e ai momenti subito precedenti e successivi; l'indagata detiene un'arma da fuoco di tipo e calibro compatibili con l'esplosione del colpo che ha cagionato la morte della vittima. Questi sono gli elementi di prova allo stato ostensibili e se lei ritiene che non siano sufficienti non posso farci nulla. Secondo me è nell'interesse dell'indagata fornire le sue spiegazioni in questa fase del procedimento. Se non lo fa, pazienza –. Su queste ultime parole l'inflessione di minaccia diventò vistosa. Alludeva a quello che di lí a poco sarebbe accaduto, cioè il fermo della mia cliente. – Signora, intende rispondere?

Castell parlò prima che io potessi replicare. Disse che voleva avvalersi della facoltà di rimanere in silenzio, perlomeno in questa fase.

Il verbale venne chiuso. Il pubblico ministero mi comunicò che potevo andare, non c'era piú bisogno della mia presenza.

– Pensa di adottare provvedimenti? – gli domandai.

– Procediamo al fermo, avvocato. La situazione è molto seria e forse sarebbe saggio ripensare alla scelta di avvalersi della facoltà non rispondere.

Mi strinsi nelle spalle.

– Aspetterò l'emissione del decreto.

Fu il suo turno di alzare le spalle.

– Potrebbe volerci del tempo, – disse allontanandosi.

7.

Rimasi ancora un paio d'ore, senza un motivo specifico, la copia del decreto di fermo potevo procurarmela la mattina seguente. Non so perché lo feci, ma avevo l'impressione che fosse per dimostrare qualcosa.

Prima notificarono il provvedimento alla mia cliente, il che, in sintesi, significava che scrissero un verbale e la informarono che per ordine del pubblico ministero erano in procinto di accompagnarla in carcere. Sbrigarono le altre formalità (biglietto di carcerazione e altri adempimenti burocratici esecutivi). Nel frattempo Castell si era fatta portare un borsone con tute e biancheria. Nell'attesa avevamo chiacchierato, evitando i fatti del procedimento. Per quelli ci sarebbe stato tutto il tempo. Appresi che era divorziata, non aveva un compagno, gestiva un'impresa di servizi informatici – da lei fondata – con oltre cinquanta dipendenti e insomma era una donna benestante. Abitava in un palazzo liberty alle spalle del teatro Petruzzelli, nella zona piú elegante di Bari, a poche centinaia di metri da casa mia.

Venne il momento di salutarci. Non è divertente con una persona che sta andando in carcere e che potrebbe rimanerci molto molto a lungo. Elvira Castell aveva quarantaquattro anni. Se era responsabile di quel fatto nei termini in cui glielo attribuivano – omicidio aggravato dalla premeditazione – rischiava l'ergastolo. E comunque, nel migliore dei casi, sarebbe uscita di galera dopo i sessanta. Sono cose cui dovresti essere abituato, se fai l'avvocato penalista. Ma in realtà nulla ti abitua al turbine di sgomento, alla perdita di senso che genera l'idea di una vita che scorrerà in prigionia. Non sto filosofando sulla necessità di abolire il carcere. Almeno per certi reati, purtroppo, è inevitabile. Dico solo che pensare a certe cose, quando ci sei molto vicino, può dare una vertigine insopportabile.

– Cosa succede adesso? – mi domandò.

– Il pubblico ministero trasmetterà gli atti al giudice per le indagini preliminari che fisserà l'udienza di convalida per i prossimi giorni. Io vengo a trovarla domani o al massimo dopodomani. Leggo il decreto di fermo e ragioniamo insieme sul da farsi, su cosa sia piú opportuno in questa fase. A orecchio direi sin d'ora che, anche all'interrogatorio davanti al gip, converrà avvalersi della facoltà di non rispondere; ma per essere sicuro prima voglio leggere.

Lei mi fissò a lungo, con uno sguardo indecifrabile. Le sole cose che mi parve di intuire furono una nota di stupore per le banalità burocratiche che stavo sciorinando e, lontano, un dolore incalcolabile, che non era per quanto le stava accadendo in quel momento. Si trattava di qualcosa di piú remoto e piú tremendo. Annuí come per chiudere un dialogo interiore, mi strinse la mano e raggiunse i poliziotti che dovevano condurla in carcere.

Me ne stavo andando anch'io quando mi raggiunse Lanave.

– La accompagno, – disse avviandosi con me.

Una volta fuori dalla questura, attraversato il cancello e attraversati anche i giardini prospicienti al castello, mi diede una copia del decreto. Non era tenuto a farlo e anzi, a rigore, stava commettendo una piccola scorrettezza.

Avrei dovuto chiederne copia in procura, pagando i diritti eccetera.

– Grazie, – dissi mettendo il provvedimento nella borsa. Era piuttosto corposo. Fatta la tara dell'abituale verbosità degli atti giudiziari, lo spessore del decreto lasciava supporre che gli indizi di colpevolezza fossero consistenti. Non proprio una buona notizia.

– Di nulla, era il minimo, – rispose lui. Poi, dopo averci pensato un attimo, aggiunse: – Il nuovo capo è una perfetta testa di cazzo –. Si voltò e tornò verso la questura.

Ero curioso di leggere le carte, ma il dottore mi aveva già fatto la cortesia di spostare il nostro appuntamento e non volevo arrivare in ritardo.

8.

La mia relazione con Annapaola era stata una storia felice. Ci eravamo divertiti e c'erano stati anche dei momenti di commozione in cui l'avevo amata o avevo pensato di amarla. Peraltro non sono sicuro che vi sia una grande differenza fra le due cose. In ogni caso, un'osservatrice attenta (anche un osservatore, ma gli uomini hanno in genere molto meno occhio per certe cose) avrebbe capito subito che non eravamo destinati a durare.

Forse io stesso avrei potuto fare una prognosi del genere. Se solo avessi avuto il coraggio di affrontare il problema, di analizzare nel dialogo interiore la natura di quel rapporto, i suoi equilibri e le sue prospettive. Ma, appunto, non ne avevo avuto il coraggio. La vita e le sue scelte mi hanno sempre sgomentato; ho sempre preferito lasciare accadere le cose, percorrere l'esistenza in uno stato di parziale anestesia delle emozioni.

Sta di fatto che ormai da un po' di tempo il nostro rapporto aveva preso un ritmo stanco, una routine ripetitiva in cui anche il nostro modo di scherzare o di giocare col sesso era divenuto parte di un sistema di repliche ogni volta meno appassionanti.

Ognuno abitava a casa sua, ma questa era stata la regola d'ingaggio condivisa sin dall'inizio e con convinzione da entrambi. Le case suddette, peraltro, erano parecchio lontane: la mia banalmente nel pieno centro della città, la sua vicino all'aeroporto e ad alcune delle zone piú malfamate del circondario. Ci vedevamo un paio di sere alla settimana e a volte lei dormiva da me. Quasi mai io da lei, e in seguito mi sarei chiesto se la cosa avesse un significato. Senza trovare una risposta adeguata.

Poi una sera, erano certamente passate le dieci, rientrando in auto da un'udienza durata a lungo e finita molto tardi a Lecce, e mentre ero fermo a un semaforo rosso, notai due ragazze. Le notai perché si abbracciavano in modo appassionato, appoggiate al cofano di una macchina. In particolare, la bruna teneva fra le mani la testa della bionda e la baciava con decisione. Lo so che non si fanno certi discorsi, lo so che i ruoli sessuali devono essere sottratti agli stereotipi di genere della cultura patriarcale, so tutto. Ma insomma, accettando per un attimo i suddetti stereotipi di genere, la bruna senza dubbio ricopriva il ruolo maschile. Qualcun* si incazzerà per questa annotazione, e va bene, accetto il rischio.

Comunque sia, era una scena piuttosto conturbante e sono convinto di non essere stato il solo ad averla notata. Fu mentre scattava il verde e stavo per ripartire che le due si staccarono e mi accorsi che la bruna era Annapaola.

Sono sicuro di essere stato tradito altre volte in passato. Su alcuni casi ho la certezza, su altri un molto ragionevole sospetto. Ma non mi era mai successo di assistere in diretta al tradimento e non mi era mai successo (o almeno non lo avevo mai saputo) di essere tradito con una donna.

Per qualche istante pensai di scendere dall'auto, di raggiungerle e di fare una bella scenata di gelosia. A pensarci ora, forse sarebbe stata la cosa migliore. La piú sana. Il conducente della macchina dietro di me però si spazientí, cominciò a suonare il clacson e stroncò sul nascere quel germinale progetto di igiene emotiva.

Sapevo benissimo che prima di me c'erano state, nella vita di Annapaola, altre donne oltre che altri uomini. Non era mai stato un problema, anzi, era un dettaglio (sciocamente lo consideravo tale) che mi era sempre piaciuto, mi aveva anche stuzzicato, ma come una nota sullo sfondo, un tocco di esotismo, addirittura un ingrediente erotico. Adesso il dettaglio era meno dettaglio, aveva perso parecchio del suo fascino un po' torbido e risultava assai meno eccitante.

Lasciai l'auto in garage e soppressi l'impulso di mandarle un messaggio qualsiasi, magari proponendole di vederci e di andare a mangiare qualcosa fuori, tanto per osservare la sua reazione, per verificare quanto e come fosse bugiarda.

Decisi di fare una passeggiata per riflettere su quello che avevo visto e su ciò che aveva determinato in me.

Nelle banali discussioni che, piú giovane, avevo avuto sull'argomento con amici e fidanzate, avevo sempre sostenuto che quello della fedeltà era un tema quantomeno sopravvalutato. Erano discorsi che facevo con un certo sussiego e parecchia sufficienza. Se penso a quel personaggio – me stesso – non provo una grande simpatia. Comunque sia, adesso mi confrontavo con la rabbia e la frustrazione tipiche della scoperta del tradimento da parte di chi pensa di essere superiore a queste emozioni elementari.

Alla fine, decisi che gliene avrei parlato il giorno dopo, di persona. Ero convinto che non avrei dormito quella notte e invece feci un lungo sonno ininterrotto, alquanto plumbeo. Quando mi svegliai dovetti chiedermi se la scena cui avevo assistito fosse vera o l'avessi sognata.

Ci incontrammo nel pomeriggio dalle parti dello studio e, contrariamente alle mie abitudini, andai diritto al punto.

«Ieri sera, rientrando da Lecce, ti ho vista –. Lei stava per replicare qualcosa ma io volevo evitare le schermaglie. – Ti ho vista che baciavi una bionda».

Ammetto che mi sarei aspettato – speravo – di cogliere sul suo viso un'ombra di smarrimento, prodromica a un atteggiamento di supplica o perlomeno a delle scuse. Ho sbagliato, capita, perdonami e roba del genere. Il mio amor proprio ne avrebbe tratto qualche beneficio.

Invece, in una forma e in una misura che non lasciavano alcuno spazio a equivoci interpretativi, lessi nei suoi occhi (oltre a un filo di dispiacere) un bagliore di sollievo. Del tipo: grazie al cielo mi ha tolto le castagne dal fuoco.

«Mi spiace, Guido. Mi spiace che tu sia venuto a saperlo cosí. Colpa mia, avrei dovuto parlarti, erano settimane che ci pensavo senza trovare il coraggio».

Nell'estrema sintesi di quella risposta c'era già tutto. Rimasi in silenzio un bel po', perché in effetti era difficile trovare qualcosa da replicare. Poi mi produssi in una domanda di eccelsa originalità.

«Da quanto tempo dura?»

«Sei mesi, piú o meno».

Tutto quello che era accaduto (o non era accaduto) fra noi in quei sei mesi acquistò d'un tratto un significato. Io però ero fuori da quel significato. Se qualcuno vi dice che essere traditi da una donna con un'altra donna fa meno male, non ci credete. Fa male allo stesso modo. Anzi, a pensarci bene, anche di piú.

«E dal tuo tono devo supporre che è una cosa seria, vero?»

Sí, era una cosa seria, tanto seria che progettavano di sposarsi e di andare a vivere insieme. A Barcellona, perché Jordina era catalana. Era stata a Bari per lavoro (ebbi la dignità di non chiederle quale lavoro aveva portato una di Barcellona a fare danni a Bari) e adesso doveva ripartire. Lei – Annapaola – l'avrebbe raggiunta nel giro di qualche settimana. Ovviamente avrebbe cambiato lavoro, ed era contenta pure di questo, perché non ne poteva piú di fare l'investigatrice privata a caccia di infedeltà coniugali. Se nelle sue parole c'era una nota ironica, la tenne molto ben nascosta.

Essendo uno abituato a vivere con le emozioni raccontate dagli altri, mi sentii molto Isaac Davis, l'alter ego di Woody Allen in *Manhattan*. La moglie – Meryl Streep – lo lascia per stare con una donna e comincia a scrivere un romanzo autobiografico sul loro matrimonio disastroso.

«Non vuoi mica scrivere un romanzo, vero?»

Non colse la citazione. Mi guardò con espressione interrogativa e io feci un gesto con le mani come per dire: ignora questa fesseria.

Pregai che non mi dicesse la fatidica frase: vorrei che restassimo amici.

La mia preghiera non fu esaudita.

«Mi dispiace tanto per come sta finendo fra noi ma davvero vorrei che restassimo amici, io ti vorrò sempre bene».

Avvertii un senso di rabbia e uno ancora piú intenso di stanchezza. Anch'io ti voglio bene, ma non ho nessuna voglia di essere tuo amico e tantomeno amico della tua futura moglie Jordina. A proposito: quanti anni ha? A occhio pareva davvero giovane.

Non dissi tutto questo. Non dissi niente e lei, appena fu chiaro che non c'era altro da aggiungere, mi diede un rapido bacio, sussurrò ciao e andò via.

Ciao, risposi quando ormai era lontana e non poteva piú sentirmi. Quando non poteva sentirmi nessuno.

L'incontro e l'addio con Annapaola erano accaduti a ottobre.

Dopo settimane trascorse da quel momento stavo ancora cercando di capire cosa prevalesse in me. La tristezza per la fine repentina di una storia, di un amore, di una consuetudine quotidiana. O il sollievo che mi vergognavo di ammettere ma che c'era. Come capita sempre, il nostro rapporto era diventato abitudine e piú volte mi ero detto che forse sarebbe stato meglio chiudere in maniera civile, con un igienico taglio netto, piuttosto che agonizzare. Ma, ne ho già parlato, prendere decisioni, scegliere, non è mai stato facile per me, in certi campi.

Comunque sia, aveva provveduto Annapaola a risolvere la situazione, e adesso nelle mie giornate si alternavano sentimenti contrastanti, uniti a una malinconia piú generale e piú insidiosa per la vita insensata che mi sembrava di vivere, a un'inquietudine indecifrabile il cui significato non riuscivo ad afferrare.

La mail arrivò un pomeriggio di fine novembre molto tradizionale e dunque grigio. Confortevolmente grigio. Il grigio è un colore assai sottovalutato e ingiustamente vilipeso, ma racchiude una bellezza e una ricchezza emotiva sorprendenti. È un tono che evoca una sensazione di equilibrio, di neutralità, ma può anche trasmettere un profondo senso di complessità. Il grigio può essere morbido o affilato, luminoso o opaco, caldo o freddo. È il colore che piú di tutti si adatta a raccontare le sfumature dell'animo umano. È il colore della riflessione e della contemplazione, ma anche del movimento rapido e inafferrabile, come in una città sotto la pioggia. Il grigio, piú di ogni altro colore, ci dà la possibilità di riflettere su ciò che è nascosto sotto la superficie delle cose.

Va bene, sto di nuovo perdendo il filo.

Il nome che compariva nell'indirizzo era Catherine Earnshaw. Non mi era nuovo, ma al tempo stesso non mi sembrava di conoscere nessuna che si chiamasse cosí. Mi venne il sospetto che potesse essere una pubblicità di accessori sessuali, o uno di quei tentativi di ottenere denaro mascherando la truffa dietro una richiesta di aiuto. Peggio: qualche malware che avrebbe impestato il computer e magari tutta la rete dello studio se solo avessi commesso l'imprudenza di aprire il messaggio. Se non cancellai subito fu solo per via di quel nome: Catherine Earnshaw. Decisi di fare una ricerca su Google. Appena comparve la pagina di Wikipedia dedicata a lei mi ricordai: era la protagonista di *Cime tempestose*. Uno potrebbe chiedersi per quale motivo una scoperta del genere dovesse rassicurarmi sulla non pericolosità del messaggio. Non ho risposte plausibili. Sta di fatto che decisi di correre il rischio.

Guido,

ti scrivo dopo aver pensato di farlo tante volte in questi mesi. Ogni volta mi sono trattenuta. Per vanità, credo. È strano come la vanità possa sopravvivere e influenzarci anche in certi momenti. Non volevo che decidessi di venire a trovarmi e potessi vedermi cosí come sono adesso. Ricordo una poesia di Gozzano che mia madre recitava spesso quando stava invecchiando e sentiva la bellezza e la salute che andavano via. Non so se la conosci, comincia cosí:

«L'immagine di me voglio che sia sempre ventenne».

Tu non mi hai conosciuta ventenne, ma voglio che l'immagine di me che conserverai sia di quando ero ancora giovane e bella e siamo stati felici insieme. Su questo e su altre cose non voglio darla vinta alla malattia.

Credo che tu leggerai queste parole quando io non ci sarò piú. Per fortuna ci sono persone che mi aiutano. Può sembrare una cosa molto strana – assurda, considerata la situazione – ma mi fanno sentire piena di vita e di dignità. Uno di loro in particolare è molto simpatico, fa ridere, ha un senso dell'umorismo come il tuo, cioè una cosa rara e bellissima. Si può ridere quando si è sul punto di dire addio alla vita? Si può, te lo assicuro, ed è una delle cose che ti restituiscono, appunto, la dignità perduta per la malattia, la paura, l'umiliazione delle cure. Ricordo che dicevi: l'umorismo è una virtú morale. È proprio vero.

Mentre scrivo questo messaggio, una lettera alla volta, sono in uno di quei momenti in cui il tempo sembra fermarsi e racchiudere l'eternità. Come quando ci lanciammo insieme con il paracadute, ricordi? Tu e io abbiamo volato insieme, letteralmente.

Non ti dico: non essere triste per questo addio. Sarebbe una frase stupida. Sarai triste, ma la tristezza, a volte ne abbiamo parlato, è anche una cosa bella. Saperla provare è una condizione per la gioia. Però voglio che tu sappia che non ho paura in questo momento. E mi sento libera, e forte, nonostante la fragilità del mio corpo.

Questa lettera è il mio modo di dirti, tardi, quanto ti ho amato. Uno potrebbe chiedere: perché sei andata via, allora? Domanda che tante volte mi sono posta e alla quale non ho mai saputo dare una risposta convincente. Non c'è stato un solo giorno passato con te in cui mi sia annoiata. Non un solo giorno.

Non rispondere a questa mail. Questo indirizzo è nato ieri (un piccolo vezzo, lo hai capito, il nome di Catherine Earnshaw, una delle mie eroine preferite) e, come me, scomparirà.

Io davvero penso e credo che ci rivedremo un giorno, lí fuori.

Con amore,

Margherita

Dovetti rileggere diverse volte quella frase: «leggerai queste parole quando io non ci sarò piú», per accettarne il significato. Mi venne in mente l'immagine di lei una volta al mare: usciva dall'acqua, era abbronzata e la sua pelle bellissima era coperta di palline scintillanti, vive.

Quell'immagine mi avrebbe tormentato a lungo, nei giorni successivi.

Non ricordo esattamente in che momento scoppiai a piangere e nemmeno ricordo per quanto tempo continuai a farlo, singhiozzando senza controllo e senza preoccuparmi che qualcuno dei miei collaboratori potesse entrare e mi trovasse in quello stato.

Quel pomeriggio aprí una faglia: tutto quello che era in bilico crollò, anzi implose.

Qualcosa di simile era successo vent'anni prima, alla fine del mio matrimonio con Sara. Per essere piú precisi: quando Sara pose fine al nostro matrimonio. Allora, però, avevo meno di quarant'anni e temo che per queste cose l'età non sia un fattore irrilevante. Per parecchi giorni vissi in una specie di angoscioso limbo della coscienza alternato a momenti di dolore infinito e ad altri di panico, sempre con il presagio di una catastrofe incombente. Una sensazione alquanto impropria: la catastrofe era già accaduta e io ero lí a misurarne le conseguenze. Nel tempo complicato dopo la separazione da Sara avevo fatto un tentativo con uno psichiatra. Non era andata bene: il tizio aveva pensato di risolvere tutto imbottendomi di psicofarmaci; magari aveva anche ragione, forse ne avevo bisogno. Io però avevo commesso il piccolissimo errore di leggere i foglietti illustrativi – li chiamano bugiardini e non ho mai capito perché – e in particolare l'elenco dei possibili effetti collaterali indesiderati. Dopo averlo fatto pensai che non stavo abbastanza male per correre certi rischi, mi sbarazzai dei farmaci e affrontai il mio malessere con metodi piú casereccì come, per esempio, riprendere a fare pugilato. Negli anni, quando mi capitava di ripensarci, mi dicevo che non mi sarei mai piú rivolto a uno di quegli specialisti.

Intanto, però, dopo quella mail l'insonnia aveva ripreso a tormentarmi piú del solito. Una notte passai all'*Osteria del Caffellatte* e Ottavio, guardandomi in faccia, dovette vedere qualcosa che non gli piacque. Mi disse che avevo bisogno di aiuto e mi consigliò un certo dottor Carnelutti, psicoanalista di scuola junghiana. Ottavio conosceva diverse persone che erano state – o tuttora erano – in terapia da lui. Tutti parlavano di un tocco quasi magico.

«Perché non provi? Nel peggiore dei casi non ti piace e lasci perdere. Ma io, al posto tuo, un tentativo lo farei. Senza dubbio».

9.

Carnelutti mi aspettava sulla porta dello studio. C'era il consueto buon odore di pulito, accogliente. Percorremmo il corridoio, arrivammo nella sua stanza e ci sedemmo ai due lati della scrivania.

– Mi scusi per questo spostamento e grazie per aver trovato il tempo di incontrarmi lo stesso.

Lui annuí, con un accenno di sorriso. Come sempre, in maniera appena paradossale, era a un tempo empatico e distante. C'era qualcosa di inafferrabile che produceva un filo di frustrazione nel suo modo di porsi. Non ho esperienza di altri psicoterapeuti o psicoanalisti e non so se sia una maniera comune di gestire il rapporto con il paziente. Probabile che sia uno strumento di lavoro: favorire la comunicazione mantenendo la distanza. Perché rimanga sempre percepibile che quella non è una conversazione fra amici. Immagino.

– Ho dovuto accompagnare in questura una cliente.

– Di cosa si trattava, se posso chiedere? A meno che non ci sia di mezzo il segreto professionale.

– Nessun segreto professionale. Potrà leggere la notizia sul giornale domani, e forse già stasera stessa sui siti. Questa signora è accusata di omicidio, è stata sottoposta a fermo.

La sua maschera di imperturbabilità fu per qualche istante incrinata da un lieve trasalimento.

– Omicidio.

– Sí. L'ho conosciuta solo oggi, l'ha indirizzata da me un amico. Quando ci siamo incontrati pensava di essere ricercata. Le ho detto che se era ricercata dalla polizia, qualunque cosa fosse successa, l'unico comportamento sensato era presentarsi dalla polizia. Cosí l'ho accompagnata, la questione è andata piuttosto per le lunghe, c'è stato un interrogatorio da parte del pubblico ministero. Ed è stato emesso un decreto di fermo.

– Le capita con frequenza?

– No, io non faccio molto penale criminale, cioè reati violenti o criminalità organizzata. A dire il vero criminalità organizzata non ne faccio proprio. Una delle mie fissazioni ideologiche. In ogni caso, situazioni come quella di oggi pomeriggio non sono frequenti nemmeno per i colleghi che seguono abitualmente quel tipo di faccende. Gli omicidi sono meno che in passato. A Bari fra gli anni Novanta e il primo decennio del Duemila c'erano guerre fra gruppi, piú o meno mafiosi, soprattutto per il controllo delle piazze di droga. Allora erano tantissimi i morti ammazzati. Ma come le dicevo, non me ne sono quasi mai occupato, salvo rare eccezioni.

– Non voglio chiederle cose che non può dirmi, però confesso di essere curioso. L'omicidio di oggi è un episodio di criminalità organizzata o è di matrice diversa?

– La mia cliente è accusata di aver ucciso l'ex compagno della sorella. In realtà non è solo accusata, è stata lei. Le modalità, la causa, il contesto non sono chiari, ma di sicuro non si tratta di criminalità organizzata.

Parve sul punto di aggiungere o chiedere altro. Poi lasciò perdere. Ebbi come l'impressione che la sua compostezza e il suo autocontrollo professionali – fino a quella sera li avevo percepiti come inscalfibili – si fossero un po' allentati. Aveva una curiosità personale per quanto gli avevo appena detto. E dovette pensare che siccome era una curiosità personale era giusto tenerla da parte.

– Di cosa vuole parlarmi stasera? La scorsa seduta è stato piuttosto silenzioso.

– Vorrei parlare di quello che è successo in questura.

– Cosa è successo?

Gli raccontai dello scontro con il dirigente della squadra mobile e di quello con il pubblico ministero. Del fatto che avevo ragione e che non era la prima volta che mi capitava un conflitto aspro in un ufficio di polizia, in una procura, in un'aula di tribunale.

– Però oggi è stato diverso.

– In che senso?

– Ho avuto paura. Non ho fatto nulla di diverso da altre occasioni: ho detto quello che andava detto nell'esercizio corretto della mia professione per tutelare la mia cliente ed evitare possibili abusi. E ho avuto paura.

– Di cosa?

Mi passai la mano sul mento percorrendo contropelo la barba di un giorno. Sciolsi la cravatta e la misi nella tasca anteriore della giacca come fosse una pochette.

– Non lo so. Non era paura di qualcosa di specifico, paura di qualche conseguenza concreta per le mie azioni. Mi sono sentito intimamente indifeso. E ho avuto la netta percezione che stavo facendo quello che stavo facendo, dicendo quello che stavo dicendo, con tono deciso, forse anche duro, per nascondere prima di tutto a me stesso questa paura.

– Ha constatato qualche sintomo fisico conseguente all'emozione?

Ci pensai un po' su. No, non è esatto, presi tempo. Perché conoscevo bene la risposta, e mi imbarazzava. Mi vergognavo. Mi dissi che era bizzarro vergognarsi davanti a uno psicoanalista. Non si va da questi signori proprio perché ti vergogni di qualcosa, o hai paura di qualcosa e loro ti aiutano a liberarti di tali sensazioni o almeno ti insegnano a maneggiarle perché non ti rendano la vita impossibile? All'improvviso mi resi conto che ogni volta che ero andato da Carnelutti, almeno fino a quel momento, io volevo fare bella figura. Volevo piacergli, e solo in seconda battuta parlare con sincerità dello spiacevole magma che mi si muoveva dentro e che ormai non ero in grado di ignorare.

– Mi tremavano le mani. Ho dovuto poggiarle sul tavolo per evitare che il tremito si vedesse.

– Le è capitato altre volte in situazioni professionali?

– Non che io mi ricordi –. Lasciai passare qualche secondo. – Mi è capitato sempre dopo aver fatto a botte per strada.

Qui Carnelutti non riuscí a reprimere un lieve moto di stupore.

– Botte per strada?

– Qualche volta, sí.

– Siamo tutti vittime degli stereotipi. Non avrei immaginato, non sembra uno... da vie di fatto.

– Da ragazzo facevo pugilato, anche a livello agonistico. Ho vinto pure qualche medaglia –. Finii la frase e mi sentii stupido. Perché lo avevo detto? Ancora per il desiderio infantile di fare bella figura, di essere ammirato. Ecco perché l'avevo detto.

– Come mai il pugilato? Sempre per stare agli stereotipi, lei sembra piuttosto un tipo da tennis o da atletica leggera.

– Mi ci ha portato mio nonno. Mi aveva visto tornare a casa dopo che le avevo prese, tante, da uno piú grande di me. Avevo quattordici anni e in qualche modo il pugilato mi ha cambiato la vita.

– Cosa le piaceva della boxe, a parte il fatto che le ha insegnato a difendersi?

– In realtà la pratico ancora. Avevo smesso attorno ai ventuno, ventidue anni, poi alla soglia dei quaranta sono tornato in palestra. Adesso ci vado almeno una volta alla settimana. Poi ho il sacco in casa e mi alleno da solo –. Omisi di dire che con il sacco – oltre a prenderlo a pugni – facevo lunghe conversazioni.

– Per quale motivo ha ripreso a quarant'anni?

– Fu un altro periodo complicato. Mia moglie mi aveva lasciato, con le migliori ragioni. Dopo qualche settimana di euforia per la riconquistata libertà, andai in pezzi. Davvero in pezzi, ebbi delle crisi di panico, non dormivo, insomma tutto un repertorio che lei immagino conosca bene. Mi rivolsi a un suo collega, in realtà era solo uno psichiatra. Lui mi prescrisse ogni tipo di psicofarmaci, ma alla fine io non li presi. Alla ricerca di un modo per tirarmi fuori pensai che il pugilato era stata una delle poche cose reali della mia vita.

– Che cosa intende?

– Vede, ho sempre avuto una sensazione di irrealtà riguardo alla mia esistenza, che mi sembrava quella di un altro, *raccontata* da qualcun altro. In un rimbalzo continuo fra rimuginare sul passato ed elaborare congetture, alcune ottimistiche, molte altre no, sul futuro, senza un autentico contatto con quello che stava succedendo nel momento in cui stava succedendo.

– E con il pugilato è diverso?

– I pugni in faccia sono piuttosto reali.

– Giusto. Riprendere la boxe le è stato di aiuto?

– Credo di sí.

– E mi sembra di capire che le sia stato di aiuto quando ha cominciato, a quattordici anni.

– Molto. Come le dicevo, credo mi abbia cambiato la vita. Pensavo anche mi avesse aiutato a liberarmi dalla paura. Quando ero bambino avevo paura di tutto. Del buio, degli insetti, dell'acqua alta, degli altri bambini. Ci sarà del resto, di sicuro. Non mi sono fatto mancare quasi nulla.

– Ha detto: pensavo mi avesse aiutato a liberarmi dalla paura. Non è stato cosí?

– A giudicare dalla sensazione di smarrimento che ho in questo periodo, e che oggi pomeriggio è venuta fuori con violenza, direi proprio di no. È come se la paura fosse rimasta lí dietro, relegata in un angolo grazie al lavoro, al cosiddetto successo professionale e al pugilato. E adesso scopro appunto che non era andata via, che era solo in attesa.

Mi interruppi, come in bilico su qualcosa di alto da cui non avevo (ancora) voglia o coraggio di saltare. Lui attese.

– Però c'è un'altra questione a proposito della boxe. Una questione a cui talvolta ho pensato, in questi anni. Ha un po' un'idea della tecnica?

– Mio padre era un appassionato, ho visto con lui alcuni incontri. In televisione, ovviamente. Ricordo quando Benvenuti perse il titolo mondiale con quell'argentino, come si chiamava?

– Monzón. Ha fatto una brutta fine, ma era un grandissimo pugile. E anche Benvenuti lo era.

– Ci credo, però sulla tecnica non so nulla. Perché me lo ha chiesto?

– La grammatica del pugilato è all'apparenza molto semplice. In questo è diverso dalle arti marziali orientali, dove c'è un numero enorme di colpi con i pugni, con le mani aperte, con le ginocchia, con i piedi, persino con la testa. Nel pugilato i colpi sono solo quattro: il *jab*, il diretto, il gancio e il montante, che di solito è chiamato con il termine inglese *uppercut*. Eppure con questi quattro colpi si possono costruire combinazioni infinite, sfumature infinite: sono come i colori primari. Mi piace l'idea che dall'estrema semplicità possa derivare l'estrema complessità e viceversa. Sa che non avevo mai parlato con nessuno di queste mie considerazioni? Mi rendo conto di averle davvero articolate solo adesso che gliele sto raccontando.

– In effetti è molto interessante.

– Il rosso, il giallo e il blu si possono combinare per ottenere qualsiasi colore. Allo stesso modo i colpi del pugilato si possono combinare per costruire qualsiasi attacco e qualsiasi difesa. E ognuno dei colpi ha un proprio significato emotivo. Per esempio il gancio per me è il rosso, rabbia e passione; il diretto è il giallo, precisione e verità; l'*uppercut* è il blu, emozione inattesa che trasforma quello che sembra scontato.

Carnelutti aveva poggiato entrambe le mani sulla scrivania e si era leggermente proteso in avanti.

Mi interruppi. – Sto dicendo delle cose bizzarre, vero?

– L'idea, direi l'auspicio, è che qui uno dica cose bizzarre. Altrimenti con ogni probabilità sta buttando i suoi soldi. Da quando viene da me, per la prima volta mi sembra che qualcosa si sia smosso. Che ci sia qualcosa su cui possiamo lavorare.

Feci un gesto di assenso.

– Per chiudere la nostra seduta vorrei capire meglio il motivo specifico del grande senso di insicurezza che ha provato oggi. Ha detto che ha svolto il suo compito, ha esercitato le sue prerogative per difendere al meglio la cliente, giusto?

– Sí.

– Cosa aveva di diverso questa situazione, rispetto alle tante altre simili in cui si è trovato in passato e nelle quali non ha provato inquietudine o addirittura paura? Immagino non fosse l'ambiente fisico della questura.

– No, certamente no. Anche se loro (il capo della mobile e il piemme) hanno adottato un atteggiamento nel complesso intimidatorio. Ma non era questo –. Feci una pausa. – Non solo, almeno.

Rimasi a pensare a lungo. Molto a lungo. Anche se forse pensare non è la parola esatta. Cercavo di *afferrare* i pensieri, ma non ci riuscivo, dunque non li stavo pensando davvero. Lui aspettava. Poi, a poco a poco, una spiacevole consapevolezza si fece strada. Come un'immagine che messa a fuoco in un binocolo – o con degli occhiali, insomma, per effetto di una lente – si rivela una cosa diversa da quella che ti sembrava. Parlai piano.

– Erano entrambi parecchio piú giovani di me.

Carnelutti annuí, come fa un professore quando un allievo, dopo un'attenta riflessione, azzecca la risposta esatta.

10.

Feci un po' di spesa al biologico sempre aperto dalle parti di casa. Quando rientrai e accesi la luce per prima cosa vidi Mr Sacco che mi aspettava.

– Ciao Sacco. Ho fatto tardi di nuovo, lo so. Stasera niente pugni, devo mangiare qualcosa e poi mi tocca lavorare.

Lui non rispose. Non lo fa mai, ma quella volta il suo silenzio mi parve carico di significato. Mi chiesi se avrei dovuto parlare a Carnelutti di questa personificazione – al limite del delirio allucinatorio – che avevo fatto di un sacco da pugilato.

Mi dicono che a molti bambini capita di inventarsi amici immaginari che possono avere diverse forme, come persone, animali o personaggi fantastici. Pare si tratti di un fenomeno piuttosto comune nella psicologia infantile. Interagire con un amico immaginario può fornire un senso di comfort, compagnia e sicurezza, specialmente in situazioni di solitudine o stress. Può essere una strategia per esplorare il mondo, familiarizzare con il linguaggio e imparare a gestire le emozioni.

Io da piccolo non avevo nessun amico immaginario. A dire il vero, nemmeno molti amici reali, ma questo è un altro argomento. Me ne sono procurato uno – Mr Sacco, appunto – attorno ai quaranta e conto di tenermelo.

All'inizio gli parlavo – perlopiú gli gridavo delle offese

– per darmi la carica mentre lo prendevo a pugni. Poi ho iniziato a parlargli anche a prescindere dagli allenamenti, e queste conversazioni sono diventate parte integrante della mia routine serale. Rientro a casa, lo saluto, gli dico cosa è successo, mi sfogo, chiedo la sua opinione. E talvolta, quando gli chiedo la sua opinione, la ricevo. Non nel senso che lo senta rispondere, non sono ancora arrivato alle allucinazioni uditive. Nel senso che se gli propongo un dilemma o una questione parlando ad alta voce (certo che gli parlo ad alta voce, dove sarebbe la stranezza altrimenti?) spesso intravedo una soluzione del problema o comunque un modo diverso per interpretarlo. La situazione è diventata particolarmente complessa dal punto di vista psichiatrico quando ho cominciato a preoccuparmi dell'umore, del benessere di Sacco; quando ho cominciato a preoccuparmi dei suoi sentimenti.

– Lo so che questa faccenda dello psicoanalista non ti piace molto. Però sono stato costretto ad andarci, altrimenti sarei diventato matto. Come dici? Se parlo con un sacco da boxe sono già matto? Non mi sento di darti torto, ma a maggior ragione, come si dice, era il caso di intervenire. Non è che non mi piaccia piú parlare con te. Mi piace, lo vedi. Il problema, senza offesa, è che tu sei un po' troppo taciturno. Sei un ottimo ascoltatore, per carità. Ma sai, a volte uno ha bisogno di qualche commento esplicito, qualche interpretazione, anche qualche consiglio.

Tolsi l'impermeabile, la giacca e la cravatta. Mi chiesi se fare subito una doccia e pensai che era una buona idea per lavarmi di dosso – in senso fisico e metaforico – l'odore di questura. Anche perché, come avevo appena detto a Sacco, per quella sera niente pugni.

– Domani ci alleniamo, prometto. Oggi devo guardarmi un provvedimento di fermo. Mi è capitata una rogna non da poco.

Feci una doccia veloce, preparai un'omelette con parmigiano e funghi; un'insalata di valeriana e pomodori con olio e una spolverata di curcuma. Per compensare un po' questo eccesso di salutismo aprii un Malbec (di regola è argentino, ma quello era campano, una discreta rarità) che mi aveva regalato un cliente e che era molto buono.

Poi, contravvenendo a una regola che per lungo tempo avevo rispettato, cominciai a mangiare, bere e, contemporaneamente, a leggere.

I capi di imputazione erano sintetici e non fornivano nessun elemento nuovo.

Quello che mi interessava era la parte relativa agli indizi di colpevolezza. Che come al solito erano «gravi, precisi e concordanti e tali da consentire sin d'ora una prognosi di condanna nel giudizio di merito». Ad averne voglia ci sarebbe da scrivere un libro sull'uso delle formule stereotipate, tautologiche e insignificanti che si trovano nelle motivazioni degli atti giudiziari. In questo caso, però, gli indizi erano davvero molto seri; già a prima vista si capiva che la situazione della mia nuova cliente non era rosea.

Prima di tutto venivano riportati stralci dei verbali di sommarie informazioni testimoniali rese da due abitanti nel condominio in cui era stato commesso l'omicidio: un uomo, tale Bonfiglio, e una donna, tale Colangelo.

BONFIGLIO

A.D.R. Abito nello stesso condominio in cui abitavano Elena Castell e il Petacci. Per la precisione io sto al secondo piano mentre loro stavano al settimo.

A.D.R. Uscendo di casa ho incontrato nell'androne una donna

che, sovrappensiero, ho scambiato per Elena Castell. Subito dopo ho fatto mente locale al fatto che Elena Castell era deceduta qualche settimana addietro, avendo commesso suicidio. Non ricordo chi me lo abbia detto ma era una notizia di cui, per ovvie ragioni, si era parlato nel condominio. Potete immaginare il mio stupore e il mio turbamento quando, uscendo, mi sono reso conto della cosa, in quel momento per me inspiegabile. Ho addirittura avuto l'impulso di tornare indietro per vedere se per caso mi fossi in qualche modo confuso.

A.D.R. Non sapevo che Elena Castell avesse una sorella gemella, lo apprendo da voi in questo momento.

A.D.R. Sono in grado di dire con precisione l'orario di questo incontro, perché stavo andando dal dentista con il quale avevo appuntamento alle ore 11.00. Da casa allo studio sono una decina di minuti a piedi. L'incontro deve essersi dunque verificato attorno alle 10.45-10.50.

A.D.R. Sono rientrato a casa verso le 13.00. C'era un sacco di gente e ho appreso che Petacci, convivente della defunta Elena Castell era stato assassinato.

COLANGELO

A.D.R. Abito sullo stesso pianerottolo in cui abitavano Elena Castell e il suo convivente Petacci. Non ho mai avuto particolari rapporti con loro. Giusto buongiorno e buonasera quando ci si incontrava all'ascensore.

A.D.R. Insegno latino e greco al liceo classico Orazio Flacco. Questa mattina ero a casa perché il martedí è la mia giornata libera. A un certo punto ho sentito un uomo e una donna che litigavano con toni molto concitati. Le voci venivano da casa Castell. La chiamo cosí perché l'appartamento era della signora Castell che ci abitava da prima che venisse a vivere con lei il suo compagno.

A.D.R. Il compagno è venuto a vivere con lei circa due anni fa, o poco meno.

A.D.R. Sulle prime ho provato a non badare alla lite in corso, anche se naturalmente mi aveva incuriosito perché mi chiedevo chi potesse essere la donna, dando per scontato che l'uomo fosse Petacci. Di solito cerco di non intromettermi negli affari altrui, ma l'intensità della lite in corso mi stava preoccupando.

A.D.R. Non sono riuscita a percepire frasi compiute, solo singole parole. Ho distinto l'uomo che a un certo punto ha detto qualcosa come «pazza»; la donna ha detto qualcosa come «merda» e «ammazzare» e poi qualcosa come «Elena è l'ultima». Poi altre grida indistinte. Infine, un rumore come di un ramo spezzato o un petardo. Dopo questo rumore la lite è cessata.

A.D.R. Non so dire l'ora precisa della lite, ma sicuramente è stata dopo le 10,20 perché a quell'ora avevo parlato brevemente al telefono con una collega come risulta dall'elenco delle chiamate del mio telefono cellulare.

A.D.R. Non ho aperto la porta né mi sono affacciata sul pianerottolo. Dopo il rumore di cui vi ho detto le grida sono cessate e io mi sono disinteressata della cosa. Non ho assolutamente pensato che quel rumore potesse essere stato prodotto da un colpo di pistola, che io prima di oggi non avevo mai sentito.

A.D.R. Presumo che il litigio si sia svolto nella stanza che confina con il mio appartamento.

Ulteriore elemento di colpevolezza era il possesso, pacifico, da parte dell'indagata, di una pistola semiautomatica Browning 6,35, dello stesso tipo e calibro di quella utilizzata per commettere l'omicidio. La circostanza che l'arma non fosse stata ritrovata nella perquisizione effettuata presso l'abitazione dell'indagata e che l'indagata stessa, una volta presentatasi in questura, non avesse fornito indicazioni per recuperarla (con ogni probabilità per impedire la comparazione balistica) costituiva un elemento indiziario aggiuntivo.

La causale dell'omicidio non è ancora chiara – scriveva il pubblico ministero – anche se dalle dichiarazioni rese dalla persona informata sui fatti Colangelo era agevole ipotizzare che essa fosse in qualche modo ricollegabile alla recente morte per suicidio della sorella gemella dell'indagata, già compagna della vittima.

La parte sulle esigenze cautelari – i motivi per cui Castell doveva stare in carcere, secondo il piemme – era una perfetta rassegna di formule del gergo giudiziario.

> La gravità del fatto, le sue specifiche modalità (commissione con estrema freddezza, esplosione di un singolo colpo di arma da fuoco al cuore della vittima) l'aggravante della premeditazione, il mancato reperimento dell'arma del delitto (da ritenersi dunque ancora nella disponibilità dell'indagata) lasciano ragionevolmente ipotizzare che l'indagata, se non sottoposta alla piú grave misura della custodia in carcere, potrebbe in seguito commettere reati della stessa indole di quelli per cui si procede. Inoltre, la prospettiva di una pesante condanna cui l'indagata con ogni probabilità vorrà sottrarsi impone di ritenere la sussistenza anche dell'esigenza cautelare del pericolo di fuga.

Detto in lingua italiana: il reato è grave, in caso di condanna la pena sarebbe pesante, dunque l'indagata cercherà sicuramente di scappare. Si tratta di un ragionamento tanto sconnesso quanto frequente.

La cassazione ha chiarito piú volte che il pericolo di fuga non può essere presunto in base alla gravità del reato (quello che aveva fatto il pubblico ministero nel caso di Castell), ma deve essere desunto da elementi specifici, da circostanze concrete. I pubblici ministeri, la polizia giudiziaria e parecchi giudici però ignorano quello che dice la cassazione e continuano a emettere, eseguire e convalidare decreti di fermo in cui il pericolo di fuga si basa, appunto, solo sulla gravità del reato.

Che non vi fosse pericolo di fuga era dimostrato dal fatto che la mia nuova cliente si era spontaneamente presentata dalla polizia, ma le motivazioni dei provvedimenti sulla libertà personale seguono degli schemi quasi automatici. Il concetto è: se hai commesso un certo tipo di reato – l'omicidio in particolare – devi stare in carcere. Punto.

In questo caso, fra l'altro, non c'era nemmeno il cosiddetto rischio di reiterazione criminale. Se qualcuno commette un omicidio legato a una ragione precisa e irripetibile, dopo quell'omicidio non andrà in giro per le strade a sparare a chi capita. Se sei un delinquente professionale e uccidi qualcuno, esiste certo il rischio che tu lo rifaccia (oltre alla probabilità che lo abbia già fatto). Se hai una faida in corso con la famiglia di un tuo nemico e ne ammazzi un membro, è abbastanza probabile che tu voglia completare l'opera ammazzando gli altri. Se sei un balordo che aggredisce le persone per il gusto di farlo o un criminale psicopatico che stupra e strangola per hobby, è giusto chiuderti in cella perché altrimenti, quasi di sicuro, lo rifarai. Pure se sei un semplice cretino e ammazzi qualcuno durante un litigio stradale è giusto che tu stia in carcere in attesa del processo. È evidente che sei (stupidamente) pericoloso e la comunità ha tutto il diritto di non volerti in circolazione anche prima della condanna definitiva.

Perché il tema è questo: mandare in carcere qualcuno prima che sia accertato che è davvero colpevole, al di là di ogni ragionevole dubbio. Si può fare, in certi casi è inevitabile, ma è (dovrebbe essere) un'eccezione alla regola per cui la pena si sconta dopo la condanna definitiva. E se è un'eccezione deve valere per casi eccezionali, in presenza di presupposti rigorosi. In sintesi: occorrono indizi cosí gravi da far prevedere che l'indagato verrà condannato; occorre che esistano specifiche esigenze cautelari.

Insomma, nei casi citati sopra e in altri analoghi è giusto e corretto ingabbiare il tizio o la tizia. In realtà: il tizio. La quasi totalità degli omicidi è commessa da maschi. Ma se sei responsabile (meglio: se si ipotizza che tu sia responsabile) di un omicidio legato a ragioni che riguardano solo te e la persona che hai (forse) ammazzato, non esiste il rischio di reiterazione; e non si può dire, senza fare un pasticcio logico giuridico, che il pericolo di fuga esiste perché il reato è grave e potrebbe portare a una lunga condanna.

A prescindere da queste riflessioni, la faccenda era molto seria. La cosa piú condivisibile scritta nel decreto di fermo era che il quadro indiziario era grave e che una sentenza di condanna appariva molto probabile.

Mi bruciavano gli occhi. Per qualche istante sperimentai una dissociazione spazio-temporale e pensai che potevo accendermi una sigaretta. Lo pensai proprio come una cosa concreta, il modo per chiudere una giornata abbastanza inusuale e densa. Per qualche frazione di secondo mi chiesi anche dove fossero il pacchetto e l'accendino.

Il fatto è che a casa mia non c'erano piú né sigarette né accendini da anni.

Mi chiesi se fosse un tipico segno dell'età che avanzava. Voglio dire: non desiderare una sigaretta dopo molti anni che hai smesso, ma pensare concretamente di prenderne una e fumartela.

Poi mi dissi che un tipico segno dell'età che avanza è pensare sempre piú spesso ai presunti, tipici segni dell'età che avanza. E decisi di andare a dormire.

11.

Castell indossava una felpa e sembrava tranquilla. Molto piú tranquilla di quanto sia normalmente una persona che finisce per la prima volta in carcere.

– Come sta? – non mi venne nulla di piú originale.

– Abbastanza bene, considerate le circostanze. Non ho dormito granché stanotte, ma mi succede anche in albergo.

O aveva dei nervi d'acciaio o c'era qualcosa che mi sfuggiva. In realtà è sbagliato detto cosí, con la disgiuntiva. Forse aveva nervi d'acciaio e c'era qualcosa che mi sfuggiva. Annuii come se tutto mi fosse chiaro ma, appunto, non mi era chiaro niente.

– Ha letto il decreto di fermo?

– Sí.

– Prima di parlare di cosa è successo mi dica se dalla lettura ha rilevato qualche imprecisione, o proprio qualcosa di sbagliato. Mi riferisco in particolare ai verbali delle due persone informate sui fatti.

Scosse la testa. – Non mi sembra. Quando sono arrivata a casa di mia sorella ho incontrato un uomo mentre entravo. Non lo conoscevo, dev'essere quello che dice di avermi vista arrivare.

– Lei e sua sorella eravate gemelle.

– Sí. Eravamo quasi identiche. Ci sono gemelli che, soprattutto da adulti, sono diversi. Noi no. Siamo sempre state uguali, eravamo omozigoti.

– E l'altra persona informata? Quella che dice di aver sentito un alterco e poi un rumore come di un ramo spezzato? – Mi chiesi per quale motivo non avessi detto: uno sparo.

– C'è stata una discussione... insomma un litigio violento con quello. Non ricordo bene cosa ci siamo detti, ma certamente abbiamo alzato la voce, è probabile che qualcuno ci abbia sentiti.

Avrei potuto – e forse dovuto – chiederle in modo diretto che cosa fosse successo e perché aveva sparato a Petacci uccidendolo. Però non lo feci.

Si discute parecchio fra gli avvocati penalisti: è meglio sapere o non sapere se il cliente è colpevole? La difesa si avvantaggia della conoscenza completa dei fatti o si è piú efficaci, meno frenati da eventuali remore etiche, nel prospettare ai giudici il dubbio ragionevole ignorandoli, quei fatti? In generale io preferisco l'ignoranza, soprattutto quando si tratta di un episodio violento o addirittura di un omicidio. La difesa è piú tecnica, piú asciutta, meno condizionata da aspetti emotivi o comunque irrazionali. Consente di mantenere una maggiore distanza, che è cosa molto sana in questo lavoro. Non sempre, però, è possibile. Se un imputato si difende negando di essere stato sul luogo del delitto e la difesa si impernia sulla mancanza o sull'insufficienza degli indizi relativi a questa fondamentale circostanza o addirittura si basa su una prova di alibi, allora non è indispensabile che il difensore sappia la verità.

Altro discorso, come nel caso di Castell, se è pacifico che l'indagata era lí e se è pacifico addirittura che ha sparato. In una simile situazione decifrare le modalità dello sparo, le sue cause, quello che è successo subito prima e magari subito dopo è questione decisiva, dunque inevitabile. Allora perché facevo fatica a rivolgerle domande dirette su ciò che era avvenuto? Cosa mi tratteneva? Perché continuavo a girarci attorno?

– Vuole ripetermi per quale motivo è andata da Petacci ieri mattina?

– Volevo recuperare alcune cose di valore di mia sorella – gioielli perlopiú – perché temevo che lui se ne appropriasse. Poi volevo ripetergli di persona quello che gli avevo già detto al telefono: doveva lasciare l'appartamento al piú presto.

– Perché tanta fretta?

Prese un lungo respiro e sospirò altrettanto a lungo. I muscoli delle mascelle si contrassero per qualche secondo.

– Quell'uomo era un miserabile. Elena era una donna fragile e traumatizzata da esperienze precedenti. Lui ha reso infelici gli ultimi anni della sua vita, approfittando di lei anche dal punto di vista economico, e l'ha condotta al suicidio.

Mi accorsi solo un secondo dopo che avevo scosso la testa come si fa d'istinto quando un buon *jab* arriva a bersaglio. Di regola il colpo non basta per buttarti giú, ma può darti un segnale di avvertimento: le cose potrebbero andare peggio di lí a poco. Pensai all'effetto che dichiarazioni del genere potevano avere sui giudici e la cosa non mi piacque.

– Sono affermazioni molto gravi. Può spiegarmi meglio?

– Avrei dovuto trovare il modo di intervenire prima, non dopo il suicidio di mia sorella. Ma non avevo capito che la situazione fosse cosí grave. Naturalmente le avevo parlato, le avevo detto che doveva interrompere quella relazione, che quell'uomo le stava rovinando la vita. Ma questi consigli non funzionano mai, se la persona che li riceve non è disposta ad accoglierli. Insomma, se non ha già deciso per conto suo.

– Credo anch'io. Mi diceva di questi comportamenti.

– Lui era considerato un bell'uomo, seducente come sanno essere certi manipolatori e certi truffatori. L'ha corteggiata, l'ha sedotta, le diceva che l'amava, che non aveva mai conosciuto una donna come lei e che con lei voleva passare il resto della vita. Cosí si è trasferito a casa sua e si è impossessato di tutto. E come succede in questi casi, con questo tipo di soggetti, una volta avuta la preda nelle sue mani, si è rivelato per quello che era.

Era uno schema che conoscevo molto bene. Quasi tutte le donne che avevo difeso come persone offese in processi per stalking avevano avuto una storia analoga. Avrei potuto raccontarla io, senza fare errori e senza avere mai conosciuto Elena Castell. Dopo qualche mese di convivenza lui cambia. All'inizio non è piú cosí gentile; poi comincia a diventare abusivo e violento, prima solo verbalmente, poi anche fisicamente. Infine la situazione degenera e in breve la vita diventa un inferno. Per la donna.

– La picchiava?

– Qualche schiaffo, a volte. Ma le violenze fisiche erano l'ultimo dei problemi. La cosa piú grave erano le continue umiliazioni.

– Gliene ha parlato sua sorella?

– Non subito. All'inizio negava anche a sé stessa. Non capiva e rifiutava la realtà. Se quell'uomo cosí gentile e affascinante era diventato cosí… diverso, allora doveva esserci un motivo e, probabilmente, quel motivo era colpa sua; di lei, intendo.

Continuò il suo racconto e, ripeto, non c'era nulla che non avessi già sentito. Il tizio avviliva pubblicamente la compagna; esercitava su di lei una vigilanza ossessiva, decidendo addirittura cosa poteva indossare e quando poteva uscire; le vietava di incontrare gli amici; le instillava la sensazione di essere sbagliata. E soprattutto aveva preso il totale controllo delle sue risorse finanziarie.

Era un racconto torbidamente interessante. E lo sarebbe stato ancor piú per il pubblico ministero, perché forniva ulteriore consistenza alla tesi dell'omicidio premeditato. Petacci era stato il carnefice di Elena Castell; lei si era suicidata; la sorella gemella Elvira aveva deciso, programmato (dunque: premeditato) ed eseguito la propria vendetta.

Fino a che non avessi avuto uno straccio di idea su come impostare la difesa, quella donna non doveva aprire bocca davanti ai magistrati.

– Ha reso la vita impossibile a mia sorella, non è difficile capire per quale motivo si sia suicidata.

– Quando è accaduto?

– Il suicidio?

– Sí.

– Tre settimane fa. Con il gas di scarico della sua auto.

– Ha lasciato qualcosa di scritto?

– Nulla.

Rimasi un po' in silenzio, poi passai alla domanda piú importante.

– Perché ha portato con sé la pistola?

– Non so dirle, in realtà. L'incontro mi preoccupava, lui era un violento e insomma ho fatto questa sciocchezza.

Continuava a parlare con quel tono stranamente composto. Cominciava a inquietarmi.

– Cosa è successo nell'appartamento?

– Abbiamo discusso in modo sempre piú animato. Gli ho detto che doveva andarsene subito e lui ha risposto che non potevo cacciarlo fino a quando la successione non si fosse chiusa e non fossi diventata legalmente proprietaria dell'appartamento. Fino ad allora lui sarebbe rimasto lí, mi piacesse o no. Io l'ho minacciato, ho estratto la pistola e gli ho detto che se non se ne andava lo ammazzavo e lui mi ha riso in faccia. Ha detto che ero una pazza, come mia sorella. Una povera pazza che aveva fatto la fine che meritava, ha detto.

S'interruppe, all'improvviso sembrò molto stanca. E lo disse.

– Sono veramente stanca. Ha cercato di aggredirmi, poi non riesco piú a ricordare bene. Solo che lui si avvicinava e che la pistola ha sparato. Quando ci vedremo di nuovo cercherò di essere piú precisa.

Era stanca, sí, ma la sua storia era lacunosa in modo inattendibile. Il motivo non era chiaro. O forse era chiarissimo. Forse aveva ammazzato il tizio a sangue freddo e non era pronta ad ammetterlo.

Stavo per insistere, cambiai idea.

– Va bene. Domani o dopodomani ci sarà l'interrogatorio di garanzia davanti al giudice per le indagini preliminari. Continui ad avvalersi della facoltà di non rispondere e non parli con nessuno in carcere di quello che è successo e in generale dei fatti suoi. Questo finché non avremo deciso la strategia da seguire.

12.

L’interrogatorio di garanzia fu fissato per il giorno seguente. La magistrata si chiamava Rossi e non l’avevo mai incontrata prima: un nuovo arrivo nell’ufficio del giudice per le indagini preliminari. Era piccola, graziosa e appariva molto giovane. L’avessi incontrata in una situazione diversa da quella e mi avesse chiesto di indovinare la sua età avrei risposto non piú di venticinque. Per ragioni tecniche (tempi della laurea, del concorso, del tirocinio, del primo periodo di lavoro che non può mai essere in quel tipo di funzioni) doveva averne piú di trenta.

Era gentile e cordiale, caratteristiche che non si incontrano spessissimo fra i magistrati. Non è il luogo comune per cui agli avvocati non stanno simpatici i magistrati. È che non è facile per nessuno essere gentile e addirittura cordiale se tutti i giorni devi affrontare montagne di carte, decine e decine di casi umani che inevitabilmente diventano fascicoli da smaltire, eserciti di avvocati che a volte sono bravi e corretti; altre volte sono incapaci; altre volte ancora sono balordi peggiori di certi loro clienti. Per i magistrati agli inizi della carriera c’è in piú l’inevitabile insicurezza dell’apprendistato, che in molti cercano di nascondere con atteggiamenti di rigidità e chiusura.

La mia cliente, come d’accordo, si avvalse della facoltà di non rispondere. Io chiesi di fare qualche osservazione a verbale.

– Prego, avvocato.

– Due annotazioni brevissime, giudice. La prima è sulla convalida del fermo. Capisco tutto: polizia e procura vogliono offrire risposte immediate e visibili al bisogno di sicurezza dei cittadini. Mi verrebbe da dire: per placarne l'ansia. Sottoporre a misura precautelare la presunta responsabile di un fatto grave e allarmante come quello oggetto del presente procedimento è un modo per dare quel tipo di risposta. Non so cosa farei io se fossi al loro posto. Ma non sono al loro posto. Sono qui a fare l'avvocato e a cercare di attirare l'attenzione sulle applicazioni discutibili della legge processuale. Il pericolo di fuga, che è presupposto normativo per il decreto di fermo, è stato motivato con un mero e sostanzialmente tautologico riferimento alla gravità del capo di imputazione.

«Questo ragionamento è compatibile con una corretta interpretazione dell'articolo 384 del codice di procedura penale? La norma prevede, lei lo sa meglio di me, che ci siano fondati motivi per ritenere che l'imputato, se lasciato in libertà, possa sottrarsi alla giurisdizione. Fondati motivi significa motivi concreti, riferiti alla specifica vicenda. La giurisprudenza fornisce una casistica di tali motivi: mancanza di fissa dimora, predisposizione di mezzi per una partenza, relazioni internazionali e cosí via. Sempre la giurisprudenza di legittimità ha chiarito che il pericolo di fuga non può essere ritenuto sulla base di supposizioni, congetture, sospetti. Soprattutto ha stabilito che il pericolo di fuga non può essere fondato solo sulla gravità del reato, ma deve essere valutato caso per caso, considerandone le specifiche circostanze. Cosa che non è accaduta per il provvedimento di fermo in questione. Non appena ha saputo che la polizia la stava cercando, a poche ore dal fatto, la dottoressa Castell si è presentata in questura. Questo, unitamente alle suddette considerazioni interpretative, dovrebbe consentire di escludere la sussistenza del pericolo di fuga e dunque la legittimità del fermo. In primo luogo, dunque, chiedo la non convalida del decreto per carenza del presupposto del pericolo di fuga.

Dissi che avrei aggiunto due parole sul rischio di reiterazione. Non c'era nessun elemento, anche solo di tipo presuntivo, che consentisse di ipotizzare che l'indagata, se in libertà, avrebbe commesso altri reati violenti o addirittura omicidi. La misura cautelare non era necessaria, e se proprio lo era, gli arresti domiciliari erano sufficienti a garantire ogni esigenza di difesa della collettività.

Che le mie parole potessero ottenere un risultato non ci credevo nemmeno un po'. Non ho mai visto una persona gravemente indiziata di omicidio volontario che venga rimessa in libertà o anche solo agli arresti domiciliari a cosí poca distanza dal fatto. Però in questo lavoro funziona cosí: dici tutto quello che c'è da dire, anche se ti sembra inutile. Di tanto in tanto, in qualche caso, hai delle sorprese.

In quell'occasione non ce ne furono. Qualche ora dopo la giudice Rossi depositò il provvedimento con cui rigettava la richiesta di convalida del fermo per mancanza di concreti elementi da cui desumere il pericolo di fuga (dandomi almeno questa piccola soddisfazione, priva di qualsiasi conseguenza pratica) e applicava la misura della custodia cautelare in carcere per il rischio di reiterazione di reati della stessa indole poiché «le modalità del fatto per come accertate nell'attuale fase cautelare esprimevano una fortissima propensione al crimine violento e lasciavano ipotizzare che l'indagata, se rimessa in libertà, potesse commettere altri reati della stessa tipologia».

Mi chiesi cosa avrei fatto io al suo posto, e mi risposi che, con ogni probabilità, avrei deciso nello stesso modo.

13.

– Com'è andata la settimana? Ha riflettuto sulle cose di cui abbiamo parlato la volta scorsa?

– Si riferisce alla questione della paura?

– Sí.

– Mi sono ricordato una frase letta in un racconto di Murakami. Sono andato a cercarla... ho dovuto sfogliare diversi libri, perché non ricordavo dove fosse... l'ho trovata e l'ho ricopiata.

Tirai fuori un foglietto e lessi: – «La cosa piú temibile, però, è voltare le spalle alla paura, chiudere gli occhi per non vederla. Perché cosí facendo consegniamo la cosa piú preziosa che abbiamo in noi a qualcos'altro». Quando l'ho letta, anni fa, non avevo capito bene cosa volesse dire. Suppongo sia sempre cosí: capisci solo quando sei pronto, o almeno quando cominci a essere pronto.

– Eh sí, funziona in questo modo. Quando l'allievo è pronto, il maestro appare. Vecchio detto zen. E riflettendo sulla paura, è venuto fuori altro? Emozioni diverse, idee, immagini mentali? O magari qualche sogno.

– I sogni continuo a non ricordarli, anche se a volte, adesso, al risveglio ho delle immagini. Ma appena mi alzo si dissolve tutto.

– Qualcuno trova utile tenere un bloc-notes sul comodino per annotare subito quello che ricorda. Prima che si dissolva tutto, come ha detto lei.

– Non sono sicuro che farei una cosa del genere.

– Perché?

Lasciai vagare lo sguardo sulla scrivania e sui muri. Senza impegnarmi a vedere per davvero. Ebbi la sensazione netta di voler restare in superficie. Forse era questo il motivo per cui mi sembrava faticosa e complicata l'idea di tenere un taccuino vicino al letto e appuntare i sogni, i loro frammenti, al mattino. Come a causa di un'enorme stanchezza ogni minimo movimento, fisico o morale, mi appariva uno sforzo inconcepibile. Piú facile da pensare che da dire, o addirittura spiegare.

– Non lo so. È come se mi mancassero le forze. Dico in generale, le forze per fare qualunque cosa non rientri in una routine consolidata cui appoggiarsi. Argini, corrimano, ringhiere.

– Una tecnica che può provare, al momento di andare a dormire, è dirsi semplicemente: voglio ricordare i sogni che farò questa notte. Non sarebbe male pronunciare la frase ad alta voce.

L'idea non mi convinceva, ma non avevo voglia di discuterne. Cosí dissi che lo avrei fatto e archiviammo l'argomento.

– A parte i sogni, le chiedevo se ha riflettuto su ciò di cui abbiamo parlato la volta scorsa e se è venuto fuori qualcosa.

– Ecco… ho cercato di pensare al ruolo che la paura ha avuto in tutta la mia vita, ma non sono riuscito ad andare oltre quello che ci siamo detti. Anche lí era come se mi mancassero le forze per elaborare una riflessione compiuta. Avevo una specie di paralisi mentale, e forse emotiva. Un'incapacità di entrare in contatto con idee ed emozioni. Però a un certo punto è successa una cosa che ho trovato strana.

– Cosa?

– Sono stato preso dalla rabbia.

– Rabbia per non riuscire a elaborare?

– No. Questo lo avrei trovato normale. Sono stato preso dalla rabbia verso la mia ex fidanzata, Annapaola. Inopinatamente, come si legge in certi atti giudiziari.

Non fece commenti, solo un cenno col capo per invitarmi a continuare.

– Quando sono venuto da lei la prima volta le ho detto i motivi per cui mi ero deciso a provare la psicoterapia. Ricorda?

– Mi ha parlato della fine di una relazione e del messaggio ricevuto da una compagna di tanti anni fa. Senza dirmi i nomi di queste donne, allora.

– Annapaola e Margherita. Chissà perché non glieli ho detti. Comunque, mentre cercavo di pensare alla paura mi sono reso conto di essere molto arrabbiato con Annapaola.

– E il motivo?

– Le ho raccontato che la nostra relazione è cessata – (ma come diavolo parlo: la nostra relazione è cessata?) – va be', le ho detto che è finita perché lei aveva un'altra storia. È cosí, ma non le ho raccontato tutto. L'altra storia era con una donna.

– È arrabbiato per questo? Per essere stato tradito con una donna?

– Non credo. Sapevo che Annapaola era bisessuale, e anzi la mia impressione era che preferisse le donne agli uomini. Quando la nostra storia cominciò ero piuttosto stupito. Forse anche banalmente lusingato, ma insomma no, non credo che la rabbia dipenda da questo, dal fatto che mi abbia lasciato per una donna.

– E allora?

Presi un respiro profondo, appoggiai i gomiti sulla scrivania e il mento sui pugni chiusi. Tenni per un po' lo sguardo sulle venature del legno, nel tentativo di riordinare le idee.

– Come le ho detto, riflettevo sulla questione della paura senza riuscire davvero ad afferrarla. Ed è stato allora che mi sono tornate in mente le parole di Annapaola il giorno che ci siamo lasciati. Cioè per la precisione quando io ho suggerito che forse era meglio lasciarci e lei, senza obiettare nulla, ha risposto che sí, forse era meglio. Mi ha detto che mi voleva bene, che me ne avrebbe sempre voluto e che le sarebbe piaciuto se fossimo rimasti amici. Quando le ho ricordate, queste parole mi hanno fatto venire rabbia.

– Le hanno fatto venire rabbia solo nel momento in cui ci ha ripensato?

– Sí, è questo il punto. Quando abbiamo parlato, diversi mesi fa, ero stupito, triste, smarrito, non trovavo nulla da replicare, e infatti credo di essere stato perlopiú zitto. Ma certo non ero arrabbiato.

– O forse non ne era consapevole.

– O forse non ne ero consapevole. Sta di fatto che ho ripensato a quella frase e mi è sembrata mediocre e irrispettosa. È stato come se d'un tratto si squarciasse un velo. Un velo che prima offuscava la mia immagine idealizzata di lei.

– Sa cos'è il velo di Maya?

– Schopenhauer. Giusto, non ci avevo pensato. O meglio: probabilmente ci avevo pensato senza rendermene conto.

Rimanemmo in silenzio per un po'. Pensai al mio professore di filosofia del liceo – uno dei pochi da cui avevo imparato qualcosa – e alla sua lezione su Schopenhauer, poco prima delle vacanze di Natale. Forse la ricordavo cosí bene proprio perché era stata vicina alle feste. Mi parve di sentire la sua voce, con una leggera nota stridula e ciononostante carica di fascino: il velo di Maya, concetto che Schopenhauer riprende dall'antica tradizione vedica e dall'induismo, è l'illusione che nasconde la vera natura della realtà. Ai tempi della scuola, filosofia mi appassionava. Mi immaginavo i filosofi, i personaggi; ce n'erano alcuni che avrei voluto conoscere. Per esempio Spinoza, per quello che ne scriveva Bertrand Russell nella sua *Storia della filosofia occidentale*: «Spinoza è il piú nobile ed è il piú degno di amore dei grandi filosofi. Se qualcun altro lo ha superato dal punto di vista intellettuale, dal punto di vista etico è superiore a tutti». Mi piaceva che un filosofo fosse degno di amore e mi piaceva questa intrusione del sentimento in un libro che in teoria si sarebbe dovuto limitare alla storia delle idee. Avrei voluto conoscere Montaigne, Occam. E avrei voluto conoscere Schopenhauer. Invece mi era antipatico Platone, non troppo simpatico Kant e sopra tutti detestavo Hegel. Bambinate.

Il viso di Carnelutti tornò a fuoco.

– Scusi, mi sono perso. Dov'ero rimasto?

– Ha detto che la richiesta di rimanere amici, a posteriori, le è parsa molto banale e irrispettosa.

– Sí, un espediente per sottrarsi al dolore della separazione. Per evitare la responsabilità e il peso del mio dolore. Una scorciatoia, un anestetico, non lo so. Comunque mi è sembrata una cosa mediocre e io avevo sempre pensato, anche nei momenti di crisi, anche durante i litigi, che Annapaola non fosse una persona mediocre. Che fosse una donna coraggiosa, capace di affrontare le difficoltà, le durezze della vita senza nascondersi e senza cercare alibi. Quando questa cosa mi è venuta in mente mi sono arrabbiato. Con lei per l'inattesa mediocrità, con me stesso per non essermene accorto nel momento in cui mi parlava. Per non averle risposto quello che sarebbe stato giusto.

– Cioè?

– Sarebbe stato giusto dirle: va bene, ho capito, hai

un'altra persona e vai per la tua strada. Succede tutti i giorni, è la vita. Non posso farci niente, nessuno può farci niente. Però non mancarmi di rispetto dicendomi che vuoi che restiamo amici. Troppo comodo andare per la propria strada cercando di sfuggire al carico di dolore che questo comporta. Anzi peggio, cercando di riversarlo su di me con una specie di implicito ricatto morale: io ti voglio ancora bene, voglio che restiamo amici, alcune cose cambiano, ma il volersi bene rimane e questo deve bastarti. Io invece non voglio che rimaniamo amici, non voglio darti questo calmante per la tua angoscia. Io mi tengo la mia e tu però ti tieni la tua. Cazzo anche solo parlarne adesso mi fa incazzare. Scusi il lessico.

– Va bene il lessico e va bene incazzarsi, – disse accennando un sorriso.

– Sa che mi ha preso per qualche istante l'impulso di chiamarla e dirle tutte queste cose?

– E perché non lo ha fatto?

Mi strinsi nelle spalle ed emisi un lungo sospiro, mi sentivo molto stanco. – Perché io non faccio queste cose. Non faccio queste cose e un sacco di altre. La rabbia me la sono sempre tenuta per me.

– Immagino sappia che questa consapevolezza è un risultato non da poco. E la rabbia non è male, è una reazione sana. A volte, però, è solo un modo per evitare la tristezza, che ci fa piú paura della rabbia. Anche Annapaola, probabilmente, aveva paura della tristezza, e per questo le ha detto quelle parole, abbastanza scontate glielo concedo. Ma noi cerchiamo ogni espediente per sottrarci alla paura, alla rabbia, alla tristezza. È proprio il tentativo di sottrarci a esse che dà a queste emozioni piú potere sulle nostre vite. Adesso c'è una cosa che vorrei chiederle.

– Prego.

– Lei ha mai lasciato qualcuno?

– In che senso?

– Ha mai concluso una relazione dicendo a una donna – presumo che abbia avuto relazioni solo con donne, ma se ne ha avute anche con uomini va bene lo stesso – dicendo che la stava lasciando?

Ci pensai un po' su. O forse feci solo finta, perché conoscevo benissimo la risposta e mi sorprese non averci mai pensato prima. Serrai le labbra trasformando la bocca in una fessura.

– No, direi di no –. Non avevo mai lasciato nessuna donna, ero sempre stato lasciato. Era una verità pacifica ed evidente, visto che riguardava la mia vita. Eppure averla davanti cosí nitida ebbe l'effetto di togliermi l'equilibrio.

– Suppongo che lei abbia avuto un certo numero di relazioni. Non la colpisce il fatto che nessuna di queste relazioni sia stata interrotta da lei?

– Mi colpisce, sí.

– Come interpreta la cosa? Le possibilità sono grosso modo due. La prima è che tutte le sue partner si siano stancate della relazione prima di lei. Può essere?

La domanda era palesemente retorica. Non serviva risposta.

– La seconda è che in qualche caso – non sempre ma in qualche caso – lei abbia creato le condizioni per essere lasciato. Ha creato le condizioni perché l'altra persona facesse quello che *lei* voleva fare senza trovarne la forza, il coraggio, il modo. Le sembra plausibile?

– Mi sembra plausibile.

– Alcuni di noi hanno problemi a *dispiacere* gli altri. Dipende da molte ragioni, ma essenzialmente accade perché abbiamo paura della tristezza. Ne abbiamo cosí tanta paura da cercare di evitarla a ogni costo. Lasciare una persona significa produrre sofferenza e c'è chi non ne è capace. Sa per quale motivo si è cosí tanto arrabbiato ripensando alle parole di Annapaola?

Risposi di no anche se cominciavo a comprendere quello che voleva dirmi.

– Una possibilità è che lei abbia proiettato su Annapaola il disagio per una sua personale debolezza. Appunto la difficoltà di fronteggiare il dolore e l'incapacità di creare situazioni in cui può irrompere. Anzi in cui di sicuro la conseguenza delle nostre azioni è la tristezza. Forse ha cominciato a percepire questa e altre parti di sé che aveva sempre rifiutato, e ciò la sgomenta. Attenzione, non voglio dire che la sua diagnosi su Annapaola e sul suo comportamento sia sbagliata. Anzi, è accurata e condivisibile. Facciamo diagnosi molto precise sugli altri e sulle loro debolezze quando cogliamo in loro cose che ci riguardano e che non sopportiamo di cogliere in noi.

Stavo per replicare, ma lui guardò l'orologio.

– Abbiamo terminato. La volta scorsa abbiamo accennato alla paura. Oggi abbiamo parlato di rabbia e tristezza. E del timore di procurare dispiacere che di solito nasce da un bisogno non confessato di approvazione. Vorrei che lei, nei prossimi giorni, provasse a riflettere su quello che piú la infastidisce, la fa arrabbiare o addirittura la disgusta negli altri.

– Ha parlato di proiezione, ha detto che avrei proiettato su Annapaola una debolezza che invece sarebbe mia. Prima che vada via può spiegarmi meglio cosa intende?

– In pochissime parole: nel nostro linguaggio il concetto di proiezione si riferisce al processo inconscio attraverso il quale attribuiamo agli altri gli aspetti o le emozioni che non riconosciamo e che comunque rifiutiamo di accettare in noi stessi. È come se trasferissimo parte di noi su di loro, quasi fossero uno schermo, e attribuissimo loro ciò che non vogliamo vedere dentro di noi. Da questo dipendono molte conseguenze, perlopiú negative.

14.

Qualche giorno dopo l'emissione dell'ordinanza di custodia cautelare in carcere ottenni la copia degli atti. Non c'era molto piú di ciò che avevo già letto nel decreto di fermo. Gli elementi di prova erano quelli: le dichiarazioni dei due condomini e il contenuto dell'informativa in cui si faceva riferimento alla detenzione (legale) della pistola da parte dell'indagata e al fatto che tale pistola – stesso calibro dell'arma da cui era partito il colpo mortale – fosse scomparsa.

Scartai subito l'ipotesi di presentare ricorso al Tribunale della libertà, dato che il rigetto era garantito senza ombra di dubbio. Era invece indispensabile che tornassi in carcere da Castell per spiegarle con molta chiarezza che, considerate le circostanze, doveva raccontarmi senza reticenze tutta la verità. Pronunciai mentalmente questa frase e la trovai parecchio ridicola. Va bene, intendevo dire: devo parlare con quella donna e cercare di sapere qualcosa di piú domandandoglielo in modo diretto, senza girarci attorno come ho fatto finora. La mia consueta rissa interiore, per quella volta, si placò sul nascere.

In particolare era importante capire se e quanto fosse vera la faccenda dell'aggressione da parte di lui. E piú ancora se fosse possibile provarla, o almeno fornire qualche indizio decente nel quale incuneare il dubbio ragionevole sull'esistenza della legittima difesa.

Poi dovevo parlare con Carmelo Tancredi per capire con lui se c'era margine per qualche investigazione difensiva.

Dopo averci pensato su per un po' mi dissi che da Castell ci sarei potuto andare con Tancredi, per semplificare le cose.

Lo chiamai, rispose subito dopo il terzo squillo; rispondeva sempre, a qualsiasi ora (avendo problemi piú gravi dei miei con il sonno), e sempre dopo il terzo squillo.

– Carmelo, dove sei?

– Guido, anch'io sono contento di sentirti.

– Dài, è una battuta vecchissima, puoi fare molto meglio.

Esaurite le schermaglie rituali gli raccontai la vicenda e gli parlai della mia idea di fargli fare qualche indagine.

– Può permetterselo?

– Credo proprio di sí. Il giorno dopo il fermo è venuto in studio un tizio, un ragioniere della sua società, per sapere quanto doveva versare di anticipo. Gli ho detto diecimila, e già mi sono vergognato un po'. Lui mi ha chiesto l'Iban e ha fatto il bonifico dal telefono. Cosí.

Decidemmo che lo avrei nominato formalmente.

Il pomeriggio di qualche giorno dopo – pioveva e per la stagione faceva freddo – ci recammo insieme alla casa circondariale.

Castell era pallida e un po' sciupata, ma tutto sommato sembrava reggere ancora bene. Facemmo le presentazioni e ci scambiammo convenevoli. Le chiesi se riuscisse a dormire (non molto, rispose), se mangiasse (non molto, rispose) e come passasse il tempo.

– Leggo e parlo con le mie compagne. Ho fatto amicizia, anche se non tutte sono… ospitali. In alcuni momenti ho una sensazione straniante, mi sembra di essere sul set di *Orange Is The New Black*. L'avete vista?

Fra i miei diversi vizi non c'è quello delle serie tv. Lo

stesso vale per Tancredi, che non ha nemmeno la televisione. Scuotemmo il capo quasi all'unisono.

– È tratta dal romanzo autobiografico di una donna della classe media che finisce in carcere per traffico di droga: aveva trasportato a sua insaputa denaro sporco appartenente alla fidanzata. Con il lavoro che fate la trovereste interessante.

– La vedrò, – mentii, pensando ancora una volta che quella persona era un enigma. Non pareva sconvolta per essere stata messa in una cella; e non sembrava terrorizzata alla prospettiva, piuttosto concreta, di doverci restare a lungo. Chiacchierava di una serie televisiva suggerendoci di guardarla.

– Le faremo un po' di domande. Vorrei che ci raccontasse i fatti. Anche le cose che ci siamo detti già. Inutile ripeterle che la situazione non è semplice, è necessario individuare spunti per costruire una difesa efficace. L'ispettore Tancredi è qui perché ritengo potrebbe essere utile svolgere alcune indagini difensive. Anzi gli cedo subito la parola.

Castell annuí e si rivolse verso Carmelo. Lui si schiarí la voce prima di parlare; ignoro se fosse un gesto deliberato o semplicemente la conseguenza di un po' di raucedine.

– Come può immaginare, dottoressa, ho letto gli atti uniti alla richiesta di misura cautelare e l'avvocato Guerrieri mi ha raccontato quello che lei gli ha già riferito. Se non le dispiace, inizierei facendo una sintesi della situazione. Lei mi dirà se ho capito bene, se c'è qualcosa da precisare o modificare, se ci sono errori nella ricostruzione dei fatti. Poi le porrò alcune domande per approfondire qualche punto. Va bene?

– Va bene.

Il riassunto di Tancredi fu preciso ed essenziale, non dimenticò nulla. Piú o meno come succedeva nelle sue deposizioni in tribunale quando era ancora in servizio. Gli avvocati difensori non erano mai contenti se era lui a raccontare le indagini. Sapeva sempre di cosa parlava, non consultava mai gli atti «in aiuto alla memoria», come pure il codice consente, e non era mai consigliabile controesaminarlo per non correre il rischio di peggiorare la situazione dell'imputato.

Alla fine del riepilogo Castell disse che era tutto corretto. Non specificò o aggiunse nulla. Era una scena strana da osservare: lei era tranquilla, non ostile, ma nemmeno pareva ansiosa di collaborare. Come se la cosa non la riguardasse.

– Quindi conferma di essersi sbarazzata della pistola gettandola in un cassonetto.

– Sí.

– E non ricorda dov'era questo cassonetto.

– Ero molto agitata.

Fatico a crederlo, pensai distintamente, sentendo la mia voce nella testa.

– Ma l'ha buttata subito?

– No. Ho fatto qualche centinaio di metri in direzione opposta a corso Cavour, ho tolto e buttato il caricatore e dopo un altro centinaio di metri ho buttato la pistola.

– Ne deduco che lei sapeva come maneggiare e usare l'arma.

– Un po'. Mi ha insegnato mio padre, tanti anni fa. Qualche volta sparavamo insieme in un poligono privato.

– Aveva solo questa pistola?

– Sí. Mio padre ne possedeva un'altra, ma la vendette diversi anni prima di morire.

– Dove la custodiva?

– In cassaforte.

– Montata o smontata?

– Montata. Non so smontarla.

– La custodiva carica?

Pausa. Non lunga, però la domanda non richiedeva nessuna elaborazione. Sí o no. Invece lei ci aveva pensato. E non c'era motivo, a meno che non ci fosse qualcosa da nascondere e se ne fosse resa conto solo in quel momento.

O a meno che il trauma di quanto era accaduto non le avesse confuso la memoria, mi dissi, cercando di contrastare l'impulso di saltare subito alle conclusioni.

– Sí, – rispose infine.

– Con il colpo in canna?

– Sí.

– È una cosa un po' inusuale conservare in cassaforte una pistola semiautomatica con il colpo in canna, cioè pronta a sparare. Quando è stata usata l'ultima volta l'arma? Ovviamente prima del fatto.

– Non saprei. Io non ci ho piú sparato dopo la morte di mio padre.

– Quindi l'ultimo uso risale a quando suo padre era ancora in vita?

– Direi proprio di sí.

– Direbbe?

– Sí, è cosí.

– Quando è mancato suo padre?

– Sei anni fa.

– E suo padre dove la custodiva la pistola?

– Nella stessa cassaforte. La casa in cui abito è quella in cui abitava lui: quando è mancato l'ho svuotata, l'ho fatta ristrutturare e ci sono andata a vivere io.

– E durante la ristrutturazione l'arma è rimasta lí, con gli operai per casa?

Questa volta parve sinceramente perplessa. Come se

Tancredi le avesse fatto notare una cosa su cui non aveva mai riflettuto.

– Era in cassaforte. Ma in effetti...

– Va bene, parliamo di quello che è successo il 12 aprile. Eravate d'accordo di vedervi, avevate un appuntamento?

– Non lo chiamerei un appuntamento. Gli avevo telefonato la mattina. Nei giorni precedenti avevo provato a incontrarlo, ma si sottraeva, sapeva di cosa volevo parlargli.

In realtà non sapeva un bel niente, pensai testualmente, senza controllo sul mio pensiero. Se avesse saputo qualcosa si sarebbe ben guardato dall'incontrarti.

– E quindi?

– E quindi gli ho detto che dovevamo definire questioni urgenti di vario tipo.

– Lui?

– Ha risposto che non avevamo niente da definire, ma che se volevo perdere del tempo potevo passare da casa sua. Che non era casa sua, ma casa di mia sorella.

– L'ha fatta arrabbiare? Voglio dire: che si sia espresso in quel modo?

– Ero già arrabbiata. Per usare un eufemismo.

– Perché era arrabbiata?

Assunse un'espressione spazientita.

– Mi sembra che di questo abbiamo già parlato.

– Mi scusi, è utile per capire meglio. Faccia conto che io non sappia niente.

Lei lo fissò. Tancredi non ripeté la domanda. Aspettava. Una volta mi aveva detto che, in un interrogatorio, lo strumento piú potente a disposizione di un investigatore è il silenzio. Castell si passò una mano sulla guancia.

– Avevano iniziato una relazione un paio di anni fa, forse un po' di piú. L'ennesima relazione disfunzionale e tossica di mia sorella, come avrebbe detto uno psicologo se solo lei avesse accettato di farsi aiutare e ci fosse andata. Aveva sempre avuto un certo tipo di uomo, e questo era il peggiore di tutti. Ho riflettuto molto in questi mesi su che genere di persona fosse lui. Ho anche letto dei libri sui manipolatori e sugli psicopatici. È impressionante come le descrizioni che ci ho trovato calzassero alla perfezione su quel miserabile. Aveva approfittato di mia sorella per interesse economico, di sicuro. Ma non era solo questo. Aveva approfittato di lei, l'aveva usata, l'aveva maneggiata emotivamente, sessualmente ed economicamente perché gli piaceva trattare le persone come oggetti.

Osservavo la scena – Tancredi e la donna che parlavano – ed ero soprattutto ammirato dal modo in cui lui ascoltava. Uno potrebbe pensare: cosa c'è da osservare o addirittura da ammirare in uno che ascolta un altro? In effetti non è facile da spiegare. Tancredi – lo avevo già visto in azione altre volte – ascoltava la donna come se stesse danzando con lei, accompagnando quello che diceva con cenni del capo, movimenti della mano, addirittura con il respiro. Non interveniva quasi mai eppure la ascoltava in modo *attivo*, le faceva percepire la risonanza delle sue parole.

– Questa convinzione l'ha tratta da quello che raccontava sua sorella o da altri elementi?

– Be', Elena qualcosa lasciava trapelare. Vi ripeto, ci era già passata.

– E a parte le confidenze?

– C'erano altri elementi, certo. Intanto era sempre piú sciupata, sempre piú incapace di governare le situazioni. Era in uno stato penoso e ancora piú penosi erano i suoi tentativi, perlomeno fino a un certo momento, di nasconderlo. Poi c'erano le questioni economiche. Ha cominciato a fare prelievi dai suoi conti, per somme sempre piú consistenti.

– È stata lei a dirglielo?

Castell esitò per qualche istante. Poi scosse il capo, come se si fosse resa conto che il dubbio che le aveva attraversato il cervello era assurdo e insignificante a paragone della gravità, dell'enormità di quello che era accaduto e stava accadendo. Fu il suo gesto piú spontaneo dal momento in cui l'avevo conosciuta.

– No. Il funzionario di banca cui facevamo riferimento entrambe per gli investimenti, per i pagamenti, per tutto insomma, un giorno mi ha chiamato chiedendomi se potevamo incontrarci perché voleva parlarmi di una questione riservata. Andai da lui e mi disse che nel giro di due mesi Elena aveva prelevato oltre quindicimila euro. Era in imbarazzo a rivelarmi quelle cose, ma si stava preoccupando, temeva che Elena fosse in qualche pasticcio. Mi pregò di non riferire a mia sorella che mi aveva parlato.

– E lei che fece?

– La affrontai, senza accennare ai prelievi ma chiedendole che stesse succedendo, perché fosse sempre cosí strana? E le domandai che lavoro facesse effettivamente quello... insomma il suo compagno, se non temeva che stesse approfittando di lei e della sua condizione economica.

– Cosa rispose?

– Fu allo stesso tempo evasiva e risentita. Disse che era la sua vita, che non era sotto la mia tutela e che, comunque, Giovanni era un grande esperto di finanza e guadagnava molto bene con le sue consulenze. L'avrei presa a schiaffi per quanto era stupida.

– Lei replicò?

– Cosa potevo replicare? Per tutta la vita ho cercato di metterla in guardia, di aiutarla a tirarsi fuori dai casini in cui si ficcava. Non è mai servito a niente. A un certo punto ho consultato un civilista per capire se c'era un modo per impedirle di sperperare tutti i suoi soldi. Mi ha spiegato che in teoria avremmo potuto tentare una procedura di inabilitazione, ma che i tempi non erano brevi e che la cosa poteva essere molto spiacevole, perché bisognava sostenere l'esistenza di problemi psichiatrici.

La procedura di inabilitazione serve a tutelare le persone che a causa di malattie mentali o ragioni di altro genere non sono in grado di badare alle proprie finanze. Il provvedimento che la conclude sostanzialmente priva il soggetto della capacità di disporre del proprio denaro e dei propri beni senza un intervento di tutela. L'avvocato che Castell aveva consultato aveva ragione: poteva essere molto spiacevole, se non addirittura devastante.

– Quando accadeva tutto questo? – domandò Tancredi.

– Quattro, cinque mesi fa.

– Siete tornate sull'argomento?

– Qualche settimana dopo l'ho affrontata di nuovo, le ho detto che la storia con questo tizio era peggio delle cazzate che aveva fatto in passato, che lui era un soggetto pericoloso e che lei doveva rendersene conto. Ero pronta a un litigio violento, a minacciarla e non so a cos'altro. Invece non ha reagito, ha risposto che era molto stanca, che aveva commesso tanti errori nella sua vita e che avrebbe voluto l'occasione di mettere un punto e ricominciare daccapo. Sono rimasta interdetta. Un po' come se mi fossi preparata a sfondare una porta, ma l'avessi trovata aperta e avessi perso l'equilibrio. Le ho detto che l'avrei aiutata in tutto, però prima doveva interrompere quella relazione. Mi ha risposto che ci avrebbe provato, che avrebbe seguito i miei consigli eccetera. Aveva solo bisogno di un po' di tempo. Invece…

– Invece?

– È una cosa di cui mi sono resa conto dopo. Cioè, l'ho

percepita in quel momento ma ho preferito non metterla a fuoco. Sembrava pronunciasse quelle parole senza esserne davvero convinta. Non della loro giustezza: del fatto di essere capace di tradurle in pratica. Pareva rassegnata.

– Non è possibile che lei interpreti quella conversazione alla luce di quanto è successo poi?

– È possibile, sí. Ma lei era... spenta, di questo sono sicura.

Continuò descrivendo come si era uccisa la gemella. Aveva usato il monossido di carbonio – i gas di scarico della macchina – un sistema che esprime una volontà decisa di farla finita. Con il monossido di carbonio ci si addormenta dolcemente e si passa dall'altra parte senza accorgersene. Di solito chi adotta questo metodo ci ha ragionato, ha deciso di morire e ha scelto il modo in cui non si soffre.

– Insomma, come mi ha già detto, lei riteneva Petacci responsabile della morte di sua sorella, – intervenni io, dopo aver lasciato depositare la parte piú dolorosa di quel racconto.

– Senza dubbio.

D'impulso stavo per spiegarle che, ove mai avessimo deciso di farla sottoporre a interrogatorio, non avrebbe mai dovuto ripetere una roba del genere. Mi trattenni, non era il momento. Adesso bisognava capire di cosa ci stavamo occupando.

– Al punto da desiderare la morte di quell'uomo?

– Sí. Ma non da volerlo uccidere, per rispondere alla domanda che mi avrebbe fatto sicuramente fra un attimo.

Subentrò di nuovo Tancredi.

– Il problema, dottoressa, credo lei lo capisca bene: è andata a quell'incontro munita di un'arma da fuoco pronta a sparare. Per procedere a qualche indagine e ipotizzare una linea difensiva abbiamo bisogno del suo aiuto. Quindi, se mi permette, occorrerà un atteggiamento piú collaborativo.

All'improvviso si sentí uno scoppio di grida concitate nel corridoio, poi un trambusto. Come tornò il silenzio Castell replicò, ancora una volta dimostrando un autocontrollo impressionante.

– Non sono andata lí per assassinarlo. Lo odiavo per quello che aveva fatto a mia sorella, avrei voluto che morisse, ma non intendevo ucciderlo. Mi sono difesa da un'aggressione. Capisco le vostre esigenze, ma ho un ricordo confuso di quegli attimi. Vi assicuro che nei prossimi giorni cercherò di riordinare le idee per dirvi qualcosa di piú utile.

Il tono era conclusivo, a quel punto non c'era molto altro da aggiungere.

La salutammo e andammo via.

Quando uscimmo Tancredi era serio.

– La situazione è brutta, ma questo lo sapevi già.

Mi strinsi nelle spalle. Sí, lo sapevo già.

15.

Andammo a sederci in un caffè in centro per fare il punto.

– Non l'ho capita, – disse Tancredi.

– Neanch'io, – risposi. – C'è qualcosa che mi sfugge. Il suo modo di reagire è inusuale. Non so come procedere.

– O dice la verità, incluso il fatto di non ricordare con precisione l'accaduto, e quindi forse è vero che c'è stato questo tentativo di aggressione da parte di lui. Oppure ricorda benissimo di essere andata lí per ammazzarlo e non se la sente di dircelo. Magari tende a negarlo persino a sé stessa.

– Potrebbe anche essere andata lí con l'intenzione di minacciarlo e che la situazione le sia sfuggita di mano, indipendentemente dall'aggressione di Petacci.

Tancredi annuí. – Certo, potrebbe essere. Però dobbiamo capirlo, se vogliamo provare a fare qualche accertamento. Dobbiamo sapere in che direzione muoverci.

Bevvi il caffè e ci pensai un po' su.

– Ho un'idea. Te lo ricordi il professor Corallo?

– Certo. Il piú bravo di tutti, e il piú perbene.

Vittorio Corallo era stato un mio compagno di scuola alle medie e al liceo. Il primo della classe, ma del genere simpatico. Aiutava chi ne aveva bisogno durante i compiti in classe, non si dava arie, viveva con molta leggerezza la sua bravura. Giocava a pallone abbastanza bene, era socievole; faceva anche casino, con moderazione. Era una persona amabile e di naturale eleganza. La cosa che lo distingueva dagli altri era che gli piaceva studiare, lo faceva con allegria e, all'apparenza, senza sforzo. Si era laureato prestissimo in Medicina e aveva intrapreso una carriera universitaria che lasciava presagire futuri successi. Poi, però, dopo essere diventato professore associato di Psichiatria forense a soli trent'anni, non aveva piú fatto carriera. Era rimasto lí fermo, mentre altri assai meno intelligenti e meno competenti di lui gli passavano davanti. Quando mi sento incline a meditazioni sull'esistenza, sul successo e sul fallimento e sulle loro apparenze ugualmente ingannevoli, penso quasi sempre a Corallo. Vorrei domandargli cosa è accaduto, come succede che una vita di formidabili affermazioni passi da una accelerazione gioiosa al lento sferragliare sul binario morto delle aspirazioni deluse.

– Lo chiamo e gli chiedo se è possibile, dal punto di vista psichiatrico, che davvero Castell non ricordi cosa è accaduto. Se mi dice che è possibile, le diamo credito, o almeno non escludiamo questa eventualità, e cerchiamo di approfondire l'ipotesi della legittima difesa.

– Giusto. Io invece vado a dare un'occhiata all'appartamento dove è successo il fatto. Probabile che non serva a nulla, ma non si sa mai. Magari mi viene qualche idea.

– Se decidiamo di procedere sarà necessario indagare sul passato di questo Petacci. Se ha precedenti, in particolare per reati violenti, cosa faceva davvero nella vita, perché non è chiaro... tutto quello che ci viene in mente. Ma per partire aspetterei, capiamo se ne vale la pena.

– Perché non telefoni subito a Corallo? Cosí ci togliamo il pensiero.

– Provo a mandargli un messaggio, vediamo se risponde.

Mi richiamò dopo un paio di minuti.

– Ciao Guido, come stai?

Resistetti alla tentazione di rispondere con sincerità a quella domanda rituale. Si chiede come stai per dire ciao in modo un po' piú articolato. Ovvio, se ti è morto il coniuge il giorno prima è legittimo rispondere che non stai troppo bene. Ma a parte l'ipotesi di lutti e catastrofi, le risposte sincere vanno evitate.

– Bene, grazie. E tu?

– Tutto come al solito, – che può significare qualsiasi cosa. Tutto bene come al solito o tutto di merda come al solito: è una buona soluzione.

– Ho bisogno della tua opinione su una vicenda. Per ora in via informale.

Gli raccontai la storia di Castell e gli domandai se era ipotizzabile che una persona (all'apparenza normale e anzi dotata di un autocontrollo fuori del comune) protagonista di un'azione violenta e concitata potesse non ricordare momenti fondamentali – non dettagli – di quell'azione.

– Sí, certo che è possibile. Può essere un caso di amnesia dissociativa; è piuttosto frequente in persone che hanno subito o sono state testimoni di gravi eventi traumatici. Il disturbo si manifesta in diverse forme, fra cui l'amnesia selettiva e l'amnesia localizzata; quelle che potrebbero riguardare la tua cliente.

– In pratica?

– In pratica il soggetto ricorda solo alcuni fra gli eventi accaduti in un periodo di tempo o in una specifica occasione.

– Dunque se lei mi dice di essere stata minacciata, di ricordare che la minaccia era reale, ma di non ricordare cosa gliela facesse percepire come reale, può essere che dica la verità?

– Sí.

– Queste forme di amnesia dissociativa sono reversibili? Cioè può succedere che prima uno non ricordi e poi invece ricordi di nuovo?

– Non è una domanda facile. Se l'amnesia è il risultato di una rimozione la risposta è sí. C'è un ricordo che si forma, che è insopportabile per le piú varie motivazioni e dunque viene rimosso. In questi casi, a certe condizioni, la memoria può tornare. In altri casi il meccanismo è diverso: nel momento stesso in cui si verifica l'evento traumatico scatta un corto circuito che impedisce la fissazione dell'evento, o di parte di esso, nella memoria. A quel punto è molto improbabile un recupero, per la banale ragione che non c'è nulla da recuperare: il ricordo non si è mai davvero formato. Ovviamente nel mondo reale le cose sono piú sfumate di quanto non siano nelle classificazioni teoriche. Dopodiché, per fare delle considerazioni meno astratte...

– Dovresti visitare la persona, immagino. Mi faccio risentire nelle prossime settimane, con ogni probabilità ti nomineremo consulente.

– D'accordo.

– Se per caso ti cerca il pubblico ministero o una eventuale parte civile per darti un incarico in questo procedimento, per piacere declina e di' che sei già impegnato.

Lo ringraziai, ci salutammo e tornai a rivolgermi a Tancredi.

– Dice che è possibile?

– Dice che è possibile.

– E allora va bene, facciamo un tentativo.

16.

Il sabato mattina andai a farmi tagliare i capelli.

Filippo il barbiere ha una storia abbastanza inusuale, per cosí dire. Un tempo possedeva una boutique da parrucchiere per uomo e donna, molto ben frequentata, con parecchi dipendenti e una clientela che poteva permettersi le sue tariffe non proprio economiche. Aveva cominciato a lavorare come garzone subito dopo le scuole medie, e presto aveva aperto un negozio suo. Attorno ai quarant'anni poteva considerarsi un uomo arrivato. Guadagnava bene, era sposato, aveva una figlia, ormai tagliava i capelli di persona solo a pochi privilegiati, era proprietario di una bella casa in centro, di una villa al mare e si dava del tu con un sacco di gente della cosiddetta Bari bene.

Poi conobbe una ragazza – Barbara – vent'anni piú giovane di lui, bellissima. Voleva entrare nel mondo del cinema, ma il talento non era pari all'aspetto fisico e non era andata oltre piccoli ruoli in alcuni dei tanti film che si girano in Puglia. Non era un'attrice, insomma, ma aveva gusti da star hollywoodiana: gioielli, viaggi costosi, abiti firmati. Filippo cominciò ad andare in affanno. A un certo punto i soldi della boutique non bastarono piú a sostenere tutte le sue spese tra famiglia (nel frattempo si era separato e la moglie aveva ottenuto la casa e un assegno consistente) e fidanzata. Fu cosí che cominciò a spacciare cocaina alla stessa Bari bene cui aveva tagliato i capelli per tanto tempo, e fu cosí che un giorno, alle quattro della mattina, la polizia bussò alla sua porta con una ordinanza di custodia cautelare in carcere.

Ci passò diversi anni, in galera. Le prove a suo carico erano blindate e il suo avvocato, io, non poté fare altro che limitare i danni. Durante la detenzione studiò, laureandosi in Filosofia con una tesi sui *Quaderni dal carcere* di Gramsci. Scontata la pena aprí una nuova, piccola bottega. Io ricominciai ad andare da lui. La prima volta che mi presentai mi disse che non avrei mai piú pagato un taglio di capelli per tutta la vita. A meno che non cambiassi barbiere.

– Come va, Filippo?

– Al solito.

– Vengono sempre quelli che vogliono risparmiare sullo psicoterapeuta?

Filippo ridacchiò.

– Vengono sempre. Uno pure stamattina.

– Che ti ha detto?

– Si lamenta: la moglie lo maltratta, i figli lo maltrattano, l'amante lo maltratta. E che cazzo campi a fare, ho pensato.

– E invece che gli hai detto?

– Questi non vogliono sentire parlare me, si vogliono sfogare. Io sto zitto e ascolto, magari gli faccio qualche domanda o gli dico che hanno ragione. Loro sono contenti. Quanto costa uno psicologo?

– Un centinaio di euro all'ora. Qualcuno un po' meno, qualcuno anche di piú.

– E qui da me invece pagano venti euro e hanno pure taglio e shampoo.

– Va be', ma non gli hai detto proprio niente?

– Gli ho detto: fatti una domanda. Se ti maltrattano tutti, forse il problema non sono gli altri.

Semplice ed essenziale.

– E a lei come va, avvocato?

– Periodo un po' complesso. Ne verremo a capo.

– Non sta piú con quella bella ragazza bruna, vero?

– No. Mi ha lasciato, ha trovato di meglio, – dissi con una punta di autocompatimento.

Lo guardavo nello specchio. A sua volta lui mi guardò nello specchio. Fece per dire qualcosa, poi ci pensò su e decise che era meglio di no. Passò ad altro.

– Lei lo sa che io sono di sinistra.

– Me lo hai detto. Di questi tempi è un concetto sfuggente ma, per quello che vale, anch'io.

– Noi di sinistra non siamo razzisti. Siamo contro il razzismo, giusto?

– Giusto. Cosa stai cercando di dirmi, Filippo?

– Oggi, mentre venivo al lavoro col motorino, un tizio di colore che guidava una vecchia Panda non si ferma a uno stop e quasi mi prende. Io gli grido vaffanculo stronzo e quello mi risponde: vaffanculo pezzo di merda, devi morire. In barese. A me. E sa cosa ho pensato?

– Cosa?

– Guarda 'sto negro di merda. Lo facciamo stare a casa nostra, guida pure la macchina, per poco non mi investe e il pezzo di merda sono io. 'Sto negro di merda. L'ho pensato prima di rendermene conto e quando me ne sono reso conto mi sono vergognato. Io non sono razzista. Però ho pensato quella cosa. Cioè è chiaro, il tizio mi stava investendo e meritava di essere mandato affanculo o peggio. Ma negro, no. Io in carcere li difendevo quando qualcuno faceva il razzista. Capisce cosa voglio dire?

Lo capivo benissimo perché la stessa cosa era accaduta a me, a volte. Solo che non ero stato onesto come Filippo, avevo represso l'impulso interiore perché era inaccettabile, incompatibile con la mia immagine di me. Non sono razzista, non sono neanche lontanamente razzista, e quella cosa nego anche con me stesso di averla pensata.

– Capisco. Ci sono delle strutture nascoste nella nostra mente. Non ne siamo responsabili e spesso non ne siamo nemmeno consapevoli, fino a quando non saltano fuori per qualche evento improvviso che sfugge al nostro controllo. Tutti noi abbiamo in testa cose che non conosciamo e che non ci piacciono.

– Mi vergogno, mi sento in colpa.

– Uno psicoanalista ti direbbe che non devi sentirti in colpa. Prima di tutto perché è sbagliato in generale, sentirsi in colpa. Bisogna riconoscere le cose sbagliate che abbiamo fatto, provare a rimediare quando è possibile, prendere spunto dagli errori per cercare di non ripeterli. Ma il senso di colpa non serve a niente e dei pensieri non siamo responsabili: sono qualcosa che accade, in maniera indipendente dalla nostra volontà. Hai mai provato a dirti: non devo pensare a niente?

Si fermò un attimo, poi ridacchiò, annuí.

– Sí, è impossibile.

– Facciamo un gioco, una cosa che ha scritto un grande autore russo in un suo racconto. Adesso *non* devi pensare a un orso bianco. Provaci, dài.

Smise di tagliare, serrò le labbra, indirizzò lo sguardo verso l'alto a sinistra, come se ci fosse qualcosa da guardare. Infine scosse il capo, sorridendo.

– È impossibile anche questo.

– Non controlliamo i nostri pensieri. A volte arrivano e basta. Ma possiamo controllare le nostre azioni e di esse dobbiamo rendere conto. E fra le azioni rientrano le cose che diciamo. Se penso «sporco negro» è bene che mi interroghi sui motivi di quel pensiero vergognoso saltato fuori da chissà dove. Ma se non dico «sporco negro», se questa frase rimane all'interno e non produce eventi nel mondo esterno, allora non ho fatto niente di cui considerarmi responsabile, ho solo un tema serio di riflessione.

Passammo a lavare i capelli e mi stavo godendo la sensazione dell'acqua tiepida sul cuoio capelluto quando Filippo parlò a bassa voce, con un tono diverso.

– Qualche giorno fa ho incrociato Barbara.

– Qui a Bari? Ero convinto che fosse andata via.

– Anch'io. Mi avevano detto che abitava a Milano. Magari è passata a trovare la famiglia, non lo so. Non la vedevo da allora, da prima di essere arrestato.

– Vi siete salutati?

– Non credo che mi abbia notato, era sull'altro marciapiede. Ho fatto il conto, sono passati quindici anni. Era… diversa –. Poi, dopo una pausa: – Bella cazzata che ho detto. Passano quindici anni, ovvio che sei diversa.

– Non è detto. Si può essere invecchiati ma uguali. O viceversa.

Ci pensò su per un poco. – Vero. Comunque, sa qual è la cosa piú brutta?

– Quale?

– Non mi ha fatto nessun effetto. Per tanti anni ho pensato che era stata l'amore della mia vita, che non avevamo avuto fortuna, ma che comunque ne era valsa la pena. Poi la incontri… ci ho messo anche un attimo a riconoscerla… e ti rendi conto che è una signora che… una signora che potresti incontrare alla cassa del supermercato. Tiri dritto e ti fai una domanda: ho buttato la mia vita nel cesso per questa?

Mi strofinò i capelli con l'asciugamano e prese il fon.

– Dico cazzate?

– No. La vita riserva sorprese.

– Sa cosa mi è successo dopo?
– Cosa?
– Mi è venuta paura della morte.

17.

Pioveva intensamente dalla mattina. Non so per quale motivo preciso, uscendo, pensai che era una pioggia di altri tempi. Mi riportava a certi giorni di scuola. La cosa strana, però, fu che ricordando il grigiore di quei giorni provai un senso incongruo di euforia. Non era la prima volta che mi capitava, ma era la prima volta che provavo a starci, in quell'emozione contraddittoria. Devo spiegare: tutte le volte che in passato mi era successo di rievocare un ricordo malinconico che però, incomprensibilmente, mi metteva allegria, avevo subito distolto lo sguardo. Secondo un meccanismo (non mi verrebbe da dire ragionamento perché non c'era una vera procedura razionale, o io non ne avevo percezione) che ho capito solo dopo. Ricordavo qualcosa del passato. Provavo un'illogica allegria. Mi dicevo che era stupido e sbagliato provare allegria, perché avrei dovuto provare tristezza. Ma non volendo provare tristezza (che mi pareva l'unica emozione appropriata, quella che dovevo provare, se dovevo provarne una), distoglievo lo sguardo negandomi cosí l'allegria. Mi pareva inconcepibile che tristezza e gioia potessero coesistere nello stesso momento.

Dunque quando arrivai da Carnelutti dovevo avere un'aria piuttosto serena. Infatti lui se ne accorse.

– Oggi è una buona giornata?

– Normale, ma sono di buon umore, e siccome in questo

periodo non accade troppo di frequente, possiamo convenire che è una buona giornata.

Rimase qualche istante in attesa, ove mai avessi voluto spiegargli il motivo del mio stato d'animo. Non lo feci.

– Ho provato a fare quello che mi ha detto: sforzarmi di ricordare i sogni.

– E come è andata?

– Abbastanza bene. Non sono arrivato a mettere il bloc-notes sul comodino ma, come ha suggerito lei, ogni sera mi sono ripetuto che dovevo ricordare quel che sognavo. E in effetti la mattina almeno qualche spezzone rimaneva. Mi ha sorpreso che sia stato cosí facile.

– C'è qualcosa che le è parso significativo, qualcosa che mi vuole raccontare?

– Come le ho detto sono per lo piú spezzoni. Non ho il ricordo di storie o di conversazioni. C'erano delle figure umane, però non saprei descriverne le fattezze. Una notte ho sognato la casa di campagna in cui passavamo le vacanze quando ero bambino e adolescente. O meglio, sapevo che era quella casa, anche se il posto che vedevo era diverso.

– Diverso come?

Allargai le braccia. – Non so risponderle. Non era quella vera della mia infanzia, ma io ero certo che era la nostra casa delle vacanze. E mi sentivo spaesato, anche se non era una sensazione spiacevole, non del tutto almeno. Ambigua. Avevo un filo di inquietudine, e al tempo stesso c'era qualcosa che mi incuriosiva. Ma mi sfugge cosa. Non riesco a visualizzarlo, è davvero strano. Se lei non mi avesse domandato com'era la casa del sogno, perché era diversa da quella reale, non ci avrei badato.

– Ha detto che avvertiva curiosità.

– Sí. Ma è assurdo che io non riesca a vedere questo posto del sogno.

Rimasi lí per qualche minuto, cercando di afferrare brandelli di immagini e riuscendo solo a intuire entità astratte, quasi metafisiche e sfuggenti. Fu molto frustrante, una vera e propria impotenza della mente.

– Va bene, non ce la faccio e basta, – dissi poi. – C'è un'altra cosa, a proposito di sogni.

– Prego, vada avanti.

– Mentre pensavo a quello che mi ha detto la volta scorsa, a un certo punto è saltato fuori il ricordo di un sogno di tanti anni fa. Proprio saltato fuori, come da certe scatole a sorpresa il pupazzo a molla. Me n'ero completamente dimenticato.

– Di quanti anni fa parliamo?

– Diciannove.

– Molto preciso.

– Era circa un anno dopo la separazione da mia moglie Sara. Inutile aggiungere che fu lei a lasciarmi, – dissi accennando un sorriso. – Avevo passato un periodo difficile e stavo cominciando a riprendermi. Associo il sogno ad alcuni eventi. Per questo ricordo che sono diciannove anni. Anzi poco meno, perché il sogno è avvenuto d'estate.

– Dunque in passato ricordava i sogni.

– A dire il vero no. Dall'adolescenza in poi è capitato di rado. Parlo di sogni notturni: questo cui mi riferisco è capitato di giorno, mi ero assopito in spiaggia. Non vedevo Sara da mesi, da quando ci eravamo incontrati all'udienza per l'omologazione della separazione davanti al presidente del tribunale. Ero sdraiato al sole, non faceva troppo caldo, ma nonostante il dormiveglia il sogno aveva, come si dice, la consistenza appunto dei sogni, non delle fantasticherie. Incontravo Sara per strada, vicino a quella che era stata casa nostra e che a quel punto era solo casa sua. Lei mi veniva incontro, mi abbracciava e mi baciava sulle labbra. Io rispondevo all'abbraccio, ma ero imbarazzato. In fondo, nel sogno, non ci vedevamo e non ci sentivamo da quattro anni. Glielo dicevo, in qualche modo. Lei mi guardava e mi chiedeva se ero pazzo, però aveva una faccia spaventata, come se stesse per mettersi a piangere. Io le ripetevo che non ci vedevamo da quattro anni e allora sí, lei scoppiava proprio a piangere. Mi chiedeva perché le dicessi una simile cattiveria e io non sapevo che rispondere, lei sembrava davvero disperata. Io venivo preso dall'angoscia e pensavo che quella cosa non era reale e volevo aprire gli occhi. Per un tempo indefinibile però non ci riuscivo e rimanevo lí, a cavallo fra il sogno e le voci della spiaggia.

– Interessante. Gli ha dato qualche interpretazione?

– Credo mi sia tornato in mente per via di quello che lei mi ha detto sulla mia paura di fare soffrire gli altri, sulla mia paura della tristezza, sul mio sentirmi in colpa.

– Io non ho parlato di sentirsi in colpa.

– No? Avrei giurato che lo avesse fatto.

Lui negò col capo.

– Le ho detto che ero di buon umore. Forse è un modo impreciso di descrivere come mi sono sentito oggi pomeriggio, prima di venire da lei.

– Perché è impreciso?

– È una semplificazione, il mio stato d'animo era piú complesso. Un misto di euforia e malinconia, due cose opposte.

– Non le era mai capitato?

– Mi era capitato, ma avevo sempre distolto lo sguardo. Non so come dire, mi pareva inappropriato provare gioia e tristezza nello stesso tempo. O stavo trattando in modo non rispettoso la tristezza, come fosse qualcosa da contemplare in forma pura. O stavo inquinando la gioia, di cui mi sentivo incapace o non degno. Dico fesserie, vero?

Carnelutti si schiarí la voce.

– Nel pensiero di Jung il concetto di polarità è fondamentale per comprendere la natura dell'individuo e l'organizzazione della psiche. Per Jung la polarità fra opposti complementari è una caratteristica intrinseca dell'esistenza umana: maschile e femminile, conscio e inconscio, razionale e irrazionale. E, appunto, gioia e malinconia, o addirittura tristezza. L'integrazione di queste polarità, la capacità di tenerle insieme, dunque la capacità di fare quello che le è capitato oggi e che in passato ha sempre rifiutato, è essenziale per raggiungere l'equilibrio psicologico e la piena realizzazione individuale.

Mi osservò come per verificare che stessi seguendo il ragionamento. Io feci un cenno con il capo: ci stavo provando.

– È un passaggio molto positivo, nella chiave delle cose che le ho detto. Diversi fatti positivi stanno accadendo, e con una accelerazione inattesa.

– Sí –. Mi presi qualche minuto per riflettere. Lui mi lasciò fare. Infine parlai. – Ho pensato molto a quello che mi ha accennato la volta scorsa sul «proiettare». Ho resistito alla tentazione di fare ricerche online, ci terrei molto che mi spiegasse lei in modo piú articolato. Quando ha tirato fuori questo concetto ho avuto l'impressione di uno spiraglio che si apriva su un panorama interiore di cui ignoravo l'esistenza. Ho bisogno di approfondire.

– Proiettiamo sugli altri quando neghiamo, quando non siamo capaci di affrontare le nostre parti negative: il male, l'egoismo, l'invidia, la codardia, la gelosia, l'avidità, le nostre emozioni negative e le nostre paure, la cui somma Jung chiama Ombra. L'obiettivo del lavoro di analisi è quello che Jung chiama processo di individuazione, cioè il riconoscimento e l'accettazione dell'Ombra. Ciò che ci appare oscuro e minaccioso in realtà fa parte di noi. Se lo accettiamo ci definisce, in qualche maniera ci dà forma. Per Jung solo l'Ombra rifiutata e occultata è davvero minacciosa, pericolosa per l'equilibrio.

– Detta cosí sembra facile.

– Allora significa che l'ho detta male. Per Jung, e anche per me, non esiste presa di consapevolezza senza dolore. Le persone sono inclini a fare le cose piú assurde pur di non affrontare la propria parte in ombra. Si ricorda ciò che mi ha risposto nella nostra prima seduta quando le ho chiesto perché era venuto da me?

– Sí. Che mi sembrava che tutto avesse perso di significato. O forse che nulla avesse mai avuto significato e che solo adesso me ne stavo rendendo conto. E che avvertivo come un senso di catastrofe imminente.

– E io cosa le ho detto?

– Nulla. Solo qualcosa tipo... va bene.

– È cosí. Oggi però mi sento di condividere con lei la mia opinione sulla perdita di senso. Credo che tutti noi abbiamo due fondamentali doveri esistenziali; doveri che per me hanno natura di postulati, perciò non avverto il bisogno di giustificarli, di addurre prove o argomenti a favore. Se qualcuno non è d'accordo, non ho nulla da ribattere.

– Due doveri.

– Sí. Mantenerci in vita e in salute. Far sí che la vita sia degna di essere vissuta.

18.

Tancredi passò dallo studio qualche giorno dopo, in orario di chiusura.

– Ho qualcosa che forse potrebbe essere interessante.

– Cioè?

– Ho riletto tutto il fascicolo e mi sono accorto di un dettaglio nel verbale di sopralluogo.

Estrasse un foglio dal suo zainetto.

– Ecco qua: vicino al corpo della vittima c'era una bottiglia di cristallo rotta. Il verbalizzante scrive che presumibilmente è caduta insieme a Petacci quando è stato colpito. Ci sono le fotografie: la bottiglia rotta si vede benissimo e si vede il tavolino su cui con ogni probabilità era collocata. Io credo esista pure una videoripresa; di solito si fanno anche se nel verbale non se ne dà atto.

– E dunque?

– E dunque se la bottiglia si fosse rotta per effetto della caduta di Petacci sarebbe dovuto cadere anche il tavolino. È di quelli a tre gambe, piuttosto instabili. Perché la bottiglia è a terra e il tavolino è in piedi?

Ci pensai per qualche secondo. – Perché lui aveva la bottiglia in mano quando lei gli ha sparato?

– È una possibilità. Castell dice di essersi sentita minacciata, ma non ricorda in che modo. In via del tutto teorica: lui potrebbe aver afferrato la bottiglia, potrebbe addirittura averla spaccata e avergliela puntata contro. È solo una congettura, però...

– Come hai notato questo dettaglio?
– In che senso?
– Io non me ne sono accorto. Perché tu lo hai visto?
– Il lavoro investigativo ha una parte noiosa, spesso inutile, ma che può riservare sorprese. Osservare consapevolmente, di tanto in tanto chiedendoti perché, tutto quello che hai davanti agli occhi durante una perquisizione, un sopralluogo, un interrogatorio, e anche quando consulti atti e documenti, come in questo caso. In quel momento non sai cosa ti può servire e non sai cosa cercare. A volte lo scopri dopo. Getti una rete, raccogli tutto e in seguito qualcosa torna utile. Per me è un'abitudine, mi viene naturale quando sono in quella modalità. Dunque non c'è gran merito.

Forse non c'era gran merito, ma io non mi ero accorto di quel dettaglio che poteva essere insignificante e poteva anche essere decisivo. Mi venne in mente una cosa che avevo letto tempo prima, una definizione dell'investigazione come «arte di osservare lentamente». Subito la frase mi era parsa una finezza filosofico-letteraria, una semicitazione da Nietzsche che descriveva la filologia come l'arte di leggere lentamente. Un antidoto all'impazienza, un modo per andare in profondità, per superare la suggestione dello sguardo superficiale e del giudizio frettoloso. Ma dopo essermi gustato la citazione (e soprattutto il fatto di essere riuscito a coglierla, sempre a proposito di ego) non mi ero soffermato a riflettere su quanto fosse penetrante e capace di cogliere un aspetto fondamentale della questione: osservare lentamente, guardare avanti e indietro, registrare anche ciò che sulle prime non sembra utile o pertinente, recuperare quella registrazione quando salta fuori l'occasione o l'opportunità.

Va bene, Tancredi era capace di farlo e io no. Potevo sopravvivere alla constatazione.

– Mi stai ascoltando? Sembri da un'altra parte, – disse lui.

– Ti ascolto, certo. Va' avanti.

– A quel punto ho chiamato il factotum della Castell, il ragionier Servidio, e gli ho chiesto se potevo dare un'occhiata all'appartamento. Magari non avevano tolto quei cocci di bottiglia e, nel caso, si poteva immaginare un prelievo di impronte digitali. Un tentativo come un altro, ma lui mi ha tolto subito le speranze: ha detto che dopo il dissequestro l'appartamento è stato ripulito, gli armadi svuotati e tutti gli effetti personali di Petacci sono stati buttati via. Disposizioni della tua cliente.

– Lo odia anche da morto.

– Pare proprio di sí. Mi sono fatto lo stesso una passeggiata sul posto, però non c'era nulla di utile.

– Ci restano i cocci di bottiglia nella foto.

– Potrebbero essere uno spunto, in effetti. Che faccio, vado avanti con gli accertamenti sul passato di Petacci?

– Comincerei a dare un'occhiata. Poi vedremo se e quanto approfondire.

– Non sarà una cosa rapidissima.

– Abbiamo tempo. Anche se la procura fa in fretta, per l'udienza preliminare ci vorranno mesi. Per allora sarà bene avere le idee chiare su come procedere: andare a dibattimento o chiedere l'abbreviato e limitare i danni. Vai avanti e man mano che viene fuori qualcosa, se viene fuori qualcosa, tienimi informato.

19.

Come accade spesso, le mie previsioni si rivelarono errate.

Meno di un mese dopo quel colloquio con Tancredi, constatai che la procura aveva una fretta indiavolata di far processare e di far condannare Castell.

Una mattina mi alzai con il mal di testa. Non mi capitava da parecchio tempo. Da ragazzo ne avevo sofferto, a partire dalla prima adolescenza e per diversi anni. Emicranie molto dolorose, con l'aura, che a volte diventavano cosí violente da produrmi sudori freddi, nausea e vomito. Poi mi portarono da uno specialista, a Firenze. Mi visitò, mi fece tante domande (alcune non capivo proprio cosa c'entrassero con il mal di testa), mi diede una cura e al momento di congedarmi disse: «A parte il mal di testa e i farmaci, tenersi tutto dentro non è mai una buona idea. A volte anche solo parlare con gli altri può aiutare».

Non gli chiesi cosa volesse dire. Le medicine funzionarono e mi dimenticai del mal di testa e di quelle parole, su cui invece avrei fatto bene a riflettere.

Quel giorno l'occhio destro pulsava e non so dire se me ne accorsi quando mi svegliai o se mi svegliai proprio a causa della pulsazione. Provai a rigirarmi nel letto, ma in breve mi resi conto – anzi mi ricordai – che non era la strategia giusta. Con quel tipo di dolore non puoi restare a letto. Non erano ancora le sei, mi preparai la colazione e presi un'aspirina. Mezz'ora dopo le cose andavano meglio, rimaneva però un'ombra minacciosa sul lato destro della testa a ricordarmi che c'era una tregua, ma che il dolore poteva tornare da un momento all'altro.

Arrivai in studio intorno alle otto, ed esaminando gli atti che ci erano stati notificati il giorno prima scoprii che il giudice per le indagini preliminari, su richiesta del pubblico ministero, aveva disposto il giudizio immediato per Castell.

C'erano in effetti tutti i presupposti formali di legge, ma la cosa mi stupí lo stesso. Non è frequente che in un procedimento per omicidio volontario aggravato si salti l'udienza preliminare e si vada direttamente, e in tempi brevissimi, davanti alla corte d'assise.

A quel punto scegliere se richiedere o no il giudizio abbreviato diventava una questione urgente. Per decidere avevamo poco tempo, quindici giorni appena. La bizzarria era che la norma sull'abbreviato era stata riformata il giorno stesso dell'omicidio, vietando la possibilità di questo rito per i reati punibili in astratto con l'ergastolo. L'entrata in vigore della nuova norma era però una settimana dopo. In sostanza si poteva fare. Questa strana coincidenza temporale forse significava qualcosa. O forse niente. Dovevo parlare con Castell. E lo feci subito.

Quando entrò nella saletta dei colloqui con gli avvocati era tranquilla, sembrava quasi di buon umore.

– È arrivato il decreto di giudizio immediato. Dovrebbe averlo avuto anche lei.

– Ho ricevuto dei documenti, ieri. Però non ho capito: cosa significano esattamente?

– Il giudizio immediato è un cosiddetto rito alternativo. La forma abituale prevede la richiesta di rinvio a giudizio cui segue la fissazione dell'udienza preliminare che serve a vagliare la fondatezza dell'accusa prima di disporre il processo. In certi procedimenti il pubblico ministero ritiene che la prova sia evidente, che si possa andare piú veloci e dunque chiede che si passi subito al giudizio immediato. Se il giudice concorda, dispone il processo saltando l'udienza preliminare.

Mi aveva ascoltato con attenzione, e sembrava aver compreso.

– Insomma verrò rinviata a giudizio senza udienza preliminare.

– In realtà è già stata rinviata a giudizio in questa forma accelerata. La legge, però, prevede che entro quindici giorni dalla notifica del decreto di giudizio immediato l'imputato possa avanzare richiesta di giudizio abbreviato.

– Che, immagino, è una cosa diversa dal giudizio immediato. Sembra un po' un gioco enigmistico –. Il tono delle sue parole era lievemente sarcastico, e in effetti il frasario giuridico si presta abbastanza al sarcasmo.

– Adesso le chiarisco di che si tratta e perché dobbiamo prenderlo seriamente in considerazione. Se pensiamo che non sia possibile aggiungere nulla al quadro probatorio acquisito nelle indagini, allora dovremo optare per il giudizio abbreviato. Significa che il processo viene deciso da un singolo giudice, niente corte d'assise, in pratica allo stato degli atti, cioè in base alle indagini del pubblico ministero. E significa che con ogni probabilità verrà condannata ma anche che otterrà uno sconto di pena di un terzo, che non è poco su questi ordini di grandezza. Nel giro di qualche anno potrà avere dei permessi, poi potrà lavorare all'esterno e in seguito ottenere la liberazione condizionale.

– E se non facciamo l'abbreviato?

– Non facciamo l'abbreviato e andiamo a dibattimento se pensiamo di poter portare prove rilevanti per cercare di ottenere un'assoluzione. È un grosso rischio, perché il quadro probatorio è grave, ma possiamo giocarcela se, per esempio, intravediamo la possibilità di sostenere un'ipotesi di legittima difesa. A questo proposito c'era una cosa che volevo chiederle.

– Prego.

– Rileggendo il verbale di sopralluogo ci siamo accorti che vicino al cadavere di Petacci c'era una bottiglia rotta. La ricorda? Si è rotta quando lei era lí? Le fa venire in mente qualcosa?

Ebbe un lieve sussulto. Appoggiò i gomiti sul tavolo e il viso fra le mani. Rimase a lungo in quella posizione. Concentrata, come alla ricerca di qualcosa che le sfuggiva. Passarono diversi minuti. Alla fine fui io a rompere il silenzio, ripetendo la domanda.

– Le fa venire in mente qualcosa?

Si guardò attorno, ma in quella stanza fredda e sporca non c'era nulla da vedere.

– Ha detto: adesso ti sfregio, troia. O qualcosa di simile.

– E aveva in mano la bottiglia?

– Sí, non saprei se intera o già rotta, – rispose scandendo le parole con aria un po' assente. Sembrava quasi in trance.

Sentii il battito che accelerava. Immagino la stessa sensazione che gli investigatori avvertono quando si avvicinano alla verità. O credono di avvicinarsi alla verità.

– Perché non me lo ha riferito prima?

– Perché me ne sono ricordata solo adesso che lei mi ha parlato della bottiglia.

Fu il mio turno di prendermi del tempo per pensare. Lei aspettò, senza fare domande, senza lasciar trapelare alcun moto di impazienza.

– Dobbiamo ragionare, e decidere in fretta cosa fare con quello che mi ha detto; abbiamo quindici giorni, come le dicevo. Ce la sentiamo di portare dinanzi ai giudici del dibattimento la storia, o meglio il principio di storia, che mi ha appena raccontato? Verrà interrogata e controinterrogata, e le verranno rivolte molte domande per metterla in difficoltà, per mettere in dubbio la veridicità delle sue parole. La prima sarà la stessa che le ho appena fatto io: per quale motivo non l'ha raccontato subito?

– Perché non riuscivo a ricordarlo, gliel'ho detto.

– Certo, e noi potremo portare uno psichiatra forense a deporre, per spiegare alla corte che un fenomeno del genere è possibile e perfino relativamente frequente. Questo non impedirà all'accusa di attaccarla sul punto. E anche all'eventuale parte civile. A proposito, le consta che ci siano genitori, fratelli, parenti di Petacci che potrebbero costituirsi parte civile?

– Non lo so, ma non credo. Mia sorella non mi ha mai parlato di parenti, e anzi dai discorsi che faceva all'inizio pareva fosse solo al mondo. La missione di Elena era salvarlo, anche dalla solitudine.

Sulle sue labbra – senza che lei ne fosse consapevole, ne sono sicuro – si disegnò una smorfia di disprezzo. E non si capiva se il disprezzo fosse per l'uomo che aveva ucciso o per la ingenua stupidità di sua sorella. Forse, a pensarci bene, era per entrambi.

– Va bene, quello della eventuale parte civile sarà un problema che ci porremo se e quando sorgerà.

– Ho una domanda, – disse lei con tono calmo.

Le feci un gesto con la mano aperta.

– Se scegliamo l'abbreviato non è possibile che io mi faccia interrogare e racconti la mia versione dei fatti? – Domanda intelligente, mi dissi.

– Sí, è possibile. Ma devo dirle con franchezza che il suo interrogatorio da solo difficilmente produrrebbe qualche effetto. Dopodiché, siccome il mondo dei processi è uno dei piú imponderabili che esistano (accade di tutto e fare previsioni è una pessima idea) non c'è dubbio che se facciamo l'abbreviato chiederemo il suo interrogatorio. Ma le ripeto: con l'abbreviato dobbiamo entrare nell'ordine di idee di limitare i danni, consapevoli che una sentenza di condanna è molto, molto probabile.

– Mi ripeta l'alternativa.

– L'alternativa si colloca su un sentiero stretto. Non facciamo richiesta di abbreviato, andiamo a giudizio davanti alla corte d'assise, e nel tempo che ci separa dal dibattimento cerchiamo spunti di prova sulla legittima difesa.

– Quali potrebbero essere?

– Difficile dirlo cosí. Dobbiamo guardarci attorno. Certo, se trovassimo dei precedenti di Petacci per atti di violenza, be'... sarebbe d'aiuto. Tancredi ci sta lavorando. Inutile aggiungere che il suo racconto dovrà essere il piú possibile preciso e persuasivo.

– Lui era un violento.

– Sí, ma non basterà che sia lei a dirlo, anche riferendo le confidenze di sua sorella. Ci serve altro.

Era tutto. Ci saremmo presi qualche giorno per pensarci, avrei risentito Tancredi e ci saremmo rivisti la settimana successiva.

20.

Avevo appena concluso un processo per concussione in cui difendevo la persona offesa costituitasi parte civile. La concussione è quel reato particolarmente odioso in cui un pubblico ufficiale, abusando dei suoi poteri, costringe la vittima a dargli soldi o come dice la legge «altra utilità». In sostanza: un'estorsione commessa da chi ricopre una funzione pubblica. C'è concussione, per esempio, quando un medico ospedaliero pretende soldi da un paziente per fornirgli cure cui avrebbe diritto in forma gratuita; quando un carabiniere chiede denaro a un automobilista per non multarlo ingiustamente; quando un funzionario comunale non rilascia un provvedimento dovuto facendo intendere all'interessato che la pratica verrà sbloccata solo in seguito a un esborso in denaro. Quest'ultimo era, piú o meno, il caso del mio processo.

L'imputato era il direttore di un ufficio tecnico comunale che pretendeva soldi per rilasciare le concessioni edilizie. Chi non pagava veniva ostacolato in ogni modo e nel migliore dei casi otteneva il provvedimento dopo anni di attesa. Nell'ambiente dei costruttori lo sapevano tutti e quasi tutti preferivano pagare piuttosto che veder bloccate le loro pratiche e, dunque, la loro attività.

Il mio cliente no. Era venuto da me a raccontarmi delle richieste di denaro e a domandarmi cosa avrebbe dovuto fare. Io gli avevo risposto che dare un consiglio non era facile, ma che io, al suo posto, sarei andato dalla polizia. Mi aveva ascoltato. La polizia gli aveva detto di assecondare la richiesta, si erano dati appuntamento, una busta di banconote segnate era passata di mano e gli agenti avevano arrestato il tizio.

Dopo un processo che si era trascinato per anni – come succede – fra rinvii, cambiamenti nella composizione del tribunale, nomina di nuovi difensori e ogni altro possibile intoppo, finalmente eravamo giunti alla sentenza. Il funzionario era stato condannato a cinque anni di carcere e a risarcire la parte civile; il mio cliente era felice per il risultato e insisteva perché andassimo a festeggiare in un ristorante di pesce.

Non volevo apparire un bacchettone (neanche a me stesso) e non gli dissi che non mi piaceva l'idea di festeggiare la condanna al carcere di chicchessia, anche se era una condanna piú che giusta. La gente tende a non cogliere queste sfumature e io, ormai da tempo, evito di spiegarle. Mi inventai un appuntamento improrogabile in studio, dissi che avremmo avuto di sicuro (sicurissimo, pensai) un'altra occasione per mangiare qualcosa insieme e scappai via.

La telefonata di Tancredi arrivò proprio mentre uscivo dal palazzo di giustizia dopo aver salutato il geometra Moramarco.

– Ho controllato un po' di cose.

– Vuoi passare in studio oggi pomeriggio?

Un istante di esitazione, come per una lieve reticenza.
– Vado fuori Bari per qualche giorno. Se vuoi posso accennarti ora.

– Dài.

– Innanzitutto ho verificato se per caso avessero repertato i cocci di bottiglia.

– Ma avrebbero dovuto fare un verbale di sequestro.

– Infatti. Però capita che degli oggetti trovati sulla scena vengano portati via e conservati per qualche tempo senza che sia redatto un verbale. Non dovrebbe accadere, ma accade. In questo caso no: ho parlato con un collega e mi ha detto che quei cocci erano stati fotografati insieme al resto, ma nessuno li ha repertati. Ho chiesto anche al ragionier Servidio se li ricordasse, se sapesse cosa ne avevano fatto. Mi ha risposto che non ne sapeva niente, non era presente quando avevano ripulito l'appartamento.

Ragionai rapidamente su questa informazione. Forse il mancato ritrovamento di quella bottiglia rotta poteva addirittura giocare a nostro vantaggio.

– Poi?

– Poi ho consultato fonti aperte del web su Petacci e parlato con degli ex colleghi. In effetti qualche spunto interessante c'è, mi dirai tu se approfondire.

– Cosa è venuto fuori?

– Il tizio doveva essere davvero un balordo come dice la Castell. Ci sono procedimenti pendenti e condanne definitive per reati vari contro il patrimonio e anche per lesioni personali. Per conoscere con sicurezza il contesto di queste lesioni dobbiamo acquisire documentazione e parlare con un po' di gente. Gli accertamenti sono complicati dal fatto che il tizio non stava mai fermo nello stesso posto troppo a lungo: ogni tre, quattro anni cambiava città. Il che corrisponderebbe al profilo dell'avventuriero parassita, magari inseguito dai creditori o peggio, di cui parla la nostra cliente. Insomma, cose da controllare sul tizio ce ne sono. Altro discorso è capire se e quanto queste cose possano servire alla difesa.

Mi misi a riflettere. Bisognava decidere in fretta se scegliere l'abbreviato o andare a dibattimento.

– Ehi, Guerrieri, sei ancora lí?

Mi riscossi.

– Io andrei in corte d'assise.

Il giorno stesso ne parlai a Castell. Lei era piú convinta di me.

21.

– Una delle cose che mi sgomentano è il modo in cui ricordo le cose.

– Cosa, esattamente?

– Sono stato impreciso, giusto. Mi sgomenta il modo in cui ricordo le cose che mi sono accadute. Intendo i fatti del passato in cui sono stato coinvolto. Anche solo una conversazione.

– Come li ricorda?

– Tranne rare eccezioni, come se qualcuno me li avesse raccontati, non come se li avessi vissuti. Con un vago senso di irrealtà. A volte mi sembra di essere proprio in bilico fra veri ricordi e immaginazione. E in ogni caso vedo l'azione da fuori, da spettatore, non da protagonista. A volte mi sforzo di collocarmi mentalmente dov'ero quando i fatti sono avvenuti, ma non ci riesco quasi mai. È come se un elastico invisibile mi riportasse sempre al punto di osservazione esterno.

– Non è inusuale. L'esperienza soggettiva è molto variabile e anche la stessa persona, a seconda delle circostanze, può ricordare con modalità diverse. In alcuni casi riviviamo l'esperienza dalla posizione in cui eravamo quando si è verificata. In altri assumiamo un punto di vista esterno, quasi lo osservassimo da spettatori o addirittura, ed è il suo caso, come se qualcuno ce lo raccontasse.

«Il modo in cui ricordiamo è influenzato da diversi fattori, tipo l'importanza emotiva dell'episodio, la distanza temporale, la nostra capacità di immaginazione visiva. Spesso gli eventi molto emotivi vengono ricordati da una prospettiva interna, mentre quelli meno importanti o piú lontani nel tempo possono essere piú facilmente ricordati da una prospettiva esterna. Nel suo caso, però, mi sembra di capire che è la gran maggioranza dei ricordi a essere osservata da fuori.

– È cosí. La quasi totalità, credo.

– Ci torniamo fra un attimo. Adesso volevo dirle un'altra cosa. Il modo in cui ricordiamo può anche essere influenzato dalla nostra tendenza a costruire narrazioni coerenti. Quando rammentiamo un evento, se abbiamo questa inclinazione, lo riorganizziamo mentalmente, anzi riorganizziamo mentalmente le informazioni per fornire anche solo a noi stessi una storia coerente. Questo processo può condizionare la prospettiva del ricordo e in particolare favorire la propensione a riviverlo come un osservatore. In altri termini, a ricostruirlo come se si trattasse di una storia, cercando di attribuirgli ordine e senso.

Mentre parlava mi resi conto che quelle cose le sapevo già. O meglio: le avevo capite, ci avevo ragionato su e me le ero dimenticate. Ripensai a un processo di tanti anni prima. Con impressionante precisione (a proposito della bizzarria dei ricordi) mi tornarono alla memoria alcune delle frasi che avevo pronunciato nella mia arringa.

I fatti, le azioni in sé, non hanno alcun senso. Può avere senso solo il testo della narrazione degli eventi e delle azioni compiute nel mondo. Costruiamo storie per dare senso, per cercare di mettere ordine nel caos. E le storie, a ben vedere, sono tutto quello che abbiamo.

Lo dissi al dottore e lui non parve stupito.

– Succede che andiamo molto vicini a un pezzo di verità che ci riguarda. Qualunque cosa significhi davvero la parola verità, ma questo non è il momento per darci alla speculazione teorica. Ci andiamo molto vicini, a volte la tocchiamo proprio, e poi andiamo avanti. Perché non abbiamo capito l'importanza di ciò che abbiamo sfiorato o perché l'abbiamo capita fin troppo bene e ci ha fatto paura. Non succede solo agli individui, succede all'umanità nel suo complesso. Esistono casi interessantissimi di invenzioni straordinarie della cui portata gli inventori stessi non si sono resi conto. Sono dovuti passare secoli prima che qualcun altro ne capisse il potenziale.

– Per esempio?

– Il compasso magnetico, cioè la bussola. Fu inventata in Cina durante la dinastia Han, ma la sua importanza venne compresa molti secoli dopo. Sulle prime il compasso magnetico era utilizzato per scopi religiosi o come strumento di divinazione, per prevedere il futuro. Fu solo nel XII secolo dopo Cristo che cominciarono a usarlo come strumento per navigare. L'aver capito quale potenziale avesse un oggetto creato tanti secoli prima determinò una vera e propria rivoluzione. Permise di aprire nuove rotte commerciali. Insomma: cambiò il mondo. Qualcosa di simile è accaduto con la scoperta del microscopio. Fu inventato da un olandese dal nome impronunciabile, ma non ne fu subito colta l'importanza. Inizialmente era considerato alla stregua di un giocattolo, di un oggetto di intrattenimento, e il suo sfortunato inventore fu trattato con una certa sufficienza. Poi, nei secoli successivi, gli scienziati si resero conto di avere per le mani uno strumento fondamentale per l'avanzamento della biologia, della medicina e di altre discipline scientifiche.

– Come mai sa tutte queste cose? Scusi la domanda banale.

– Mi piace la storia della scienza. Guardando da vicino come è progredita e progredisce la conoscenza umana ci rendiamo conto di che entità imperfetta si tratti. Per me questo è un motivo di ottimismo e di speranza. Siamo imperfetti, come individui e come collettività, eppure siamo riusciti a realizzare cose straordinarie. Ricordarlo mi aiuta molto nel mio lavoro che, come le sarà chiaro, è un confronto continuo con l'imperfezione. La mia, prima di quella degli altri.

Si interruppe e si toccò il mento.

– Va bene, forse sto un po' esagerando con le digressioni. Torniamo a noi. C'è qualche memoria che non corrisponde a questo schema? Qualcosa che lei ricorda dal punto di vista di chi ha vissuto l'esperienza e non da un punto di osservazione esterno?

– Ho pochi ricordi della mia infanzia che includono i miei genitori. No, non è esatto: ho pochi ricordi in cui parlo con i miei genitori, in cui sento le loro voci. Uno però mi è venuto in mente ora, ed è nitidissimo. E non lo vedo o sento dall'esterno. Sono lí.

– Vuole raccontarmelo?

– Era un tardo pomeriggio di estate. Sole basso, ombre lunghissime. Stavamo camminando su una stradina di campagna, mia madre e io. Avevamo mangiato delle more da un cespuglio, seduti su un muretto a secco, e io mi ero anche un po' graffiato con le spine per prendere un frutto particolarmente grosso.

– Com'erano le more?

Mi sorpresi a sorridere. – Erano buonissime, grandi, fra le piú grandi che abbia mai visto, e succose. Quel viottolo era in una zona poco frequentata e la pianta era carica di frutti –. Indugiai ancora un po'. – Mi ricordo la sensazione mentre schiacciavo le more fra i denti, quella leggera resistenza, quella leggera croccantezza, e poi l'esplosione di sapore, dolce ma con una nota acidula. Mi piacerebbe moltissimo trovare in campagna delle more cosí e mangiarmele come facevo da bambino o da ragazzo. Chissà se ci sono ancora tante piante. Non faccio una passeggiata in campagna da un sacco di tempo.

– Mi dica degli odori che ricorda.

Non ci dovetti riflettere, tutto arrivava alla mente fluido, pieno di allegria e malinconia; adesso sapevo che potevo lasciarle convivere, queste due emozioni. Mi piacque.

– Odore di terra secca, non pioveva da tanto. Rosmarino, frutta matura, fieno. E il canto ossessivo delle cicale… ma questo non è un odore.

– Va benissimo cosí, vada avanti.

– A un certo punto mi chinai per prendere un pezzo di legno che mi sembrava adatto a farne un bastone e vidi un cucciolo morto; era un cagnolino bianco e nero, sul ciglio della strada, seminascosto dalle erbacce secche. Mi si riempirono gli occhi di lacrime e chiesi a mamma perché quel cucciolo fosse morto. Mamma aveva un'espressione afflitta, rispose che non lo sapeva. Purtroppo, succede. Gli animali della campagna possono morire senza una ragione, disse. E gli uomini? Anche gli uomini. Fu la prima volta nella mia vita in cui entrai in contatto con l'idea della morte. Pure tu morirai, mamma? Quando sarò molto vecchia. E io? Fra tanti, tantissimi anni; magari ne avrai cento. Ero sgomento, terrorizzato e triste. Perché si deve morire?, le domandai.

– Sua madre cosa le rispose?

– La sento, distintamente… – dovetti interrompermi, la voce mi si spezzò. Mi accorsi di avere gli occhi lucidi. Tirai su col naso e il dottore, con un gesto che mi parve di perfetta gentilezza, indicò la scatola di fazzoletti di carta vicino a me. Mi soffiai il naso, asciugai le lacrime.

Risposi scandendo le parole, una per una. Era come se io e mamma le stessimo pronunciando insieme, a cinquant'anni di distanza. – Perché è proprio questo che rende la vita bellissima e preziosa.

Lasciammo che quelle parole rimanessero sospese nell'aria, fra noi.

– Tempo fa ho scoperto che assomiglia molto a un famoso aneddoto rabbinico. Ma giuro che mi è accaduto davvero, cosí come gliel'ho raccontato.

– Prima di salutarci per le vacanze voglio leggerle una cosa.

Si alzò e prese un libro dallo scaffale alle sue spalle. Lo aprí, trovò la pagina a colpo sicuro, tanto che pensai ci fosse un segnalibro.

– È Thomas Mann, il suo ultimo romanzo, rimasto incompiuto: «La caducità conferiva a tutta l'esistenza valore, dignità e amabilità. Solo l'elemento episodico, solo ciò che ha un principio e una fine è interessante e suscita simpatia, animato com'è dalla caducità. E cosí tutto – tutto l'essere cosmico è animato dalla caducità, mentre eterno e quindi inanimato e indegno di simpatia è solo il nulla, da cui quello è scaturito per suo piacere e dovere. "Alla simpatia universale" ripeté Kuckuck appoggiando le mani sul piano del tavolo».

– «Alla simpatia universale», – ripetei, come per cogliere il significato segreto della frase, che sicuramente c'era.

Parte seconda

22.

Agosto passò come in una nebbia. Avevo pensato di non partire, restare a Bari, fare qualche bagno qua e là; leggere almeno alcuni dei libri comprati negli ultimi mesi, mai aperti, disposti in colonne attorno al divano del soggiorno o negli angoli della camera da letto; godermi passeggiate serali nella città deserta e silenziosa, i negozi chiusi per ferie, tanti posti liberi per le auto. Mi erano sempre apparsi un simbolo dei momenti in cui la mente si sgombra un po' e trova la maniera o l'agio di pensare.

Accarezzai per qualche giorno questo progetto di deliberata alienazione e carico di un insidioso autocompatimento. Poi presi coscienza di una cosa che sapevo benissimo già da prima: la città che mi ero immaginato per la mia estate di non vacanza, di quiete, nostalgia e meditazione semplicemente non esisteva piú. Adesso è tutto diverso, mi dissi recuperando consapevolezza del tempo trascorso.

Ci sono i turisti. Quando ero ragazzo vederne uno era un evento straordinario; erano creature esotiche, perlopiú di passaggio, zaino in spalla, in attesa di prendere il traghetto notturno per la Grecia.

Tanti negozi non chiudono.

I posti liberi per le auto, con la loro potenza metaforica evocatrice, scarseggiano. Insomma, la città è quasi uguale al resto dell'anno, con la sola aggiunta dell'afa implacabile, come un destino che, di solito nascosto o almeno discreto, manifesti d'un tratto con arroganza la sua micidiale ineluttabilità.

Restare a Bari in quelle condizioni era un'ottima premessa per finire a parlare con i pali della luce e affogare nell'angoscia.

Pensai che avrei potuto parlare con i pali della luce all'estero, cercando almeno di evitare l'angoscia. Non ero mai stato in Irlanda, cosí prenotai un volo per Dublino e un'auto. Mi dissi che guidare con il volante a destra forse mi avrebbe dato una prospettiva diversa sulla vita.

Per una decina di giorni attraversai l'isola fra castelli diroccati, verdi brughiere e faraglioni vertiginosi. Proprio quelle scogliere pazzesche sono il ricordo piú nitido ed emozionante di un viaggio per il resto avvolto nella nebbia. La nebbia della mia mente ma anche quella reale, densa, che spesso trovavo la mattina presto al mio risveglio in piccoli alberghi dalle stanze pulite e anguste, in villaggi dai nomi che mi affrettai a dimenticare. In alcune di queste locande si respirava l'odore di un'altra epoca: una miscela di ghisa e legno che dava un senso piacevole di solidità. Lo stesso dei vari pub che frequentai di sera in sera, dove c'erano sempre musica dal vivo e persone molto cordiali.

La birra e il whisky credo avessero un ruolo in questa estrema socievolezza, ma gli irlandesi mi parvero comunque un popolo simpatico, per quello che valgono certe generalizzazioni. Un popolo sereno, mi venne da pensare una sera mentre rientravo in albergo senza sapere esattamente dove fossi e che giorno fosse. Il che poteva spaventare, però, va detto, aveva i suoi lati positivi.

Come mi è sempre capitato con le vacanze solitarie, tornai con l'intenzione di dare senso, o almeno di mettere ordine nella mia vita e nella mia casa. Dunque sistemai i libri, mi sbarazzai di abiti che non indossavo da anni, buttai giornali, vecchie stoviglie, vecchi telefoni, vecchi computer, vecchi oggetti.

Preso dall'entusiasmo decisi di andare piú a fondo.

Nei vari traslochi da un'abitazione all'altra non erano rimaste molte cose del passato remoto. C'era però uno scatolone, custodito nel ripostiglio, che mi ero sempre portato dietro, chiuso con lo stesso nastro da imballaggio, e nel quale c'erano oggetti, foto, quaderni, cose che arrivavano, senza fermate intermedie, dagli anni in cui vivevo con i miei genitori. Un piccolo passaggio segreto, una botola su un frammento del passato. In un tardo pomeriggio di fine agosto, con l'aria fresca e il cielo nuvoloso che prometteva le prime piogge, presi quello scatolone e lo trasportai nel salone, al cospetto di Mr Sacco. Lui osservava perplesso, suppongo pensasse che certe porte, o anche solo certe scatole, vanno lasciate chiuse.

Stappai una bottiglia di vino bianco freddo, riempii una piccola ciotola di anacardi (il vino, a quanto pare, non fa bene; gli anacardi e la frutta secca invece sí, dunque mi sembrava una somma algebrica accettabile) e cominciai a tirar fuori album fotografici, diapositive, qualche libro, quaderni, il mio diploma di laurea che pensavo fosse andato perduto, penne ricevute in regalo per diverse ricorrenze, alcune sterline d'oro.

I libri venivano perlopiú dall'infanzia, erano quelli che avevo amato di piú: il dottor Dolittle, qualche Salgari, gli anni ruggenti di «Topolino»... *Dimmi perché*, il mio preferito: cinquecento domande e cinquecento risposte per bambini e cinquecento risposte (alle stesse domande) per ragazzi. Me lo regalarono quando avevo forse dieci anni e continuai a consultarlo a lungo, per l'intera adolescenza, affascinato, nella mia naturale cialtroneria, dalla possibilità di sapere quasi tutto in quella forma omogeneizzata e rassicurante. Il mondo che veniva fuori da quel libro era un luogo lievemente spaesato, ma amichevole e sereno.

Poi c'erano i dischi e alcuni erano degli antichissimi 45 giri, vera e propria colonna sonora del tempo: *Pop Corn*, *Crocodile Rock*, *(I Can't Get No) Satisfaction*. E c'erano delle audiocassette. Una me l'aveva regalata una ragazza, Benedetta era il suo nome, che studiava danza classica e sognava di diventare un'étoile.

Ci frequentammo per qualche mese, mi portava nel loggione del Petruzzelli a vedere il balletto, un tipo di spettacolo che fino a quel momento – dall'alto della mia presuntuosa ignoranza – avevo considerato insignificante e ridicolo. Invece cominciò a piacermi; mi ipnotizzava quel gioco astratto, eppure a volte commovente, di corpi e musica, e anche dopo Benedetta continuai ad andarci. Ancora mi capita. Con lei non funzionò e non ho mai davvero capito per quale motivo. Era una bella ragazza, con un viso angelico, lunghissimi capelli biondi, occhi blu spalancati in un'espressione di perpetuo stupore. Anche intelligente e spiritosa. La gente si girava per strada quando passava e i miei amici (o perlomeno quelli meno eleganti) si congratulavano per il bel colpo che secondo loro avevo fatto. Ma io non l'avevo mai trovata davvero attraente, nemmeno per un minuto, nemmeno all'inizio. Forse era la pelle, forse era una qualche forma di morbosità, una mancanza di leggerezza. Non so. Non durò a lungo, per fortuna di entrambi.

Su quella cassetta c'erano i brani piú famosi – l'ouverture, il tema, la morte del cigno – del *Lago dei cigni* e, sul lato *b*, il *Concerto per violino e orchestra* sempre di Čajkovskij. Mi venne voglia di ascoltarla, ma non c'era modo: non avevo piú un mangianastri, come quasi nessuno del resto. E peraltro, mi dissi, erano trascorsi diversi decenni e il nastro doveva essere deteriorato. Cercai sul telefono, scelsi una versione del concerto con Anne-Sophie Mutter che mi era capitato di sentire dal vivo, la feci partire e tornai a esplorare lo scatolone dei ricordi.

Nel pieno del secondo movimento, cosí carico di malinconia e nostalgia quando – come ci fosse un regista nascosto – tirai fuori una foto in bianco e nero di me stesso bambino in braccio a mia madre. Era una foto molto bella, sicuramente scattata, sviluppata e stampata da mio padre. La guardai come un osservatore terzo, come se non conoscessi quella donna e quel bambino. Il che probabilmente, in un certo senso, era vero.

L'espressione del piccolo era di felicità imbarazzata. Le parole mi si materializzarono in testa come una rivelazione folgorante. L'imbarazzo, il disagio sono sempre stati i connotati primari della mia condizione esistenziale. Ho cercato di rimuoverli, di negare a me stesso di provarli, di raccontarmi una storia in cui il protagonista – io – viveva con ironica disinvoltura i suoi rapporti con gli altri. Per quella e per altre cose avrei dovuto guardare in faccia la verità, invece di continuare a sfuggirla e a costruirmi la narrazione alternativa e falsificata che mi aveva condotto fin lí. La verità era, semplicemente, nell'espressione di quel bambino sconosciuto.

La mamma guardava il bambino con amore, ma anche con una nota acutissima di malinconia di cui forse lei stessa, in quel momento, non era consapevole. Quella foto mi spezzò il cuore. Ancora una volta – ormai mi capitava spesso – pensai che non sapevo quasi niente di lei e di mio padre. Non avevo mai chiesto che mi raccontassero di loro quando sarebbe stato possibile, e d'un tratto era diventato troppo tardi.

Poi venne fuori il mio vecchio zaino di tipo militare,

di quelli che si trovavano ai mercatini dell'usato. L'avevo comprato subito dopo la fine del liceo per portarlo nella vacanza della maturità, a Parigi, e per molti anni mi accompagnò in ogni viaggio, breve o lungo che fosse. Non avevo idea di averlo addirittura conservato in quello scatolone, come uno dei pochi cimeli che non dovevano andare perduti.

Infine ritrovai il rammendo.

Ero partito con alcuni amici per andare a un concerto di David Bowie. Era il Serious Moonlight Tour, il Duca Bianco promuoveva *Let's Dance*. Lo zaino era rimasto impigliato nel paraurti di una macchina che ripartendo lo aveva lacerato.

L'avevo pagato poche migliaia di lire, diversi anni prima. La cosa piú naturale sarebbe stata buttarlo e comprarne un altro. Invece lo portai da una sarta e spesi per il rammendo quello che avrei speso per prenderne uno nuovo.

Quella storia mi fece pensare a qualcosa che avevo letto girovagando sul web un pomeriggio che non avevo voglia di lavorare. Era a proposito di un'arte giapponese, chiamata *kintsugi*, che consiste nel riparare ceramiche rotte usando lacca mescolata con polvere d'oro. La rottura e la riparazione diventano parte della storia di un oggetto, piuttosto che qualcosa da nascondere. La lacca dorata evidenzia le crepe invece di provare a cancellarle, dando nuova vita a oggetti altrimenti destinati a essere buttati via.

È tipico del buddismo zen accettare l'imperfezione e accogliere la bellezza dell'effimero. Prendere sul serio il mondo materiale, instaurando con esso una relazione basata sul rispetto, sull'apprezzamento profondo dell'esperienza, della transitorietà e della bellezza che ne scaturisce.

Il rimedio alla patologia dell'accumulo, suggeriva l'autrice dell'articolo, poteva dunque essere non l'astratta (e per certi aspetti gelida) indifferenza del minimalismo radicale, quanto piuttosto un rapporto gioioso e di cura per alcuni oggetti carichi di significato. Occorreva imparare a provare tenerezza per le cose (un'emozione all'apparenza illogica), soprattutto quelle che recano i segni del tempo, mostrare un riconoscimento per la loro individualità, per le loro imperfezioni e per la loro e la nostra storia. La bellezza che vediamo in un oggetto, concludeva, dipende dal rapporto che abbiamo instaurato con esso, non dal suo essere nuovo o fittamente decorato.

Tutto quello che c'era in quell'articolo sembrava scritto per descrivere l'emozione che provavo facendo scorrere le dita sullo zaino: sulle tracolle, sulle fibbie un po' ossidate, sulle linee scabre del rammendo. Proprio quella sensazione tattile, quel contatto con le cuciture spesse e fibrose, parevano una via di connessione indistinta e fortissima con tante cose da troppo tempo dimenticate.

Provavo tenerezza per quello zaino? Credo di sí. Provavo tenerezza per il me stesso ragazzo con quello zaino sulle spalle? Certo. Ma la mia tenerezza si estendeva anche all'oggetto in sé. Stavo per censurarmi e criticarmi: che sciocchezza è mai questa? La tenerezza è per le persone, non per gli oggetti inanimati. Stavo per farlo quando mi resi conto che Mr Sacco mi osservava e che il mio frasario mentale – oggetto inanimato – ovviamente non gli piaceva.

Ripresi a frugare nello scatolone e trovai un quaderno di appunti dell'università. Perché era lí? Di solito non li conservavo; superato l'esame gettavo via tutto anche perché nessun altro avrebbe potuto utilizzare quelle note piene di pasticci, disegni, considerazioni personali che non c'entravano niente, frasi scurrili (inclusi commenti su alcuni professori) buttate lí per elaborare la frustrazione dello studio.

Mi soffermai sulla mia grafia di allora, cosí diversa

dall'attuale, che invece assomiglia moltissimo – mi accorsi solo in quel momento – a quella di mio padre, incomprensibile nella sua forma e nella sua genesi. Ricordo che guardavo incredulo certe illeggibili annotazioni di papà a margine dei suoi libri e mi chiedevo per quale ragione scrivesse in quel modo. La stessa domanda che mi pongo oggi guardando la mia scrittura, che a volte io stesso non riesco a decifrare.

Su quel quaderno c'erano gli appunti di un seminario sulla tecnica di interpretazione del diritto dei *Commentatori*, una celebre scuola di giuristi medioevali attiva in Italia fra il XIII e il XIV secolo. Presi a leggere con la curiosità di un archeologo o un filologo che ha appena scoperto un'antica pergamena perduta.

E in effetti una parte era scritta in latino.

Praemitto, scindo, summo, casumque figuro, perlego, do causas, connoto et obiicio.

Praemitto: si inizia con una premessa che delimita i confini dell'argomento da affrontare.

Scindo: si opera un'analisi del testo dividendolo nei suoi elementi fondamentali.

Summo: si torna a ricomporre il testo nella sua unità.

Casumque figuro: si dànno degli esempi per passare dalla teoria alla pratica.

Perlego: si rilegge attentamente.

Do causas: si cerca la ragione della norma (perché è stata creata e quali obiettivi si pone).

Connoto: si formulano le proprie annotazioni personali, anche facendo collegamenti con altri passi e argomenti.

Obiicio: si affrontano le obiezioni cercando di fornire un'interpretazione univoca e possibilmente inattaccabile.

Mi soffermai a riflettere. La tecnica poteva valere per qualsiasi cosa.

Perché non usare un metodo simile – scomporre e ricomporre – ad esempio per affrontare la nostra tristezza, i nostri tormenti interiori, financo la nostra disperazione? Una premessa per capire, con noi stessi, di cosa stiamo parlando, per quale entità indistinta stiamo soffrendo o addirittura morendo di dolore. Scomporre gli elementi di questa entità per scoprire di cosa è fatta. Ricomporla una volta che è diventata piú decifrabile. Cercare esempi di analoghe situazioni nei libri, nei film, nell'esperienza, nelle conversazioni. Comprendere la ragione – la necessità? – di quella sofferenza nell'instabile equilibrio della nostra vita psichica e morale.

Devo parlarne a Carnelutti, voglio sapere cosa pensa di questa idea.

O forse meglio di no. Meglio tenersi per sé certe speculazioni ingenue prima che diventino farneticazioni, conclusi sentendo il sonno che cominciava ad arrivare.

Rimisi a posto, facendo attenzione che ogni oggetto tornasse esattamente dov'era prima. Mentre richiudevo lo scatolone con il nastro da imballaggio mi dissi che, con ogni probabilità, non sarei stato io la prossima persona ad aprirlo. Il pensiero avrebbe dovuto sgomentarmi. Invece mi diede una incomprensibile serenità, un colpo di euforia, un senso di appartenenza a qualcosa di vasto, in cui non c'era posto per la paura e la tristezza.

O meglio: c'era posto per tutto.

23.

Pioveva. Per qualche misteriosa ragione la cosa mi mise di buon umore. Ero impaziente di incontrare Carnelutti. La pioggia – in generale non la amo – amplificò questo stato d'animo. Tutto pareva opportunamente fuori posto, pensai. Qualunque cosa significhi, aggiunsi un attimo dopo parlando a me stesso.

Scambiammo un po' di convenevoli per ristabilire il contatto. Poi ognuno prese il suo posto e cominciammo.

Sulla scrivania di Carnelutti c'era un libro. In copertina, la riproduzione di un dipinto: una figura maschile di spalle, con un cappotto scuro di foggia ottocentesca, un bastone da passeggio in mano, in piedi su una roccia che dominava un paesaggio avvolto nella nebbia. Aveva qualcosa di mistico. Qualcosa che mi riguardava, pensai.

– Molto bello, – dissi.

– È il *Viandante sul mare di nebbia*, di Caspar David Friedrich, uno dei piú grandi pittori del romanticismo tedesco.

– Chi ha parlato di ignoranza enciclopedica? Non lo ricordo, ma certo se si tratta di arte io sono di un'ignoranza enciclopedica. Non lo conoscevo.

– Cosa le suggerisce? Non ci ragioni su, dica che emozioni le provoca.

Sospirai. Tutto il poco che mi veniva in mente era banale. – Solitudine, ma non tristezza. Un senso di sfida, però anche di connessione con la natura.

Sospirai di nuovo. Frustrazione? – Credo di non avere mai detto a nessuno quello che sto per dirle.

– Mi paga per questo.

– Davanti alle opere d'arte mi è piú evidente che in qualsiasi altra situazione la mia totale incapacità di avere opinioni davvero mie. Un tempo le esprimevo, le opinioni. E a volte erano anche apparentemente sofisticate: cercavo di darmi un tono profondo e originale. Ma la verità è che non sapevo mai davvero cosa pensare di un certo quadro, di un film, di una composizione musicale. Per i libri, solo per i libri era almeno in parte diverso. Comunque sia, avevo bisogno che qualcuno o qualcosa – una persona, un testo o un articolo di giornale – mi dicesse cosa dovevo o potevo pensare di un'opera d'arte. Attendevo istruzioni, poi me ne impossessavo e le facevo mie.

Stava per intervenire, ma io avevo preso lo slancio e ricominciai a parlare prima che riuscisse ad aprire bocca. – E a dirla tutta: questa faccenda che aspettavo istruzioni su cosa doveva piacermi, e perché, valeva per molte altre questioni. Anche per le donne.

– Anche per le donne?

– Ecco, è una delle cose che non avrei mai ammesso nemmeno a me stesso. Ci sono state donne che non mi piacevano ma con le quali sono stato perché avevano fama di essere belle. Magari, quando ero ragazzo, perché erano ambite. Insomma, per quell'approvazione sociale che sostenevo di ignorare perché pretendevo di essere uno spirito libero –. Sentii montare una rabbia inattesa. – Che coglione, che grandissimo coglione.

– Quando è diventato consapevole di tutto ciò?

– Non lo so. Per molto tempo, intendo decenni, è stato un meccanismo sotto la superficie di cui non avevo quasi coscienza. Ogni tanto mi sembrava di percepirlo vagamente, ma immagino che non avessi voglia di guardare in faccia una cosa del genere. Comunque era un'attitudine palese, non era necessario uno scavo approfondito.

– Bastava guardare da quella parte, – disse Carnelutti.

– Esatto, bastava guardare. Era una patetica modalità esistenziale. Ho sempre avuto il problema di non avere opinioni sicure su nulla. Di essere pronto a cambiare idea su quasi tutto di fronte a buoni argomenti o anche solo ad argomenti suggestivi.

– Le sembra una cosa cattiva? Un tratto negativo della personalità?

– Non so. Credo di essermene molto vergognato, e per questo a lungo ho formulato affermazioni nette su quasi tutto. Se lei mi avesse ascoltato discutere in situazioni private o in un processo, credo non avrebbe mai immaginato che il problema esistesse. Ero categorico. Sia su questioni in cui avevo titolo a parlare, poche; sia su questioni in cui non ne avevo, la maggior parte. Un modo per esorcizzare la mia insicurezza, credo. Poi una volta sono inciampato in una frase attribuita a Confucio. Del resto metà delle citazioni celebri viene attribuita a Confucio.

– E l'altra metà ad Einstein, – disse Carnelutti sorridendo.

– E l'altra metà ad Einstein, appunto.

– Qual è questa frase?

– La categoricità è uno dei sintomi della mediocrità.

Annuí.

– Già. E quindi, dopo che è inciampato in quella frase?

– Ho cominciato a pormi il problema in modo piú consapevole. Non sistematico, ma consapevole. Ero in mezzo a un guado. Non potevo piú formulare affermazioni categoriche... a parte nei processi, lí sono uno strumento di lavoro... ma non avevo voglia di confrontarmi con la mia difficoltà ad avere opinioni inscalfibili.

– Ha mai sentito parlare di Alexander Grothendieck?
– Temo di no.
– È stato uno dei piú grandi matematici del XX secolo. Un genio. Ha scritto un testo di oltre mille pagine in cui descrive con precisione cosa accadeva nella sua mente quando faceva matematica. Nel libro, fra l'altro, ammetteva di non essere in grado di leggere nessun testo sulla materia, anche semplice, finché non riusciva a crearsi le giuste immagini mentali. E riconosceva la sua incapacità di seguire le conferenze tecniche perché andavano sempre troppo veloci per lui. Spiega poi che, per tutta la vita, ha dovuto affrontare la sensazione di non capire nulla di quanto studiava. Ripeto, parliamo di uno dei piú grandi geni matematici del secolo scorso, forse della storia.

Ero spiazzato. Intravedevo una lettura diversa di una caratteristica che mi aveva sempre accompagnato, e ossessionato. D'un tratto avevo l'impressione, o un principio di comprensione, che la chiave di lettura di quella caratteristica potesse essere l'esatto contrario di ciò che avevo pensato fino ad allora.

È bizzarro come la stessa cosa, esattamente la stessa cosa, possa farci sentire in modo tanto diverso a seconda di come la vediamo, del contesto mentale in cui la collochiamo. Dopo le parole di Carnelutti il mio mondo interiore subí un movimento di rotazione attorno al proprio asse, come un passaggio dalla notte al giorno. Non sapevo che dire, ma sentivo il bisogno di dire qualcosa.

– La cosa che mi piace piú di tutte, che mi è sempre piaciuta piú di tutte, è leggere. E credo che il motivo sia perché posso adagiarmi nelle opinioni dell'autore che sto leggendo.
– Come è diventato un lettore?
– La risposta piú semplice sarebbe: perché mio padre e

mia madre leggevano tanto. Ma mi sembra astratta, meccanica. Cioè, non ho nessuna memoria di aver cominciato a leggere e di essermi appassionato alla lettura per imitare i miei genitori. Non lo so. Come le ho detto, non ho tanti ricordi dei miei genitori. Intendo ricordi vivi, tipo quello dell'episodio che le ho raccontato. In realtà so molto poco di loro. Prima non ci pensavo mai, adesso invece mi capita, di tanto in tanto, e mi dico (è stupido, me ne rendo conto) che tornassi indietro mi farei raccontare le loro storie. Non ho idea se si amassero o si fossero amati.

– Davvero?

– Davanti a me non si sono mai baciati: intendo un bacio sulle labbra, da amanti o anche solo da sposi. Magari era per pudore nei miei confronti. Dopo la nostra ultima seduta ho sognato mia madre. Giovane, bella, che viveva un'altra vita. Allegra, lieve, con la gonna leggera mossa dal vento. In quella vita non era piú mia madre… anche se *era* mia madre. Aveva preso un'altra *sliding door* che non portava a me, ma a un mondo diverso in cui io non esistevo. Era felice come non ricordo di averla mai vista. Nei miei ricordi, di rado mia madre era felice. La descriverei piú come una donna riflessiva, però non sono certo che la definizione sia appropriata. Soffriva di terribili mal di testa e non posso escludere che sia stata depressa quando ero bambino. Comunque la donna del sogno era lei ma non era lei. Era il simbolo della spensieratezza e della gioia di vivere. Mi ha suscitato una nostalgia straziante.

– Le ha parlato?

– Non ne ho avuto il coraggio. Non so se questa è una riflessione che faccio ora o qualcosa che ho pensato durante il sogno, ma insomma: se le avessi parlato io sarei scomparso, non sarei mai esistito.

Le mie parole si depositarono piano piano. Passarono

alcuni istanti e fu un silenzio carico di inquietudine, eppure accogliente.

– Prima che vada vorrei farle una domanda. Se non riesce a rispondermi ora lo farà la prossima volta o quando preferisce.

– Dica.

– C'è una sua qualità che lei considera apprezzabile o addirittura desiderabile?

Non ebbi esitazioni. Questo era molto strano, e pensai che era molto strano proprio mentre parlavo.

– Se qualcuno mi chiede aiuto, cerco di darglielo. Se posso. Se non mi costa troppo. Be', a volte anche se mi costa. Sa che non ci avevo mai pensato in modo cosí esplicito?

– Si sente meritevole per questa sua propensione?

– Non ho mai creduto di essere particolarmente meritevole per nulla. Ma, ripeto, non avevo mai davvero pensato alla cosa.

– E adesso che lo ha fatto?

– Forse sí, – risposi dopo qualche secondo. – Insomma, non è una cosa di cui vergognarsi. Però è la mia natura, un pezzo della mia natura, non mi viene da farci troppo rumore attorno. Non lo considero un pregio straordinario. Sono pregevoli le cose che uno fa sforzandosi, andando contro la propria indole. Le altre sono normali. Diciamo che è una parte buona di me. Fine.

Mi soffermai ancora qualche istante a riflettere su quel tema, evocato cosí a sorpresa. – Mi ha sempre dato molto fastidio l'abuso di parole come eroe o martire utilizzate per indicare chi si è trovato suo malgrado in una situazione drammatica e ne è rimasto vittima. È fin troppo ovvio che essere schiacciati da un destino sfortunato attira rispetto e solidarietà. Ma la retorica di un eroismo inesistente mi indispone. Eroe o addirittura martire è chi, con una scelta consapevole, si espone al pericolo per una ragione nobile. Anche andando contro l'istinto di conservazione. Ora, perché ho fatto questa digressione? Ah sí, per dire che non mi sembra cosí degno di menzione fare del bene, o comunque aiutare gli altri, se questo non comporta una scelta faticosa.

– Lei è piuttosto spietato con sé stesso. Quello che a volte sembra naturale può essere un gesto esercitato ripetutamente per effetto di una scelta che, magari, non siamo capaci di vedere. Aristotele diceva che la virtú è come un muscolo: va allenata, altrimenti si atrofizza. Mi piacerebbe che pensasse un po' a questo tema dell'indulgenza verso sé stessi. È una pratica etica come l'indulgenza verso gli altri.

Aprí un cassetto, ne trasse alcuni fogli, li piegò e me li porse. – Li legga, se vuole.

Stavo per chiedere cosa fossero, ma non lo feci. Presi i fogli, li piegai una volta in piú e li infilai nella tasca della giacca.

24.

Erano fotocopie. Sulla prima, in alto, c'era un appunto manoscritto con penna stilografica. La grafia era piena di tratti curvi e irregolari, eppure fluida e leggibilissima. Pensai che mi sarebbe piaciuto averne una simile.

Quella che segue è apparentemente una lettera di Jung a un'amica. In realtà è un apocrifo. Due studiosi si sono divertiti a costruirlo mettendo insieme spunti e frasi originali; poi l'hanno pubblicato, attribuendolo a Jung. Quasi nessuno se n'è accorto anche perché il lavoro era molto ben fatto, e credibile. Chiunque ne sia l'autore, forse lei ci troverà qualcosa che la riguarda.

Mia cara amica,

lei si chiede, e mi chiede, come possa la vita continuare dopo un evento cosí doloroso come solo può esserlo il distacco dall'amato, dalla persona cioè alla quale abbiamo unito il nostro destino e con la quale abbiamo affidato tutti noi stessi nelle mani del futuro. È questo un interrogativo al quale, debbo confessarle, non so dare risposte.

Per quanto vittoriosa sia la fede, per quanto temprata, pure essa non sovrasta l'enigma della morte. Quando la morte si manifesta sul nostro cammino, quando ci sottrae il nostro bene, è violenza insostenibile dalla quale sempre siamo sconfitti. E per quanto profonda possa essere, come lei gentilmente mi attribuisce, la conoscenza dell'animo umano, ebbene essa ci conduce solo là dove non si può che ammettere, per quanto a malincuore, la propria ignoranza.

Ugualmente lei mi impone di osare, e giustamente. Ebbene, per cominciare, debbo avvisarla di non prestare orecchio alle facili consolazioni che certamente riceve e riceverà e che sempre piú d'altra parte si vanno facendo folla intorno a noi, complice la stessa psicologia di cui vorremmo essere fedeli e umili testimoni. Le consolazioni consolano anzitutto i consolatori. Consentono a essi di coltivare l'illusione di essere immuni da ciò che agli altri è toccato in sorte, e ancor piú d'essere saggi, prudenti e avveduti. Cosí, sentendosi al riparo e al sicuro, essi conservano la loro buona reputazione al prezzo di qualche buona parola. Ma, può esserne certa, se fossero onesti con sé stessi, come dicono di esserlo con gli altri, dovrebbero ammettere sinceramente che le consolazioni che offrono, consapevoli o meno che ne siano, nascondono null'altro che commiserazione per sé e risentimento per la vita. Ecco dunque un primo consiglio: né commiserazione per sé né risentimento per la vita.

Benché oscuro sia lo sfondo sul quale la morte si manifesta, altrettanto oscuro quanto quello della vecchiaia e della malattia, per non dire di quello del peccato e della stoltezza, ebbene è lo stesso sfondo sul quale si staglia il sereno splendore della vita. Per la nostra salute mentale sarebbe perciò un bene poter pensare che la morte non è che un passaggio, una parte di un grande, lungo e sconosciuto processo vitale: sia nei giorni dolorosi nei quali precipitiamo per la perdita di chi ci è caro sia nei giorni tristi nei quali siamo sorpresi dal pensiero della nostra stessa morte. La nostra morte è un'attesa o, se vuole, una promessa che non è mai compiuta. Per questo essa non ci impone di vuotare la nostra vita ma piuttosto di procedere alla sua pienezza. Mentre la morte ci toglie ciò che ci è piú caro, al tempo stesso ci restituisce a ciò che ci è piú prezioso. Non è il mistero della morte che siamo chiamati a sciogliere: piuttosto è quello della vita.

La vita è un imperativo assoluto al quale nessuno deve sottrarsi. Per quanto ostico ci paia il compito, per quanto insostenibile, per quanto ostile, abbandonarci a noi stessi, abbandonare noi stessi non è contemplato tra le molte possibilità. È alla vita che dobbiamo piuttosto, direi addirittura, arrenderci: alla vita e al suo costante fluire. A questo scorrere non possiamo imporre alcun argine, né potremmo tentare di deviarlo o di mutarne la traiettoria. Ciò sarebbe assai sciocco e per molti versi pericoloso. Se vogliamo inimicarci la vita, se vogliamo davvero averla contro sappiamo come fare: rinunciamo a viverla. Vi sono numerosi modi per ottenere questo, l'ultimo dei quali, il piú stupido e spietato, è troncarla con le nostre stesse mani. Questo sí è il supremo peccato. Se ci teniamo al di sopra di questo baratro potremo sempre, in ogni caso, imporre alla vita un corso predeterminato, forzarla o sospenderla, in una parola dirigerla. Abbiamo infiniti compiti che possiamo imporci e infinite mete verso le quali orientarci. Tutto ciò fa pur sempre parte della nostra vita, ma è ciò che la nostra vita ci chiede? La vita che abbiamo scelto per noi potrebbe infatti rivelarsi ben diversa da quella che avrebbe scelto noi.

Il problema è allora questo: giunto alla fine dalla mia vita che cosa mi ritrovo tra le mani? Se trovo solo il rimpianto per ciò che avrebbe potuto essere e non è stato non sarà gran cosa. Ma potremmo trovare ben di piú, ben di peggio. Ogni vita non vissuta accumula rancore verso di noi, dentro di noi: moltiplica le presenze ostili. Cosí diventiamo spietati con noi stessi e con gli altri. Intorno a noi non vediamo che lotta, cediamo e soccombiamo alle perfide lusinghe dell'invidia. Si dice bene che l'invidia accechi: il nostro sguardo è saturo delle vite degli altri, noi scompariamo dal nostro orizzonte. La vita che è stata perduta, all'ultimo, mi si rivolterà contro.

Perciò, l'ultima cosa che vorrei dirle, mia cara amica, è che la vita non può essere, in alcun modo, pura rassegnazione e malinconica contemplazione del passato. È nostro compito cercare quel significato che ci permette ogni volta di continuare a vivere o, se preferisce, di riprendere, a ogni passo, il nostro cammino. Tutti siamo chiamati a portare a compimento la nostra vita meglio che possiamo.

Mi creda.

Sinceramente,

suo C. G. Jung

25.

La prima udienza del processo a Castell era fissata per il 16 di settembre dinanzi alla corte d'assise.

Tancredi venne in studio per raccontarmi l'esito delle sue indagini due settimane prima, in modo che ci fosse il tempo di preparare con sufficiente calma, o almeno non precipitosamente, la lista testi e le richieste difensive da formulare in apertura di dibattimento.

Era abbronzato e aveva tagliato i capelli, non glieli avevo mai visti cosí; di solito li teneva un po' lunghi e disordinati. Poi sembrava piú dritto, mentre una certa postura curva, che gli conferiva un'ingannevole parvenza di innocuità, era sempre stata un altro suo tratto distintivo. Insomma, era piú curato e appariva piú giovane.

– Che hai fatto? Ti sei trovato una fidanzata?

Non era una domanda, voleva essere una battuta. Non molto divertente, peraltro. Una di quelle scemenze che si dicono tanto per dire. Lui però rispose serio, con una sfumatura di timidezza, e anche questa non gli era consueta.

– Non so, fidanzata è un parolone. Vediamo come va.

Non me l'aspettavo, rimasi senza parole. Tancredi aveva divorziato circa quindici anni prima e, per quello che ne sapevo, non aveva piú avuto una relazione stabile. Fra noi non c'era consuetudine a parlare di questi temi, non sapevo se fargli altre domande, se congratularmi, se fare un secondo tentativo di battuta per tirarmi fuori dall'imbarazzo. Alla fine dissi solo che mi faceva piacere. Comunque fosse andata la cosa, il suo aspetto era migliorato, e questo da solo era un risultato notevole.

– Già, – fece lui. E dopo una pausa: – Se non è il solito fallimento e fra un po' di tempo ci frequentiamo ancora, te la faccio conoscere –. Un'altra novità, forse la piú grande, per concludere la rassegna: ipotizzava addirittura di presentarmi questa ragazza.

Pensai proprio cosí, «ragazza», poi mi dissi che parlavo – anche solo mentalmente – in modo improponibile. Tancredi era nove anni piú anziano di me, dunque ne aveva sessantasei; per quanto si fosse trovato una compagna piú giovane era difficile che si potesse definire «ragazza». Perché ci capita di chiamare ragazzi tipi di mezza età, sovrappeso e con i capelli grigi? Sindrome di Peter Pan per procura? Tentativo di negare il trascorrere del tempo, fenomeno piuttosto diffuso fra boomer e generazione X? O solo sciatteria linguistica senza una particolare motivazione psicologica?

– E tu, – riprese, – hai fatto qualche incontro in queste vacanze?

Aveva un tono quasi impercettibile di condiscendenza. Vivi un momento di felicità o di euforia e vuoi mostrarti gentile e sollecito verso gli altri. Vuoi augurare loro, se si tratta di persone amiche, qualcosa di positivo come quello che sta capitando a te. Ma la condiscendenza, anche se ispirata da buone intenzioni, anche se amichevole come nel caso di Tancredi, non è una merce che mi interessa. In realtà credo che non interessi a nessuno.

– Tanti gabbiani, gente coi capelli rossi, gnomi, campi di patate, – risposi come uno che considera esaurito l'argomento.

– Ok, allora lavoriamo, – annuí lui dopo appena un attimo di esitazione.

– Lavoriamo, giusto. Cos'hai trovato?

– Un bel po' di cose. Bisognerà capire come possiamo utilizzarle –. Aprí lo zainetto e tirò fuori una cartellina, un tablet e un blocco di appunti. – Innanzitutto, riguardo alla possibilità che qualcuno si costituisca parte civile: Petacci era figlio unico di genitori molto anziani ed entrambi sono morti da parecchi anni. Non mi constano altri parenti. Dunque direi che, salvo sorprese, nel processo dovrai vedertela solo con il pubblico ministero. Passando alla sostanza, negli ultimi... quasi dieci anni, prima di andare a sbattere contro la 6,35 della Castell, ha viaggiato molto. Nel senso che ha cambiato città almeno quattro volte. È stato a Salerno, a Firenze, a Torino e, appunto, a Bari. In ogni città ha avuto almeno una fidanzata, diciamo ufficiale. Non ho approfondito eventuali storie clandestine. Una di queste fidanzate, quella di Torino, è morta.

– Morta di cosa?

– Infarto, a quanto sembra. Ricoverata e operata d'urgenza, ma senza successo. Anticipo le tue domande. Sí, il fatto è accaduto quando i due stavano insieme; no, non risultano sospetti sulla causa della morte, non è stato mai nemmeno aperto un fascicolo.

– Pensi che dovremmo approfondire?

Si strinse nelle spalle.

– Non sarebbe comunque facile a distanza di tanti anni, con niente in mano e con il corpo cremato.

– Chi ha deciso la cremazione?

– Non lo so.

Ci riflettei un attimo e conclusi che aveva ragione, approfondire non sembrava una strada praticabile. Nel caso ci avremmo pensato piú in là.

– E le altre donne?

– Una è introvabile. Pare si sia trasferita da Firenze in

Spagna, a Madrid. Non ho scoperto niente di piú preciso, non ho trovato né parenti né amici. Le poche informazioni le ho recuperate dagli ex vicini di casa.

– Conviveva con Petacci?

– Tutte convivevano con Petacci. E c'è una cosa, in realtà piú di una, che ti piacerà: lui andava sempre a installarsi a casa delle compagne, esattamente come ha fatto con la sorella della Castell.

– Una specie di parassita, o di predatore.

– Esatto, un po' lo stile di Barbablú.

– Cos'altro mi piacerà?

– Precedenti e carichi pendenti. Truffa, appropriazione indebita, lesioni personali. Il piú interessante è quello di truffa: organizzava finti incidenti stradali per incassare l'assicurazione.

– E le lesioni? Dimmi che la persona offesa era una donna, fidanzata o simile.

Scosse la testa.

– È un vecchio precedente per una rissa in discoteca.

– Che lavoro faceva?

Tancredi allargò le braccia.

– Aveva il perfetto curriculum del balordo. Sosteneva di fare consulenze finanziarie. Questo era scritto sul suo biglietto da visita: dottor Giovanni Petacci, consulenze finanziarie. Cosa significasse in concreto non lo so. O forse probabilmente sí: il genere di personaggio che propone investimenti mirabolanti e quando qualcuno ci casca se la dà a gambe con i soldi. Congetture, eh. Non ho alcuna prova. Per un certo periodo ha avuto la partita Iva, ma non fatturava niente. Niente Irpef, almeno negli ultimi cinque anni. Niente proprietà immobiliari. Diverse macchine intestate fino a quando non è stato coinvolto nella storia delle truffe alle assicurazioni. Dopo nemmeno quelle.

Il profilo che stava emergendo era compatibile con quello che aveva tracciato la mia cliente. Il tizio, pace all'anima sua, sembrava il classico manigoldo che vive di espedienti. Il che non era per forza un elemento utile per la nostra difesa. Anzi, poteva addirittura essere un elemento a sostegno dell'accusa. Mi immaginai il pubblico ministero: certo il Petacci era un truffatore, certo era un personaggio discutibile, è possibile che la vita con lui sia stata infelice per la povera Elena Castell. Posso arrivare a concedere, per amore di ipotesi, che questa infelicità sia stata una concausa della decisione, in realtà sempre imperscrutabile, di togliersi la vita. Questo giustifica la sua brutale, spietata e premeditata uccisione?

Certe vicende dovevano venire fuori con estrema cautela. Raccontate e utilizzate nel modo giusto, forse sarebbero servite.

– Non ti ho ancora detto la cosa piú interessante.

– Cioè?

– La fidanzata di Salerno l'ho trovata. Appena le ho detto che ero interessato a Petacci, stava per chiudere la conversazione: era una parte della sua vita di grande sofferenza, ci aveva messo una pietra sopra, non voleva ricordarla e altre frasi del genere. Poi le ho spiegato quel che era successo e perché avevo bisogno di farle qualche domanda.

– Sapeva già che era morto?

– No.

– E quando glielo hai detto?

– Stupita, è chiaro. Ma decisamente non addolorata. A quel punto ha accettato di parlarmi. Mi ha detto che la loro storia è cominciata in un momento di sua grande difficoltà. Era reduce da un altro rapporto fallimentare, da un esaurimento nervoso, da un periodo di cure psichiatriche. Quando si erano conosciuti, nel periodo del corteggiamento e nei primi mesi, lui pareva l'uomo ideale, gentile, premuroso, romantico, ma anche simpatico, divertente.

– Lo schema classico. La stessa storia di mille relazioni malate come questa. La stessa storia che mi ha raccontato Castell a proposito di sua sorella.

– Non c'è dubbio. Ma aspetta. Gettata la maschera, Petacci ha cominciato a pretendere di governare ogni suo comportamento, tutto, incluse le questioni finanziarie (per inciso, le ha sottratto un sacco di soldi) e se percepiva tentativi di autonomia o addirittura di ribellione, aveva dei terribili accessi d'ira.

– La picchiava?

– Qualche schiaffo. Era piú che altro violenza verbale, diventava come pazzo e, a quanto pare, in piú occasioni le ha urlato che le avrebbe fatto molto male, che l'avrebbe distrutta.

Tancredi fece una pausa, chiaramente studiata. Preparava l'effetto per l'ultima informazione, la piú importante.

– E una volta le ha anche detto che l'avrebbe sfregiata.

26.

– Ancora tre anni, avvocato, e me ne vado in pensione.

Il sovrintendente principale Danisi mi stava accompagnando verso la sala avvocati del carcere per incontrare Castell. Lo conoscevo da almeno vent'anni, da quando era stato trasferito alla casa circondariale di Bari dal carcere di massima sicurezza di Nuoro. Certe carceri, in certi luoghi, rendono difficile stabilire chi sia piú imprigionato: se le persone detenute nell'istituto o quelle che ci lavorano.

– Cosa farà?

– Costruisco e restauro mobili, da tanti anni. Finora è stato un hobby, appena sarò libero diventerà un mestiere.

– Bello essere capaci di costruire qualcosa con le proprie mani. Mi sarebbe piaciuto.

– Lei non ha un hobby, avvocato?

No, non ce l'avevo. A parte i libri e la musica, forse i pugni, non avevo una vera passione. Qualcosa che ti riempie la vita e le dà senso. Qualcosa per cui non vedi l'ora di tornare a casa la sera o di svegliarti la mattina. Qualcosa che rende tutto meno superficiale, che riduce l'effetto del tempo che scorre, che a volte proprio lo sospende. Mi sarebbe piaciuto scrivere. Segretamente lo avevo sempre desiderato, ma non avevo mai avuto il fegato di provarci. Se non provi non ti esponi al rischio di scoprire che non hai talento, o che ti manca la forza per sostenere l'artigianato faticoso richiesto dalla scrittura. Tutte le scritture. Anche quella dei grandissimi, anzi, soprattutto quella.

Cosí lasci scorrere il tempo e, senza accorgertene, passi dalla stagione della vita in cui dici vorrei scrivere un romanzo, a quella in cui dici avrei voluto scrivere un romanzo, solo che... E seguono scuse, le piú varie e le piú perniciose, perché sono bugie a te stesso. Una pratica in cui me la sono cavata sempre piuttosto bene.

D'accordo, può bastare. Ovviamente non dissi nulla del genere. Risposi, stringendomi nelle spalle, che purtroppo la professione mi lasciava poco tempo. La piú classica delle scuse, appunto.

Elvira Castell mi salutò con piú cordialità del solito.
– Cosí fra due settimane cominciamo, – disse.

– Fra due settimane cominciamo. Ieri ho fatto una riunione con il nostro investigatore, l'ispettore Tancredi.

– Un uomo interessante. Non si fidava di me. Potrà sembrarle strano, ma è una cosa che mi piace, quando un uomo, o anche una donna, non è una questione di sesso, è cauto, perfino un po' diffidente. Mi dà l'idea di qualcuno che pensa, che non salta alle conclusioni. Sono i piú affidabili.

– Tancredi è molto affidabile. In queste settimane ha svolto una serie di indagini da cui sono venuti fuori diversi elementi utili.

Le riassunsi ciò che mi aveva detto Carmelo il giorno prima. Mi ascoltò senza fare domande, attentissima, silenziosa. La sua espressione mutò quasi impercettibilmente quando le parlai della donna di Salerno che aveva detto di essere stata minacciata di sfregio da Petacci. Per qualche istante mi parve di cogliere in lei una nota di stupore. Non era quello che mi sarei aspettato, ma lí per lí non ci badai troppo.

– Come ha fatto con me, – intervenne.

– Sí, è uno spunto interessante in vista di una linea difensiva impostata sulla legittima difesa. Una scelta che diventerà tanto piú praticabile, ma sia chiaro che lo spazio resta sempre sottile, quanto piú lei ricorderà e sarà in grado di riferire durante il suo interrogatorio.

Annuí, abbassò gli occhi e per un po' parve guardare qualcosa sul tavolo, ma sul tavolo non c'era niente.

– Le ho portato una copia del fascicolo. Lo legga con calma, non è voluminoso. Una volta stabilito il calendario dibattimentale ci prepareremo per il suo interrogatorio.

– Chiamerà anche la donna di Salerno?

– Non la inserirò nella lista testi. Tancredi ha detto che era molto riluttante a parlare. Gli ha chiesto piú volte se c'era il rischio di dover deporre, lasciando intendere di non essere intenzionata.

– Ma non è un obbligo venire a testimoniare, se sei citato?

– Certo. Ma non dobbiamo rischiare di fare un autogol: se la citiamo noi e lei viene e non riferisce la circostanza è un problema.

– Dunque?

– Deporrà Tancredi. Riporterà il contenuto delle indagini e, fra le altre cose, le dichiarazioni ricevute da questa signora. In gergo tecnico si chiama: testimonianza indiretta. A quel punto o nessuno chiede che la testimone di riferimento venga sentita, e allora le dichiarazioni di Tancredi possono essere utilizzate per fondare il cosiddetto libero convincimento dei giudici. Oppure il pubblico ministero chiede di ascoltarla o la stessa corte lo considera indispensabile. In tal caso verrà citata, ma non da noi. E se dovesse fornire una versione contrastante con quella di Tancredi, la corte potrà giudicare quale delle due deposizioni sia piú attendibile. Lo so che sembra tortuoso, molte questioni processuali lo sono, però funziona cosí. Serve a evitare il rischio che la teste venga di prima battuta in udienza e non dica quello che ci aspettiamo, lasciandoci del tutto scoperti sul punto. Cominciamo a incardinare la testimonianza indiretta di Tancredi nel processo, poi vediamo cosa accade.

– Ho capito.

– Poi dovremo nominare un consulente, uno psichiatra forense. Ci serve per spiegare il meccanismo del suo ricordo e tratteggiare il profilo caratteriale di Petacci. Ovviamente, allo stesso modo delle indagini difensive, questo incarico avrà un costo.

Fece un gesto d'impazienza con la mano. – Chiami Servidio, ha disposizione di venire incontro a tutte le sue richieste. Gli dica solo quanto occorre per l'onorario di questo medico.

Ci demmo appuntamento in aula di lí a due settimane.

Ignoravo il motivo, ma quando uscii dal carcere portai con me una vaga, indefinibile sensazione di disagio.

27.

La mattinata andò via per un'udienza di incidente di esecuzione. Detta cosí sembra qualcosa di sinistro. In realtà è una procedura piuttosto noiosa che riguarda i casi in cui qualcuno è stato condannato con sentenza definitiva e sorgono questioni appunto sull'esecuzione della relativa pena. In sostanza: non si discute se qualcuno sia o no colpevole di qualcosa (su questo i giudici si sono già pronunciati), ma su come e quando debba essere eseguita la pena già applicata.

Gli avvocati non si divertono molto a trattare questo tipo di procedure; i pubblici ministeri e i giudici le detestano. Le relative udienze, le istanze e i provvedimenti sono quello che piú si avvicina allo stereotipo delle professioni legali dedite ad astruse sottigliezze quando non a veri e propri cavilli.

Il mio cliente aveva diverse condanne per furto con destrezza, lavoro cui si dedicava di giorno sugli autobus. Il pomeriggio invece faceva il prestigiatore nelle feste per i bambini; diciamo che sfruttava ogni sfaccettatura delle sue competenze. La mia istanza mirava a unificare tutte le condanne per fargli ottenere una pena piú lieve di quella che sarebbe risultata dalla mera somma delle condanne stesse.

È noioso e tendenzialmente incomprensibile, lo so. Non riesco a fare di meglio, non riesco a rendere la cosa attraente. Nessuno ci riesce.

In ogni caso l'udienza era affollata, ci fu una sospensione per ragioni che non ci vennero comunicate e la mattinata si trascinò via faticosa e abbastanza inutile. La situazione mi ricordò una frase geniale che qualche politico della prima Repubblica aveva coniato a proposito della vita parlamentare e delle sue interminabili attese: ozio senza riposo e fatica senza lavoro.

Passai dal biologico vicino casa, presi un couscous vegetariano e andai a mangiarmelo in studio per dedicarmi subito dopo a tutte le cose che per varie ragioni si erano accumulate. Il senso di precarietà che deriva a noi avvocati dalle scadenze che si susseguono credo sia sottovalutato come fonte di squilibrio, ansia, a volte panico.

In studio c'erano tutti. Cosa che avrebbe dovuto farmi piacere, invece mi diede un filo di mancata consonanza con l'ambiente e una botta di nostalgia. Mi trovai a ripensare a quando ero un avvocato giovane, con uno studio piccolo e accogliente in cui al massimo c'era la mia (allora) segretaria Maria Teresa; che comunque pranzava a casa sua. Certo, si potrebbe sostenere con buoni argomenti che la mia nostalgia non riguardava il fascino dello studio piccolo e deserto ma, piú banalmente, la gioventú e quello che le girava attorno. E che, per inciso, all'epoca non mi ero mai davvero goduto. Ma insomma, pensai che mi sarebbe piaciuto essere solo e non lo ero.

Il pomeriggio trascorse in modo quasi insopportabile. Scrivevo atti ripetuti svariate volte in un linguaggio orrendo che non riuscivo a reprimere o anche solo a governare, e pensavo che non ne potevo piú e che mi sentivo sempre piú intrappolato, e che non sapevo come tirarmi fuori o, forse, che non avevo abbastanza coraggio per farlo.

Scrissi anche la lista testi per il processo Castell. Non fu un lavoro impegnativo, avevamo un testimone, Tancredi, e un consulente tecnico, Corallo. Specificai, anche se non era indispensabile in quella fase, che avremmo richiesto l'interrogatorio dell'imputata e l'acquisizione di una serie di documenti.

Il resto, nei miei piani non troppo sofisticati, doveva venir fuori nel corso del dibattimento, ivi inclusa l'eventuale testimonianza dell'ex fidanzata salernitana.

Finii di lavorare quando tutti erano già usciti. Rientrai a casa, diedi un po' di pugni a Sacco senza troppa convinzione, feci una doccia e mi resi conto che, con perfetta coerenza, come qualche ora prima avrei desiderato rimanere solo in uno studio solitario, adesso non avevo voglia di stare da solo in una casa solitaria (scusa, Mr Sacco). Mi rivestii e uscii per una passeggiata. Camminando di buon passo la testa spesso si libera dei pensieri e cosí arrivai fino alla spiaggia di San Francesco, mangiai una pizza ed essendo oramai le undici decisi di andare a vedere se l'*Osteria del Caffellatte* aveva riaperto.

Ottavio era davanti all'ingresso che salutava una cliente.

– Hai riaperto, – fu la mia astutissima battuta d'attacco.

– Ieri. Sono andate bene le vacanze?

Mi limitai a dire di sí, reprimendo l'inutile impulso a fornire dettagli. Sulle vacanze e su tutto il resto.

– Fra poco comincia il processo a Elvira, vero?

– Un paio di settimane.

– Come lo vedi?

– Diciamo che ho avuto casi migliori.

– E volendo azzardare una previsione?

– Fammi un'altra domanda.

Entrammo insieme e in sottofondo c'era *Stairway to Heaven*.

– Uno dei miei pezzi preferiti in assoluto, – dissi.

– Quali sono gli altri?

– Difficile rispondere cosí su due piedi. Certo, *Wish You Were Here*, *The Sound of Silence*...

– Sei un tipo da tonalità minore, ci avrei scommesso.

– Che significa?

– *Stairway to Heaven* è in la minore. *Wish You Were Here* è in mi minore, *The Sound of Silence* è in mi minore. Le tonalità minori sono intime e introspettive, ma anche misteriose; esprimono malinconia, nostalgia e al tempo stesso gioia. Una gioia che sembra incomprensibile perché è mischiata alla tristezza. Eppure, se ci pensi bene, è sempre cosí. Molte delle opere piú note di Bach e Mozart sono state scritte in chiave minore: malinconia, nostalgia, gioia. Tutte insieme.

– Non sapevo ti intendessi di musica.

– Ne ascolto un po', leggo qualche libro.

– E tu di che tonalità sei?

– Come te, direi. Un tipo da la minore.

E dopo un po': – Quanti anni hai, Guido?

– Cinquantasette. Pronuncio questo numero e mi sembra subito di essere in una candid camera: qualcuno salterà fuori a dirmi che è uno scherzo. Quando ero bambino uno di cinquantasette anni era un vecchio.

– Te ne davo meno. Ti alleni sempre?

– Come un demente. Il medico mi ha raccomandato di non esagerare col sacco perché prima o poi potrei pagarla con qualche serio problema ai gomiti o alle spalle.

– E tu lo ascolti?

– Ovviamente no. Se penso di picchiare piú piano perché sto invecchiando e ho le articolazioni meno solide mi viene il panico. Preferisco aspettare che accada l'incidente. E poi il mio amico Sacco si seccherebbe moltissimo, se smettessi di prenderlo a pugni come si deve.

– Vuoi un po' del solito rum?

– Sí, dài. Giusto un goccio. Tanto per dire un'altra frase originale.

Riempí due bicchierini del suo buonissimo rum delle Filippine e brindammo a chissà cosa.

– Tu non fai nessuno sport, Ottavio?

– Faccio il *flâneur*. Ogni giorno lunghissime passeggiate, ma immagino che non si possa definire sport.

– Secondo molti è la cosa piú benefica. E non rischi di farti saltare le giunture. A parte il fatto che sei piú giovane di me.

– Qualche mese fa sono andato a una conferenza, il titolo era: *L'arte di camminare meditando*.

– Era interessante?

– Il conferenziere si dichiarava monaco postbuddista.

– Che sarebbe?

– Temo di non averlo capito. Comunque, a un certo punto ha detto piú o meno cosí: «Noi siamo corpi nello spazio-tempo. Ben prima di scoprire il linguaggio, gli umani hanno imparato a camminare, cioè a mettere un piede davanti all'altro cosí generando una geografia del movimento nello spazio».

– Te lo stai inventando.

– Giuro.

– Sembra Woody Allen.

– Mi sa di sí.

Finimmo il rum, declinai un altro giro.

– Cosa leggi? – domandai indicando il libro che teneva aperto vicino alla cassa.

– *La campana di vetro*, l'unico romanzo scritto da Sylvia Plath, peraltro sotto pseudonimo. È uscito qualche settimana prima del suo suicidio.

– Nemmeno sapevo che Sylvia Plath avesse scritto un romanzo. Credevo solo poesie. Com'è?

– Bello, ma non proprio una lettura di intrattenimento. È piuttosto autobiografico, in sostanza parla di depressione e pazzia –. Mi porse il libro.

– Wow, – dissi – non credo che al momento lo leggerò, – ma intanto lo presi, lo aprii alla pagina in cui c'era il segnalibro e trovai un passaggio sottolineato: «Vidi me stessa seduta alla biforcazione dell'albero, che morivo di fame per non saper decidere quale fico cogliere. Li desideravo tutti allo stesso modo, ma sceglierne uno significava rinunciare per sempre a tutti gli altri, e mentre me ne stavo lí, incapace di decidere, i fichi cominciarono ad avvizzire e annerire, finché uno dopo l'altro si spiaccicarono per terra ai miei piedi».

Mentre me ne stavo lí, incapace di decidere. Appunto.

28.

Carnelutti mi fece accomodare.

– Le chiedo scusa, ho bisogno di dieci minuti, li recuperiamo a fine seduta.

Allargai le mani con i palmi in alto. Non c'è problema, significava. Un po' enfatico, mi dissi mentre lui usciva. Inutilmente enfatico, come altre volte in passato senza rendermene conto. Uno dei tanti indizi del mio essere a disagio.

Archiviai il tema e pensai al dottore. Curioso. Era la prima volta che non cominciavamo puntuali. Ed era la prima volta che mi sembrava di avvertire una nota di imbarazzo, o di insicurezza, nella sua voce e nella sua postura.

Feci trascorrere i dieci minuti guardandomi intorno, soprattutto curiosando fra i libri. Erano quasi tutti testi tecnici. Di psichiatria e di psicoanalisi. Saggi di Freud, uno scaffale intero con le opere di Jung in italiano e in tedesco. Poi collezioni di riviste scientifiche e ancora altri volumi. Mi resi conto che alcuni erano proprio di Carnelutti, e la mia attenzione fu attratta da un titolo in particolare: *Arte, psiche e destino: il viaggio interiore con i tarocchi secondo Jung*.

Dovetti reprimere l'impulso di tirarlo fuori e dargli un'occhiata. Ma anche solo vederlo mi lasciò perplesso, era come se all'improvviso qualcosa mettesse fuori fuoco un'immagine che fino a quel momento era parsa sufficientemente chiara e comprensibile. Tarocchi? Cosa c'entravano con la psichiatria, con la psicoanalisi e con Carnelutti?

Ho sempre avuto una istintiva – ma anche ragionata – diffidenza per pratiche tipo astrologia, divinazione, lettura della mano e roba simile. Quando in una chiacchierata salta fuori il tema dei segni zodiacali, assumo un'espressione assente, tengo la bocca chiusa – al massimo emetto cortesi, non impegnativi monosillabi – e aspetto che passi. Non ho voglia di discutere con quelli che ci credono, non mi interessa rivelare loro alcuna verità scientifica, do per acquisito che ci sono piú cose in cielo e in terra di quante ne possa sognare la nostra filosofia. Difficile dirla meglio del vecchio principe di Danimarca. Insomma, lascio in pace chi crede all'astrologia, ma anch'io voglio essere lasciato in pace. E soprattutto non voglio che mi spieghino com'è il mio carattere e quali sono le mie attitudini per via del giorno in cui sono nato. In breve, mi tengo alla larga da questo tipo di conversazioni.

Solo una volta, tanti anni fa, derogai alla mia regola, e lo feci per ragioni non proprio nobili. C'era una ragazza che mi piaceva moltissimo, bruna, con un fisico da pubblicità dei costumi da bagno. Una sera uscimmo e scoprii, non senza sconcerto, che fra le sue passioni c'erano la dieta paleovegetariana (ancora oggi non so cosa sia), i tarocchi e l'astrologia. Il suo segno zodiacale preferito era la bilancia e quello che detestava di piú i gemelli. Essendo io nato appunto sotto i gemelli, dichiarai che la mia data di nascita era il 12 ottobre, bilancia. Lei ne fu deliziata e mi disse che l'aveva capito dal momento stesso in cui aveva fatto la mia conoscenza. Avevo infatti, e con ogni evidenza, i tratti caratteristici dei nati sotto quella costellazione: un carattere armonico, equilibrato e pacifico; una chiara inclinazione alla bellezza e all'eleganza; un forte senso di giustizia, cosa peraltro fin troppo ovvia, dato che facevo l'avvocato. Mi trattenni dal ribattere che aveva conoscenze un po' imprecise sul rapporto fra avvocati e senso di giustizia. Mi limitai invece ad annuire pensoso, come se le cose che stava dicendo disegnassero il mio perfetto profilo psicologico e caratteriale. Lei aggiunse che al piú presto mi avrebbe letto i tarocchi, io mi dichiarai entusiasta e la serata finí in modo prevedibile e non particolarmente degno di menzione. Non ci furono repliche e non ci fu lettura dei tarocchi.

Ero ancora davanti a quello scaffale quando Carnelutti rientrò nella stanza.

– Mi sono permesso di dare un'occhiata, – dissi. – Ci sono diverse sue pubblicazioni –. Be', davvero una frase intelligentissima, Guerrieri. Gli hai fornito un'informazione cruciale: sa, nel suo studio ci sono sue pubblicazioni, nel caso le fosse sfuggito. Un genio. – Mi incuriosiva questo saggio su Jung e i tarocchi.

– La stupisce che Jung abbia studiato i tarocchi e che, nel mio piccolo, anch'io lo abbia fatto?

– Un po'.

– Cosa sa dei tarocchi?

– Poco o niente. Mi pare si tratti di un mazzo di carte usato per prevedere il futuro.

– Suppongo si chieda com'è compatibile un approccio scientifico alla terapia (io sono un medico e anche Jung lo era) con una pratica d'impronta, come dire… superstiziosa?

Sospirai. – Sí, è piú o meno quello che mi stavo chiedendo.

– Jung non si è occupato dei tarocchi per la loro presunta capacità divinatoria. Li considerava uno strumento per l'esplorazione dell'inconscio, era convinto che le immagini e i simboli presenti in quelle carte potessero facilitare l'emersione di contenuti sommersi, agevolare il processo di comprensione di sé e della propria personalità. In sostanza per Jung i tarocchi, cosí come l'*I Ching*, non sono un mezzo per prevedere il futuro, quanto piuttosto per decifrare il proprio presente interiore e comprendere sé stessi.

– Mi faccia un esempio. Intendo di come si possono usare i simboli dei tarocchi per interpretare la personalità.

– Ricorda che abbiamo parlato di ombra, vero?

– Sí, certo.

– Bene, la carta dei tarocchi che meglio rappresenta l'ombra junghiana è l'Arcano XIII, cioè La Morte. Questa carta non va presa in modo letterale, come se si riferisse alla morte fisica. Simboleggia la fine di un ciclo o di un'esperienza nella vita e la necessità di lasciare andare ciò che è ormai superato. Rappresenta la trasformazione, la rinascita, il processo di crescita che può derivare dall'affrontare e integrare gli aspetti dell'ombra.

– In effetti è interessante.

Sorrise. – Bene, allora se si è tranquillizzato sull'attendibilità del suo psicoterapeuta, possiamo iniziare. Anche se, a pensarci bene, lo abbiamo già fatto. Come sta oggi?

– Ricordo sempre meglio i sogni. Ogni mattina qualcosa di piú e qualcosa di piú chiaro. Se non vado troppo di fretta cerco di fare mente locale e di fissarli nella memoria.

Si mosse sulla sua poltrona, come per accomodarsi in attesa di un racconto lungo. Io mi schiarii la voce, ma non trovai subito le parole per cominciare. Respirai profondamente, udii la sirena di un'ambulanza e mi chiesi dove andasse, cosa fosse successo e se qualcuno stesse per morire proprio in quel momento.

– Qualche sogno che l'ha colpita in modo particolare.

– Sí, uno. Due notti fa.

– La ascolto.

– Ricorda quando le ho parlato del sogno ambientato nella casa delle vacanze?

– Certo.

– È successo di nuovo. Cioè ho sognato di nuovo una casa che nel sogno sapevo essere quella ma che non assomigliava affatto al posto reale della mia adolescenza.

– Come la volta scorsa.

– Sí. Solo che questa volta ricordo. La villetta del mondo reale era graziosa, ma nulla di speciale, con vecchi mobili presi un po' qua e un po' la. Com'erano certe case di villeggiatura: un po' fané, ma accoglienti. La villa che ho sognato, invece, all'interno era ristrutturata e arredata con mobili bellissimi in stile scandinavo. Che è il mio preferito; mi piacciono le cose asciutte, essenziali.

– E all'esterno?

– Fuori era tutto in decadenza. Erbacce, piante secche, emanava tristezza. E poi c'era una piscina piena di ninfee.

– Nella villa della sua adolescenza c'era una piscina?

– No, appunto. Però il giardino era quello, come se ci avessero costruito una piscina e fosse andata in rovina insieme al resto.

– Quando è stata l'ultima volta che ha visto la villa? Mi riferisco a quella del mondo reale.

La domanda, normale, quasi banale, mi lasciò interdetto. Mi resi conto (non ci avevo pensato nemmeno subito dopo il sogno) di non esserci piú tornato dall'ultima vacanza che vi avevo trascorso. Provai un senso di panico rendendomi conto che non rammentavo l'ultimo istante passato lí, l'ultimo giorno dell'ultima estate. Allora non sapevo che sarebbe stato cosí. Solo mesi dopo i miei genitori decisero che non avremmo piú affittato quella villa. Se lo avessi immaginato di sicuro avrei fatto caso a quell'ultimo momento. Invece no. Tante volte non lo sai, che è l'ultima volta che vedi un luogo. O una persona.

– Non ci sono piú stato da quando ero bambino.

– Continui a raccontarmi il sogno.

– In casa avvertivo la presenza dei miei genitori. Non li vedevo, però sapevo che c'erano. Camminavo per le stanze stupendomi di come fosse cambiata. Addirittura, mi viene in mente adesso, mi chiedevo quanto avessero speso per sistemarla in quel modo. Poi andavo nella mia stanza da letto che affacciava sulla parte posteriore del giardino e vedevo la piscina. E questo non mi stupiva affatto, come se ci fosse sempre stata. Era grande, occupava quasi per intero lo spazio esterno. Una cosa strana, ora che ci ripenso, è che mentre mi aggiravo per la casa ristrutturata c'erano i raggi del sole, bassi, che illuminavano l'interno. Era una bella giornata, ma non estiva, piú un pomeriggio primaverile. Invece se andavo alla finestra sul retro era tutto grigio, pareva autunno, o addirittura inverno. Si respirava un'aria desolata. Vicino alla piscina c'era un ragazzo.

– Chi era?

Ebbi un'esitazione. – Non lo so.

– Vi siete parlati?

– No. Io osservavo dall'interno, la porta finestra era chiusa. Era seduto vicino al bordo della vasca, per terra. Mi dava le spalle.

– Cosa ha provato?

– Stare in casa mi piaceva. Osservare fuori invece mi metteva tristezza –. Indugiai qualche secondo. – Una grande tristezza.

– Ha detto che non sa chi fosse il ragazzo. Ma le sembrava di conoscerlo? Aveva qualcosa di familiare?

– Non ne ho idea. Però era infelice e guardarlo mi metteva piú tristezza di tutto.

– Solo tristezza?

– Anche inquietudine. Forse paura.

– Come si sente adesso con questa tristezza e questa paura?

Ci pensai un po'.

– Gliel'ho detto: sono sempre stato a disagio con paura e tristezza. E del resto, chi non lo è?

– Non voglio sapere come si è sempre sentito. Ne abbiamo già parlato. Voglio sapere come si sente adesso, con questa tristezza e questa paura.

Non risposi. Provavo un senso di incurabile angoscia. L'angoscia di essere lí, in quel territorio desolato dell'anima, senza possibilità di scappare via. Come avevo sempre fatto. Mi venne da chiedere aiuto. Pensai ai miei genitori. Pensai a mio nonno Guido. Pensai al figlio che non avevo mai avuto. Pensai a Margherita. Poi, senza un vero preavviso, scoppiai a piangere. Non qualche lacrima. Singhiozzavo, avevo la sensazione che non sarei piú stato capace di smettere. Non durò poco. Praticamente fino alla fine della seduta.

Carnelutti mi accompagnò alla porta.

– Voglio chiederle una cosa che le sembrerà strana.

– Dica.

– Quando torna a casa, oppure domani o quando vuole, ma senza aspettare troppo, vorrei che parlasse con il ragazzo che ha visto nel sogno ai bordi della piscina.

– Non sono sicuro di aver capito.

– Vorrei che si sedesse in poltrona o dove preferisce (eviterei di stendermi, per ridurre il rischio di prendere sonno), socchiudesse gli occhi, rientrasse nella scena del sogno, aprisse la porta finestra, uscisse dalla casa, si dirigesse verso la piscina e si sedesse vicino al ragazzo. Vorrei che lo guardasse in faccia, che cercasse di distinguere i suoi lineamenti, vorrei che si trattenesse con lui. Anche se immaginando questa scena dovesse succedere qualcosa di strano che la spaventa. Non si preoccupi, non succede nulla, rimanga nella situazione anche se la turba. Ascolti cosa le dice quel ragazzo e gli risponda quello che le viene. Si prenda il tempo necessario. Rimanga lí cercando di ascoltare, di guardare attivamente. Registrando ciò che succede. Ripeto, anche se la cosa dovesse turbarla. Anzi, soprattutto se dovesse turbarla.

29.

Presidente e giudice a latere della corte d'assise erano entrambe donne.

La presidente Massari aveva fatto il gip per tanti anni e aveva una buona reputazione. Piuttosto dura, anche nei lineamenti, vestita sempre in modo alquanto severo, non simpatica.

Però seria. Non era il tipo di giudice che subisce il fascino dell'accusa e nemmeno quello che dà confidenza agli avvocati. Per questo motivo la maggior parte dei pubblici ministeri e la maggior parte dei miei colleghi non l'amavano. Ma siccome i magistrati non devono vincere premi simpatia, bensí appunto fare i giudici, cioè usare l'imparzialità come strumento del mestiere, a me la scarsa popolarità trasversale di Massari stava bene. Lavorava parecchio, se c'era da condannare poteva picchiare duro, però era una che controllava rigorosamente le prove ed era capace di decisioni coraggiose. Era stata nominata da poco presidente della corte d'assise e quello era il suo primo processo con il nuovo incarico.

Nella somma algebrica dei pro e dei contro decisi che i pro erano prevalenti.

La giudice a latere, Pintucci, aveva sempre fatto il dibattimento penale da quando era arrivata a Bari. Non ricordavo di averla mai sentita parlare al di fuori delle udienze (e anche lí il minimo indispensabile), le sue sentenze erano scritte in modo molto modesto e in generale aveva l'aria di una cui quello che succedeva in aula importava poco o niente. No, non è esatto. Aveva l'aria di una cui nulla importava in modo particolare. Magari, a conoscerla, si sarebbe rivelata diversa, magari profonda; o magari era triste o depressa, magari aveva qualche dolore remoto, tuttavia non c'era modo di intuirlo, osservandola in udienza. Aveva una vaga somiglianza con Milena Vukotic, ma senza lo sguardo simpatico.

Non riuscivo a immaginarmi cosa potesse dire in camera di consiglio, quando c'erano da risolvere le questioni, e comunque ero convinto che il processo e la decisione finale sarebbero stati orientati da Massari.

I giudici popolari, tre uomini e tre donne, sembravano piú spaesati di quanto non accada di solito. Le fasce tricolori, che in teoria dovrebbero dare un tocco di solennità agli abiti borghesi di chi non indossa la toga, li facevano apparire goffi e fuori posto. Sembravano capitati lí per caso, forse perché era proprio cosí.

Li avrei osservati durante il processo per capire se qualcuno di loro aveva piú personalità (se ce l'aveva, in quel momento la stava tenendo ben nascosta) per concentrami su di lui o lei al momento dell'arringa.

C'era pubblico e c'erano giornalisti: il caso aveva suscitato un certo scalpore per i personaggi coinvolti, per le possibili causali e per le modalità del fatto che, guardate dall'esterno, parevano a tutti gli effetti quelle di un'esecuzione professionale.

Sbrigammo rapidamente le formalità di apertura del dibattimento e constatai, come del resto avevamo previsto, che non c'era nessuna costituzione di parte civile.

La presidente Massari diede la parola al pubblico ministero per le sue richieste di prova.

Consoli si alzò, fece una pausa inutilmente teatrale, adatta piú alla fine che all'inizio di un processo, e cominciò a parlare.

– Signora presidente, signora giudice a latere, signore e signori giudici popolari, questo processo giunge davanti a voi nella forma del rito immediato perché la pubblica accusa ha ritenuto, e il giudice dell'udienza preliminare ha condiviso questa opinione, che la prova dei fatti sia evidente. È quello che mostreremo anche a voi, e in questa prospettiva le richieste di prova sono semplici e lineari. Chiediamo l'audizione dei testi e del consulente indicati nella lista depositata e in particolare degli ufficiali di polizia giudiziaria che hanno svolto le indagini; del medico legale che ha espletato l'autopsia; dei due condomini con le cui deposizioni proveremo la presenza dell'imputata sul luogo e all'ora dell'omicidio; del collaboratore familiare che trovò il cadavere del Petacci. Chiediamo l'acquisizione dei tabulati dei telefoni cellulari dell'imputata e della vittima, da cui risulta che i due si erano sentiti qualche ora prima del fatto. Chiediamo inoltre, ove intenda sottoporvisi, l'interrogatorio dell'imputata. Infine, devo depositare un verbale di atto integrativo di indagine. Si tratta delle sommarie informazioni testimoniali di tale Milella, commerciante, il cui negozio è nelle immediate vicinanze della casa in cui si è verificato il fatto e che ha visto l'imputata allontanarsi di gran fretta dopo l'evento. Tale teste è stato individuato e sentito solo nei giorni scorsi, ne deposito il verbale e ne chiedo l'audizione. Dico sin d'ora che non ho obiezioni alla concessione di un termine alla difesa per esaminare il suddetto verbale e per eventuali deduzioni.

Con cortesia ostentata e molto poco spontanea Consoli mi consegnò una copia del verbale in questione.

– Avvocato Guerrieri, vuole chiedere un termine? – disse la presidente.

Diedi uno sguardo al verbale, che era molto sintetico. Aggiungeva al quadro probatorio il dato suggestivo dell'allontanamento di corsa, sintomo di colpevolezza, e l'orario, che non risultava con precisione dalle precedenti deposizioni. Considerata la linea difensiva che avevamo concordato – Castell si sarebbe sottoposta a interrogatorio e avrebbe ammesso il fatto materiale – quella deposizione era sostanzialmente irrilevante. Cosí non chiesi un termine e dissi solo che avrei preferito che quel teste fosse sentito in un'udienza successiva.

Poi feci le mie richieste di prova.

– Signore e signori giudici, le nostre richieste sono molto semplici come semplice e chiara sarà la linea difensiva. Sosterremo e proveremo che il fatto è stato commesso in presenza della scriminante della legittima difesa. In questa prospettiva vi chiedo di ammettere la testimonianza del nostro investigatore privato Carmelo Tancredi che riferirà sugli accertamenti svolti e sulle dichiarazioni ricevute; vi chiedo di ammettere poi la deposizione del nostro consulente professor Vittorio Corallo, che riferirà sulle condizioni psichiche dell'imputata, su una sua parziale amnesia e su come abbia recuperato il ricordo. Sempre il professor Corallo potrà inoltre riferire sulla tipologia caratteriale della persona offesa. Chiediamo anche noi l'interrogatorio dell'imputata e l'acquisizione del certificato penale della persona offesa, con riserva di sollecitare ulteriori acquisizioni documentali sull'esistenza di procedimenti penali a carico del Petacci.

Prima che la corte si pronunciasse, Consoli intervenne di nuovo.

– Ho due osservazioni sulle richieste difensive, presidente. La prima è in realtà una domanda, perché non mi è chiaro il motivo per cui viene richiesto l'esame del professor Corallo. La difesa intende sostenere la tesi di un vizio totale o parziale di mente? Ove questa fosse la ragione, una strada piú lineare sarebbe la perizia affidata a uno specialista scelto e nominato dalla corte. Poi non ho capito cosa significhi che il consulente potrà riferire sulla personalità della vittima. A prescindere dalla irrilevanza del dato, in base a cosa il professor Corallo potrebbe parlare della personalità di un soggetto che non ha mai né conosciuto né tantomeno visitato?

Stavo per replicare ma la presidente dettò la sua ordinanza senza lasciarmi parlare.

– La corte ammette tutte le prove richieste, salva la valutazione, in sede di esame del consulente, della rilevanza e pertinenza di specifiche domande. Quanto al calendario delle udienze: oggi sentiamo gli ufficiali di polizia giudiziaria che hanno svolto le indagini, nonché i testi Beheeharry, Bonfiglio e Colangelo, tutti presenti. La settimana prossima sentiamo il medico legale e la teste Milella, cosí la difesa ha il tempo di articolare eventuali richieste di controprova. Siccome non credo che tali adempimenti porteranno via troppo tempo, io procederei anche all'interrogatorio dell'imputata in quella stessa udienza. Cosa ne pensano le parti?

Il pubblico ministero rispose che non aveva obiezioni. Io che avrei preferito disporre di qualche giorno per preparare l'interrogatorio dopo la fine dell'assunzione dei testi d'accusa.

– Va bene, allora interrogatorio dell'imputata di qui a due settimane e assunzione dei testi della difesa alla quarta udienza. Poi vedremo se ci sono richieste integrative di prova.

Il primo teste era il sostituto commissario Lattarulo. Sostituto commissario è una denominazione che serve a indicare il grado piú alto nella carriera degli ispettori. Recitò la formula di rito e Consoli cominciò a esaminarlo.

– Lei lavora alla squadra mobile, sezione omicidi, corretto?

– Corretto, sono il vicedirigente.

– Si è occupato delle indagini relative all'omicidio di Petacci Giovanni?

– Sí, sono intervenuto subito, al momento della segnalazione.

– Come siete stati informati dell'evento?

– La persona di servizio Beheeharry ha chiamato il 113 riferendo di essere entrato in casa come di consueto attorno alle ore dodici e trenta…

– Aveva le chiavi?

– Confermo.

– Vada avanti.

– È entrato in casa e ha trovato il cadavere del Petacci. Attivati dalla sala operativa ci siamo portati subito sul posto, io ero fuori con un collega. Siamo arrivati quando già c'era una volante e siamo entrati nell'appartamento. Il corpo era nel salotto, si intravedeva il foro di entrata di un piccolo proiettile all'altezza del cuore. A un paio di metri dal cadavere c'era un bossolo di pistola di piccolo calibro. Tutto è comunque documentato nel verbale di sopralluogo.

Lattarulo raccontò rapidamente, e con il tono di uno abituato alle deposizioni dibattimentali, quello che era accaduto subito dopo: arrivo della scientifica, del magistrato di turno e del medico legale; ascolto dei vicini di casa. Proprio per via delle loro dichiarazioni le indagini si erano subito orientate verso Castell.

– Ci siamo messi alla ricerca della Castell, che però al

momento risultava irreperibile sia al suo domicilio sia nella sede della sua azienda. Abbiamo fatto perquisizione a casa dell'imputata, che risultava detenere una pistola di tipo e calibro compatibili con quella utilizzata per l'omicidio.

– Ci dica della perquisizione.

– Nella casa c'era una persona di servizio, una signora anche lei delle Isole Mauritius. Sulle prime non voleva farci entrare, ci ha detto che aveva bisogno del permesso della signora. Le abbiamo spiegato che dovevamo entrare e che non potevamo attendere. Le abbiamo anche detto di chiamare la signora perché potesse assistere alla perquisizione.

– E lei ha chiamato?

– Confermo, ma il telefono era staccato. Nel corso della perquisizione abbiamo appreso dell'esistenza di una cassaforte, però non era disponibile la chiave. Cosí abbiamo chiamato un fabbro di cui ci serviamo in questi casi e lui l'ha aperta.

– Cosa conteneva?

– C'erano gioielli, denaro in contante, documenti; mi sembra ci fossero anche delle sterline d'oro. E una scatola di munizioni.

– Che tipo di munizioni?

– Calibro 6,35 parabellum, lo stesso della pistola di cui la signora Castell risultava detentrice.

– La scatola era piena?

– Era una confezione da cinquanta proiettili, ne mancavano otto. Cioè la capienza del caricatore. Tipo e calibro delle munizioni corrispondevano al bossolo ritrovato sulla scena del crimine.

– Li avete sequestrati?

– Sí, certo.

La deposizione proseguí in modo molto lineare. Lattarulo era un poliziotto esperto, era stato svariate volte sul banco dei testimoni e comunicava un'idea di professionalità e di affidabilità.

Grazie alle dichiarazioni di due condomini avevano individuato la fascia oraria in cui era stato commesso l'omicidio. Avevano cercato senza successo Castell fino a quando non si era presentata in questura accompagnata dal suo avvocato, ma lei non aveva dato indicazioni per ritrovare la pistola e, alla presenza del pubblico ministero, si era avvalsa della facoltà di non rispondere. La stessa sera avevano proceduto al fermo.

– Il suo collega, anche lui citato come testimone per oggi, ha da riferire elementi ulteriori rispetto a quelli che ci ha fornito lei?

– No, direi proprio di no. Abbiamo lavorato insieme: quello che so io lo sa anche lui e viceversa.

– Va bene, grazie. Presidente, io rinuncio al secondo teste ufficiale di polizia giudiziaria, il cui ascolto ritengo superfluo.

Dissi che non avevo obiezioni. La presidente revocò l'ordinanza di ammissione.

– Allora possiamo procedere al controesame. Ha domande, avvocato Guerrieri?

– Qualcuna, presidente.

– Proceda pure.

– Lei ci ha detto di essere intervenuto sulla scena del crimine a seguito della chiamata al 113 del Beheeharry.

– Confermo.

– È stato il primo a entrare nell'appartamento dopo il Beheeharry?

– Insieme al collega che era con me in macchina, sí.

– Ha notato qualcosa di fuori posto, tracce di colluttazione?

– A parte un cadavere, no.

Mi trattenni dal replicare al sarcasmo della risposta.
– Oggetti rotti, sedie rovesciate, mobili danneggiati?
– Direi di no.
– Leggo nel verbale di sopralluogo che a terra, vicino al corpo della persona offesa, c'era una bottiglia di cristallo in pezzi. Ricorda questo dettaglio?
Esitò un poco. – Mi sembra di sí. Bisogna precisare che non ho provveduto personalmente a stilare il verbale di sopralluogo, anche se l'ho firmato con gli altri colleghi.
– Le consta se questi cocci siano stati repertati? Sono stati effettuati accertamenti di polizia scientifica?
– Questo è un dettaglio che non ricordo. Se posso consultare gli atti…
La presidente lo autorizzò con un cenno del capo, lui aprí la cartellina che aveva portato con sé e che aveva tenuto chiusa fino a quel momento, per ostentare totale sicurezza. Sfogliò gli atti per un paio di minuti, poi alzò lo sguardo e scosse la testa.
– Non sono stati repertati.
– Perché?
– Repertiamo quello che appare rilevante. Quei cocci non lo erano, con ogni probabilità la bottiglia si era rotta per via della caduta di Petacci.
– È quello che ha pensato in quel momento?
Il pubblico ministero scattò in piedi. – Opposizione, si chiede un apprezzamento personale del teste, vietato dall'articolo 194 del codice di rito.
– A dire il vero, presidente, io non chiedo di esprimere un apprezzamento personale. Cioè un'opinione a corredo o commento della deposizione. Chiedo che il teste ci riferisca cosa pensò in quel dato momento. Si tratta di un fatto storico, ancorché di natura psichica, sul quale la deposizione è perfettamente ammissibile. Occorre per com-

prendere le ragioni di un comportamento, cioè l'omessa repertazione.

La presidente respinse l'opposizione e disse al teste di rispondere.

– Qual era la domanda?

– Cosa ha pensato quando ha visto quei cocci? O in altri termini: a cosa ha attribuito la rottura di quella bottiglia di cristallo?

– Non ricordo con precisione, ma sicuramente ho pensato che la bottiglia si fosse rotta per via della caduta della vittima, dopo che era stata attinta dal colpo di pistola.

– Non sono state acquisite eventuali impronte digitali su questi cocci?

L'atteggiamento rilassato stava scomparendo.

– No, non credo. Io non me ne sono occupato, nel caso avrebbe dovuto farlo la scientifica. Ma non c'era ragione di prendere le impronte.

– Quindi lei non sa dove potrebbero essere finiti questi pezzi di vetro.

– Non ne ho idea.

– Grazie, presidente, io ho finito.

– Il pubblico ministero ha altre domande?

Consoli non ne aveva e la presidente decise per una breve pausa; ci saremmo rivisti in aula di lí a venti minuti. Mi alzai per andare a prendere un caffè.

Castell mi guardava con una intensità che quasi metteva paura.

30.

Al bar incontrai un collega, compagno di università, che mi raccontò della brutta malattia di un altro collega piú giovane di noi, avvocato modesto ma persona molto amabile. Ero dispiaciuto e turbato; eppure, andando via, senza accorgermene mi ritrovai a pensare che stavo bene, che non avevo mai avuto patologie gravi e che questo in fondo era merito mio. Facevo tanto esercizio fisico (boxe, ginnastica, lunghe camminate, bicicletta, d'estate lunghe nuotate), avevo smesso di fumare da anni, alcolici con moderazione a parte qualche sera; mangiavo poca carne, quasi niente dolci, molto pesce, tanta frutta e verdura; mi sottoponevo con diligenza a tutti i controlli.

Mi stavo compiacendo con me stesso quando d'un tratto fui attraversato da un pensiero che all'inizio era solo spiacevole ma, in breve, diventò disgustoso. L'implicazione di un simile compiacimento, l'idea che se sei sano è merito tuo, è che se qualcun altro si ammala, invece, è colpa sua. Dunque che in qualche modo se lo merita. In realtà credere che essere sani dipenda (solo) dai nostri comportamenti è una forma di pensiero magico, un tentativo di esorcizzare la paura della malattia e della morte. Ovvio che taluni stili di vita sono auspicabili e riducono i rischi dal punto di vista statistico. Nelle storie individuali, però, ammalarsi o non ammalarsi è un dannato fatto di fortuna, una maledetta lotteria.

Stesso discorso per l'orribile retorica agonistica della malattia: chi guarisce si merita la guarigione perché ha lottato con coraggio e ha vinto. Peccato che anche qui vi sia un'implicazione moralmente odiosa: chi non guarisce non è stato abbastanza combattivo, abbastanza determinato.

Alla ripresa dell'udienza sentimmo il domestico mauriziano Beheeharry Anand che aveva trovato Petacci cadavere in casa. Un uomo dall'aria mite, spaesato e intimidito dalla situazione in cui si trovava. Il pubblico ministero gli fece raccontare le circostanze del ritrovamento e la chiamata al 113. Dal suo punto di vista non serviva altro. Poi toccò a me.

– Buongiorno, signor Beheeharry, sono l'avvocato della dottoressa Elvira Castell. Le farò alcune domande, se non fossero chiare mi chieda senza problemi di ripetere. Va bene?

– Va bene.

– Per quanto tempo ha lavorato in quell'appartamento?

– Ho cominciato 2015.

– All'epoca la dottoressa Elena Castell viveva sola?

– Sí.

– Poi è venuto a stare con lei Petacci, si ricorda quando?

Sospirò e mi domandai se fosse casuale o fosse un moto da interpretare.

– Due anni.

– Intende: due anni dopo che lei aveva cominciato a lavorare in quella casa?

– Sí.

– Ricorda quando è morta Elena Castell?

Fece sí col capo.

– Dovrebbe rispondere a voce, perché devono registrare.

– Sí. Ho saputo che lei è morta. Con gas della macchina.

– Come erano i rapporti fra Elena e Petacci?

– Non ho capito.

– Andavano d'accordo, litigavano?

– Qualche volta litigavano.

– Ci sono mai stati atti di violenza, in questi litigi?

Il pubblico ministero si oppose. Era un'opposizione infondata, ero in controesame, la presidente rigettò l'opposizione prima che io potessi replicare.

– Risponda, – disse al teste. Lui si guardò di nuovo attorno. Come capita alla maggior parte dei testimoni in un processo penale non capiva quello che stava succedendo e desiderava solo che finisse al piú presto.

– Le rifaccio la domanda. Ci ha detto che qualche volta litigavano. È mai successo che ci siano stati, che so, spintoni, schiaffi, altri atti di violenza?

– Io non ho mai visto. Però qualche volta signora piangeva.

– Dopo i litigi?

– Sí.

– E alzavano la voce, gridavano?

– Signora no. Lui gridava.

– Ricorda cosa diceva, quando gridava?

Scosse lentamente la testa. Adesso l'espressione era diventata triste piú che spaesata.

Fu la presidente a ricordargli che i cenni del capo non erano sufficienti.

– Non so.

– Lei è ritornato nell'appartamento nei giorni successivi all'omicidio?

– No.

– Quando è arrivato lí e ha trovato il cadavere di Petacci ha notato per caso dei cocci di bottiglia?

– Cocci?

– C'era una bottiglia rotta per terra?
– Non ricordo, non so. Ho visto lui a terra e subito ho chiamato polizia. Non so.

Il teste Bonfiglio, quello che aveva incrociato Elvira nell'androne, raccontò sostanzialmente le stesse cose che aveva detto il giorno del fatto alla squadra mobile.

La sua deposizione fissava con precisione il momento in cui Elvira era arrivata a quell'indirizzo, verso le 10.45-10.50, perché l'uomo aveva appuntamento con il dentista alle undici e per raggiungere lo studio era uscito una decina di minuti prima. Una deposizione tranquilla, lineare. Non c'era nulla che potessi o dovessi chiedergli. Una regola fondamentale della cosiddetta *cross-examination* è che si controesamina solo in presenza di due premesse: se l'esame diretto ha fornito elementi utili al caso della controparte; se c'è modo, con il controesame, di annullare o anche solo di attenuare tali elementi. Quando una di queste premesse manca, è buona regola starsene zitti al proprio posto: i controesami non necessari diventano con facilità disastri difensivi.

Passammo cosí alla seconda testimone-condomina: la Colangelo, quella che insegnava latino e greco all'Orazio Flacco, cioè la scuola dove tanti anni prima avevo studiato io.

Era una bella signora sulla cinquantina, molto curata, vestita con capi sobri ma costosi. Pensai che fosse di famiglia benestante o avesse sposato un uomo agiato, visto che quegli abiti erano fuori della portata finanziaria di un'insegnante di liceo.

Anche lei replicò le sue dichiarazioni delle indagini preliminari. Abitava sullo stesso pianerottolo di Elena Castell; quella mattina era a casa perché era la sua giornata libera; a un tratto aveva sentito un violento litigio con grida che provenivano dall'appartamento confinante con il suo; aveva distinto solo alcune parole come ammazzare, merda, pazza o pazze, Elena è l'ultima; le grida si erano interrotte dopo un rumore che assomigliava a un botto o a un ramo che si spezza; poteva dire che i fatti si erano svolti sicuramente dopo le 10.20 perché il litigio era successivo a una conversazione telefonica che aveva avuto con una collega a quell'ora. Il litigio, o almeno la sua fase violenta e udibile, era durato un paio di minuti.

Il pubblico ministero era interessato a individuare con maggior precisione l'orario e la durata dell'incontro (e della lite) fra Petacci e Castell. Provare che era stato breve avrebbe aiutato l'impostazione d'accusa riguardo alla premeditazione.

– Vorrei fare qualche approfondimento sull'orario del litigio. È in grado di dire quanto tempo è passato fra la telefonata con la collega e la lite? Una stima sommaria.

Colangelo si concentrò sulla risposta.

– Non fu subito dopo. Faccio riferimento a quella telefonata perché è stata l'ultima prima della lite, ma potrebbe essere passata mezz'ora, anche qualcosa di piú.

– La telefonata successiva?

– Ho controllato il giorno stesso in cui fui interrogata dalla polizia. È stata dopo mezzogiorno, ma non è troppo indicativa, perché il litigio era cessato da parecchio.

– Forse un'ora prima?

Mi alzai.

– Opposizione, presidente, domanda chiaramente suggestiva.

– Riformuli, pubblico ministero.

– Quanto tempo dopo il litigio lei ha fatto, o ricevuto, questa nuova chiamata?

– Credo circa un'ora, magari un po' meno.

Poi la teste toccò a me.

– Buongiorno, professoressa, sono l'avvocato dell'imputata, le farò solo qualche domanda di chiarimento. Lei ha controllato l'orario al momento della fine del litigio?

– No, non c'era ragione di farlo.

– Certo. Lei è in grado di indicare con precisione l'orario della fine del litigio?

– No.

– Può escludere, in base ai suoi ricordi, che il litigio sia cessato, faccio per dire, mezz'ora prima della successiva telefonata?

– Non saprei.

– È normale, non siamo macchine. Le chiedo solo se può escluderlo, non se può affermarlo.

– No, non posso escluderlo.

– Sa dirci a che ora la donna protagonista del litigio è arrivata a casa da Petacci?

– Non ne ho idea. Io ho solo sentito la lite.

– Quindi non è in grado di dirci da che ora a che ora questa donna è stata nell'appartamento?

– No.

– Grazie, ho finito.

Il pubblico ministero non aveva ulteriori domande e la presidente dichiarò chiusa l'udienza rimandandoci alla settimana successiva.

31.

La deposizione del medico legale che aveva effettuato l'autopsia sul cadavere di Petacci fu una cosa rapida. Confermò il contenuto della relazione già inserita nel fascicolo del dibattimento. La morte si era verificata per l'esplosione di un colpo d'arma da fuoco; il proiettile, un 6,35 parabellum, aveva raggiunto il cuore, era stato esploso da distanza ravvicinata (circa due metri) con traiettoria lievemente ascendente.

Io gli feci una sola domanda.

– Professore, una precisazione per i giudici popolari, che magari non sono degli esperti: può spiegare alla corte che tipo di pistola è quella con cui è stato commesso l'omicidio?

– Una pistola di piccolo calibro, fra i piú piccoli che esistano. Non se ne producono piú, per quello che mi consta.

– È una pistola potente?

– È considerata un'arma da difesa personale, ma è un'idea sbagliata. Ha cosí poco potere di arresto che serve solo se si colpisce un organo vitale. C'era un killer di mafia che usava una pistola del genere: si avvicinava alla vittima e le sparava in testa. Era una manifestazione di baldanza criminale. Ma se si spara e si raggiungono zone non vitali è possibile che il ferito continui a combattere a lungo.

– Grazie, per me è tutto.

La presidente congedò il medico e fece chiamare l'ultima testimone dell'accusa. Si chiamava Settembrina Milella. Il cognome era tipicamente barese, il nome non l'avevo mai sentito prima.

Era una donna dall'età indefinibile, con i capelli corti e grigi, magra.

Lesse la formula di impegno a dire la verità incespicando piú di quanto accada di solito: consapevole della responsabilità che assumo con la mia deposizione, mi impegno a dire tutta la verità e a non nascondere nulla di quanto è a mia conoscenza.

– Qual è il suo lavoro, signora Milella? – esordí Consoli.

– Sono fiorista.

– Ha un negozio?

– Sí, in via Dante, quasi all'angolo con via Marchese di Montrone.

– Conosce questa signora? – disse indicando la mia cliente.

– Conoscevo la sorella gemella.

– Ci racconta cosa accadde la mattina dello scorso 12 aprile?

– Ero davanti al mio negozio quando ho visto passare la signora.

– Come mai ci ha fatto caso?

– Perché subito ho pensato che fosse Elena, poi mi sono resa conto che non poteva essere lei, insomma… sapevo…

– Sapeva del decesso della signora Elena.

– Sí, ecco. Mi sono spaventata, è identica, era come vedere un fantasma.

– A che andatura camminava?

– Veloce.

– Sa dirci che ora era?

– Piú o meno le undici.

– Come fa a esserne certa?

– Stavo aspettando dei clienti per organizzare un matrimonio, i fiori per un matrimonio. L'appuntamento era proprio alle undici.

– E questi clienti?

– Sono arrivati poco dopo.

– Non ho altre domande.

La presidente mi chiese se volessi controinterrogare. Il pubblico ministero aveva portato quella teste per circoscrivere i tempi del fatto. L'argomento che si preparava a sviluppare nella sua requisitoria era facile da prevedere: l'imputata è andata da Petacci già decisa ad assassinarlo perché lo considerava responsabile morale del suicidio della sorella gemella. Deponeva in questo senso il fatto che si era recata all'appuntamento con una pistola carica e che l'incontro – incrociando le dichiarazioni dei testimoni – era durato pochissimo. Cioè solo il tempo necessario a commettere il programmato omicidio.

Non era fondamentale, per la linea difensiva che stavo costruendo, provare a smentire i tempi su cui lavorava il pubblico ministero. Però un paio di domande, giusto per saggiare la tenuta di quella deposizione, senza correre inutili rischi, potevo farle.

– Signora Milella, ha detto che il suo negozio è su via Dante, quasi all'angolo con via Marchese di Montrone, è corretto?

– Sí.

– Quando ha visto la signora, quel giorno, da dove proveniva?

– In che senso?

– Veniva da via Dante o da via Marchese di Montrone?

– Ora non ricordo bene...

– L'aiuto. Forse l'ha vista girare l'angolo?

– Sí, giusto. Veniva da via Marchese di Montrone.

– Quindi è arrivata da via Marchese di Montrone, ha girato l'angolo ed è andata verso...

– È passata davanti al negozio, quindi è andata verso via De Rossi.

– Grazie, non ho altre domande.

Il pubblico ministero sembrava tranquillissimo. Evidentemente non gli era chiara la toponomastica: se Castell andava verso via De Rossi significava che stava andando verso casa della sorella, non che si stava allontanando. Almeno quel pezzetto di ricostruzione dell'accusa poteva dirsi smontato. La donna aveva detto la verità e ricordava bene: aveva visto Castell poco prima delle undici che andava all'appuntamento con Petacci. Dunque, non dopo averlo ucciso come pensava di aver provato il pubblico ministero. Non era un dettaglio fondamentale, ma farlo venir fuori durante la discussione finale avrebbe scosso un po' la persuasività della requisitoria.

32.

– Dopo la nostra ultima seduta ho riflettuto sul suo suggerimento di rientrare nel sogno e di parlare con il ragazzo che avevo visto a bordo piscina. E piú ci riflettevo, piú mi sembrava una stupidaggine, mi scusi la franchezza. Mi sentivo un idiota all'idea di mettermi in poltrona, chiudere gli occhi e fare come mi aveva suggerito.

Tacqui, nel caso lui volesse dire qualcosa. Ma non disse niente. Mi guardava.

– Eppure, nonostante mi sembrasse una stupidaggine, continuavo a rimuginarci sopra e a ripetermi: non farò questa cosa. Quando torno dal dottor Carnelutti gli dico che non mi sembra una strategia adatta a me (chissà se è adatta a qualcuno) e che intendo prendermi una pausa. E probabilmente smetto di andarci. Questa idea mi ha molto tranquillizzato. Per un paio di giorni non ci ho piú pensato.

– Poi ci ha pensato di nuovo?

– Sí. E mi sono domandato se considerassi quell'idea una stupidaggine perché in realtà mi faceva paura.

– Cosa si è risposto?

Mi strinsi nelle spalle. – Avevo paura. Nel momento in cui ne sono stato consapevole non ho piú potuto evitare la cosa. L'altro giorno sono rientrato a casa dallo studio, mi sono preparato la cena, ho mangiato, ho bevuto un bicchiere di vino e mi sono detto: faccio un tentativo, tanto non succede niente. Mi sono seduto in poltrona e dopo qualche istante mi sono sentito gelare le ossa; dalla paura, appunto. Stavo quasi per alzarmi e lasciar perdere.

– Era successo qualcosa?

– No. Ma ho avuto la percezione netta che sarebbe successo qualcosa.

– Assomigliava a qualche emozione che aveva già provato?

– Me lo sono chiesto. Era molto, molto simile alla paura del buio che avevo da bambino. Ricordo quando a casa dei nonni dovevo andare dal soggiorno al bagno, che si trovavano alle estremità opposte del corridoio; l'interruttore della luce era a metà strada, io lo raggiungevo con due lunghi balzi e parlando a voce alta, per darmi coraggio. E la notte, dopo che mi spegnevano anche l'abat-jour, tiravo su il lenzuolo lasciando fuori soltanto un pezzetto di naso.

Feci una pausa e presi un respiro profondo. – Questa è una delle cose di cui non ho mai parlato. Adesso che ci penso mi sembra davvero incredibile che una parte cosí importante della mia vita non sia mai stata oggetto di una conversazione con qualcuno.

Mi guardò in silenzio. Quello sguardo diceva: adesso possiamo arrivare al punto.

– Va bene. Ho resistito all'impulso di aprire gli occhi e di alzarmi dalla poltrona. Sono rientrato in quella casa dalla porta di ingresso. C'era una grata metallica... intendo nella vera casa delle vacanze. L'ho fatta scorrere, ha cigolato moltissimo, aveva bisogno di essere oliata, e ho aperto la porta. La casa adesso era come quella reale, non era ristrutturata come nel sogno. Non c'era nessuno e io ho pensato, senza avvertire l'assurdità di questo pensiero, che i miei genitori fossero andati a fare la spesa. Nella mia stanza sul retro ho riconosciuto il copriletto; sopra c'era una divisa da calcio dell'Inter che mi piaceva tantissimo.

Non sono mai stato molto bravo a giocare a pallone, ma quei calzoncini e quella maglietta mi davano l'impressione di esserlo. Sono andato alla porta finestra che affacciava sul giardino. C'era la piscina e c'era il ragazzo, seduto vicino all'acqua con le gambe incrociate. Mi dava le spalle.

– Che stagione era, fuori?

– Era settembre. C'erano grandi nuvole bianche nel cielo, come negli ultimi giorni di villeggiatura, quando stavamo per andare via, dopo i grandi temporali di fine estate. Accadeva che piovesse fortissimo, la sera e la notte. Spesso per ore mancava la corrente, dovevamo accendere le candele. Al mattino dopo era tutto umido e scintillante e c'erano queste nuvole gloriose nel cielo.

– Nuvole gloriose?

– Cosí le chiamavo nella mia testa, nuvole gloriose. Cumulonembi bianchi, che però non riempivano il cielo. C'era il sole. Ora che ci rifletto, poteva essere l'ultimo giorno delle vacanze. Non ne ricordo uno specifico, ma se penso a quando caricavamo la macchina e andavamo via, penso a un giorno cosí.

Guardai fuori, senza un motivo.

– A questo punto cosa è successo?

Notai che parlava come se il mio racconto riguardasse qualcosa di realmente accaduto («cosa è successo?») e non fosse invece il frutto di un'operazione deliberata della fantasia. Del resto io stesso stavo raccontando come se si trattasse di eventi reali.

– Ho aperto la porta finestra. Ho sentito lo scricchiolio del legno. Uno scricchiolio che avevo sentito tante volte e che avevo del tutto dimenticato. E l'ho proprio sentito, non ricordato. Scusi l'insistenza, ma è stata un'esperienza sorprendente.

– Mentre apriva la porta aveva ancora paura?

Lo guardai come se mi avesse fatto una domanda priva di senso. In realtà non lo era: pochi minuti prima ero stato io stesso a parlare della mia paura. Me ne ero già dimenticato. Scossi la testa. – No. Non so dire con precisione quando la paura è passata, ma in quel momento non ne avevo. Una certa inquietudine probabilmente sí, ma è una cosa diversa.

– È una cosa diversa.

– Insomma sono uscito, l'aria era fresca, quasi freddina, e io mi accorgevo di indossare solo dei jeans e una maglietta a mezze maniche. Il ragazzo era vestito allo stesso modo.

Il dottore cambiò posizione sulla sua poltrona. Spesso avevo l'impressione che i cambiamenti di postura fossero deliberati, che facessero parte di una liturgia terapeutica. Quella volta nel movimento ci fu qualcosa di spontaneo, di non calcolato.

– Ho disceso la piccola rampa di scale che portava in giardino. Lí mi sono reso conto che vicino al ragazzo c'era un cane e che lui lo accarezzava.

– C'era anche nel sogno notturno?

– Se c'era, non l'ho visto, – risposi un secondo prima di cogliere, ancora una volta, la stranezza della mia risposta. Se il mondo del sogno è creato dalla nostra mente, esiste solo quello che vediamo? O c'è qualcos'altro, qualcosa che esiste e che ci sfugge?

– Lei ha mai avuto un cane?

– No, avrei tanto voluto, ma i miei genitori, che pure amavano gli animali, dicevano che avere un cane implicava una grande responsabilità e noi non ce lo potevamo permettere. Fino a quando ho provato a insistere, diciamo fino ai quattordici anni, giuravo che me ne sarei occupato io. Non hanno mai preso troppo sul serio queste mie dichiarazioni di impegno. Mio nonno Guido aveva un pastore tedesco, ci ero affezionato, ma non era il mio cane.

– Dunque, il ragazzo seduto sul bordo della piscina accarezzava questo cane... a proposito, di che razza era?

– Non una razza definita, non una che io conosca. Non sono un esperto, ma credo fosse un meticcio, piuttosto grosso, fulvo, con le orecchie alzate a metà.

– Lo aveva mai visto prima?

Dovetti pensarci. In effetti l'animale aveva qualcosa di vagamente familiare. Per almeno un minuto cercai di recuperare il ricordo di un cane che gli somigliasse, ma tutto sembrava avvolto da una nebbia fitta e, soprattutto, piú mi sforzavo di esplorare i ricordi (o quelli che sembravano ricordi) e piú essi si confondevano con fantasticherie e sogni. Era possibile che da ragazzino, quando desideravo un cane, ne avessi visto uno simile? Sí, era possibile, e ora, nel mio confuso dibattermi fra memoria e fantasia, mi pareva anche di rammentarne uno. Forse in una casa di campagna di amici dei miei, o forse per strada al guinzaglio, con un ragazzo piú grande di me che anni dopo era stato arrestato per fatti di terrorismo. Forse. Ma non riuscivo a mettere a fuoco. Il confine fra sogni e ricordi era cosí impalpabile da dare le vertigini, come se la pazzia e la perdita totale del controllo fossero in agguato.

– Non lo so. Ho come l'impressione di sí, ma non saprei dire dove e quando.

– Va bene. A quel punto cosa è successo?

– Mi sono seduto. Il cane era fra di noi, ho provato anch'io ad accarezzarlo e lui mi ha lasciato fare.

Sentii un formicolio sul viso, un prurito al naso, per un secondo provai l'impulso irresistibile di grattarmi. Ebbi per qualche istante la sensazione di guardare la scena – lo studio, il dottore, io, i libri – come da un punto esterno, diciamo dall'alto e di lato. Quasi un breve momento dissociativo che però mi parve del tutto naturale, considerato quanto stava accadendo.

– Mentre ero lí seduto, mi sono accorto che non c'erano piú le ninfee nella piscina. In quel momento il ragazzo si è girato verso di me. Ha già intuito chi fosse?

Carnelutti si strinse nelle spalle, come scusandosi per il fatto di trovare ovvia la risposta. – Lei stesso, appunto da ragazzo.

– Sí.

– Cosa è successo quando si è girato?

– Mi ha fatto... mi ha fatto tenerezza. Sembrava indifeso. Terribilmente indifeso e spaventato. Umiliato. Da un lato avevo voglia di aiutarlo, dall'altro... non so come spiegare... mi dava fastidio. Avevo una specie di repulsione per quella fragilità. Avrei voluto farla sparire.

Presi un fazzolettino e mi soffiai il naso.

– Ho letto che quando stai per morire rivedi la tua vita in pochi istanti. In quel momento ho fatto un'esperienza simile: ho visto una sequenza vorticosa di ricordi della mia infanzia e della mia adolescenza. Sceneggiati televisivi, *Happy Days* fra tutti. Il vecchio televisore in bianco e nero con il primo e il secondo canale. *Carosello* con le sue pubblicità surreali, come quella del Cynar in cui Ernesto Calindri sorseggiava il liquore seduto a un tavolino nel mezzo di una strada intasata dal traffico cittadino. Per tanto tempo ho creduto che nelle grandi città ci fossero davvero i tavolini fra le macchine.

«Il flipper. Il biliardino, che mio padre chiamava calciobalilla. Il Subbuteo. La pistola ad aria compressa – l'Oklahoma – che aveva un mio amico e che avrei voluto anch'io, ma figuriamoci, neanche a parlarne. Il mangiadischi Minerva. Il Minicinex, un proiettore rosso che funzionava a manovella. Il mastice e le toppe per riparare le ruote forate delle biciclette. Una clessidra con la sabbia azzurra che mi piaceva moltissimo e che si è persa quando ho svuotato casa dei miei genitori.

«L'odore degli albi Marvel, che era diverso da quello di tutti gli altri giornalini; per esempio "Tex" sapeva piú di antico. I gialli per ragazzi. I petardi e le fialette puzzolenti che buttavamo nei negozi per poi scappare via (non sempre facendola franca). Le cerbottane, le fionde, la cera Pongo, i normografi, il meccano, le raccolte delle figurine.

«Pasta burro e sugo, pane olio e sale, pane e cioccolata, i maritozzi con lo zucchero sopra, la pasta del giorno prima, riscaldata e croccante e buonissima. Le mozzarelle che prendevamo in un caseificio vicino alla casa in campagna; avevano questa consistenza callosa, mi piaceva addentarle prendendole direttamente con le mani, non ne ho piú mangiate di cosí deliziose, o forse mi piace solo pensarlo. I formaggini Susanna, Mio, Ramek e i Tigre, i miei preferiti. Eccomi che un pomeriggio di inverno non voglio studiare, apro il frigorifero, mi preparo un panino con i formaggini e vado a leggere i fumetti fingendo di fare i compiti. Urrà Saiwa, Mattutino Talmone, Bucaneve Doria, Sofli il cioccolato coi buchi, Nesquik, Girella, le caramelle Rossana, i cioccolatini a forma di banana col ripieno di banana, che facevano piuttosto schifo e che però erano l'unica opzione dolce a casa di certe vecchie zie.

«Poi ho visto un corteo di fantasmi. Davvero, ho visto tante persone del passato remoto e molte non so se siano ancora vive, anzi molte sono morte di sicuro, ma in questa panoramica erano vive e camminavano tutte insieme come in una processione. Quando questa moltitudine si è dissolta è comparso mio padre. Cioè, è comparso un episodio con mio padre.

Carnelutti fece un cenno di assenso, quasi di approvazione, che non riuscii a interpretare.

– Io non avevo il motorino da ragazzo. Non lo avevo mai chiesto, non ne sentivo la necessità, ma forse dipendeva dalla convinzione che i miei genitori non me lo avrebbero mai comprato. Dietro una patina di disinvoltura erano piuttosto apprensivi. Tanto per farle un esempio, per anni ho dovuto tenere nascosto a mia madre che facevo pugilato. In ogni caso, non avevo il motorino ma di tanto in tanto capitava che qualcuno mi prestasse il suo. Una volta stavo appunto guidando il Boxer di un'amica e incontrai mio padre. Mi vide e agitò le braccia per fermarmi. Accostai al marciapiede e mi preparai a una predica: chi te l'ha dato, non devi andare sui ciclomotori, è pericoloso, non sei esperto eccetera. Invece non disse niente del genere. Era in ritardo per un appuntamento e mi chiese un passaggio. Cosí. Ero stupefatto, lo feci salire, lo accompagnai scambiando poche parole normali e quel breve percorso insieme sul sellone del Boxer è rimasto uno dei ricordi piú belli che ho di lui.

Presi un altro fazzoletto, poi un altro ancora. Rimanemmo nel silenzio accogliente dello studio, a lungo. Carnelutti parlò di nuovo solo quando fu sicuro che non volevo aggiungere altro sull'argomento.

– Mi dica del ragazzo.

Mi scossi. – Era lí. I ricordi, cosí come sono arrivati, allo stesso modo sono scomparsi. Velocissimi, e di sicuro ce ne sono stati altri che adesso non mi vengono in mente. È stato come se si fosse aperta una diga; i frammenti di memoria sono dilagati, poi il filmato (filmato… poche cose come il lessico tradiscono età e generazione) è stato riavvolto e tutti i ricordi sono stati risucchiati. La diga si è richiusa. Lui comunque era lí. Volevo dirgli qualcosa, qualcosa tipo: non preoccuparti, te la caverai. Non preoccuparti per la vergogna, non preoccuparti per la paura, non preoccuparti per la disperazione: passano.

Mi fermai qualche istante a riflettere su quello che avevo appena detto. – Poi ritornano, anche. Ma va bene. Quando capisci il meccanismo è piú facile. Meno difficile. Volevo spiegargli il meccanismo. È buffo, io avrei bisogno che qualcuno lo spiegasse a me, ma mi sentivo qualificato a spiegarlo a lui. A lui… a *me*. È tutto piuttosto confuso.

– Gliele ha dette, queste cose?

Ignorai la domanda. – In quel preciso momento mi è tornato in mente un film, uno dei film che piú ho amato nella mia vita, *Picnic ad Hanging Rock*. Lo vidi a quattordici, quindici anni, e mi turbò enormemente. E se mai mi è successo di innamorarmi della protagonista di un film, be', è stato allora. Si chiamava Miranda; il personaggio, intendo, l'attrice non so chi fosse e non l'ho mai piú rivista. Era di una bellezza soprannaturale.

«Subito dopo mi ha preso l'angoscia, un impulso di fuga. D'un tratto volevo allontanarmi da quel ragazzo, da quel senso di disperazione e sconfitta che aleggiava su di lui. In quel momento mi sono spostato. Cioè, non è che mi sono spostato, sono rimasto lí ma al tempo stesso mi sono spostato. Sto facendo casino. Insomma, mi sono sdoppiato e guardavo la scena, in cui c'ero anch'io, da un punto esterno, di nuovo vicino alla finestra. Ma non dentro casa. E quando mi sono allontanato, loro hanno cominciato a parlare.

– Lei vedeva tutti e due da fuori?

– Tutti e due e il cane, sí.

– E sentiva quello che dicevano?

– No. Parlava soprattutto… non so come dire… il me

stesso di ora. Il ragazzo ascoltava e ogni tanto faceva delle domande, ma io non distinguevo le parole.

– Poi?

– Mi sono alzato. Voglio dire: si è alzato il me stesso adulto. Scusi, sono confuso. Ha teso la mano al ragazzo come per aiutarlo. «Andiamo?» gli ha detto... o gli ho detto... Non so. Mentre parlavo sapevo che era l'ultima volta che stavo lí, non avrei piú rivisto quel posto. Gli stavo dando l'addio.

– E il ragazzo?

– «Andiamo», ha risposto.

33.

Due giorni prima dell'udienza per la quale era fissato l'interrogatorio andai in carcere a trovare Castell per spiegarle come si sarebbero svolte le cose.

– Anche il pubblico ministero ha chiesto il suo interrogatorio, quindi procederà per primo. Quando avrà finito, sarò io a farle altre domande. Dovremo ricostruire le premesse di quella mattina e poi, nei limiti del suo ricordo, cosa è accaduto nell'appartamento. Dovrà spiegare per quale motivo ha portato con sé la pistola e soprattutto cosa l'ha indotta a usarla. Potrebbero esserci momenti di tensione. Credo sia inutile dirglielo, ma vorrei che avesse un atteggiamento diretto, non intimidito, ma anche privo di qualsiasi tono polemico rispetto alla procura.

– Certo.

– Risponda attenendosi strettamente alle domande, non aggiunga niente di piú. Tutto quello che ci serve venga fuori glielo chiederò io, va bene?

– Va bene.

– Se una domanda posta dal pubblico ministero, o anche da me, non fosse del tutto chiara, non esiti a chiedere che le venga ripetuta. Se il pubblico ministero dovesse incalzarla, ed è probabile che in qualche momento accada, mantenga la calma, rallenti il ritmo, rifletta. Tutto quello che dirà verrà registrato e scritto, dunque bisogna pesare ogni singola parola. Se io dovessi fare qualche intervento o qualche opposizione durante il suo esame, lei si interrompa subito e aspetti che la presidente abbia provveduto.

Prima del passaggio successivo esitai. A lungo e a disagio. Lei aspettava, tranquilla come al solito, in quel modo leggermente innaturale.

– Le è chiaro quale sarà l'impostazione difensiva, vero?

– Legittima difesa.

– Sí. Non sarà facile da sostenere, soprattutto perché lei non ha fornito subito questa versione dei fatti.

– Ma non è un diritto dell'indagato avvalersi della facoltà di non rispondere?

– Sí, ma nel processo vale il principio del cosiddetto libero convincimento del giudice. Significa che nel decidere su una causa i giudici possono trarre spunti di persuasione da qualsiasi elemento. L'importante è che poi ne forniscano un'adeguata motivazione. In questo caso il ragionamento che farà il pubblico ministero, e che i giudici potrebbero recepire, è il seguente: se davvero si fosse trattato di legittima difesa l'imputata avrebbe riferito immediatamente questa versione dei fatti. Che questo venga fuori solo a dibattimento è un aspetto critico della nostra impostazione.

– Io non ricordavo quasi niente, ero sconvolta.

A me non era parsa cosí sconvolta, ma questo era un problema mio. Stando a Vittorio Corallo, che Castell non ricordasse era plausibile. Lui lo avrebbe sostenuto davanti alla corte, e a questo io dovevo attenermi.

– Dovrà dirlo ai giudici. E non dovrà farlo di sua iniziativa, solo rispondendo alle domande. Il pubblico ministero le chiederà come mai non ha raccontato la sua storia il giorno del fatto o davanti al giudice per le indagini preliminari in occasione dell'interrogatorio di garanzia. Lei risponda senza dilungarsi, l'eccesso di dettagli è spesso interpretato come indice di scarsa sincerità. Se qualcosa che ci interessa non dovesse emergere durante l'esame dell'accusa, lo chiariremo quando toccherà a me. Ha domande da farmi?

– Mi sembra tutto chiaro.

– Se c'è ancora qualche cosa che le sfugge, che non ricorda, è bene che lo dichiari in modo trasparente. Non cerchi di dare a tutti i costi un racconto completo in ogni sua parte: potrebbe risultare non credibile. È molto piú normale che da un'assenza di ricordo si passi a un ricordo spezzettato, piuttosto che a un ricordo completo e lucido. Se ci sono dei buchi, non cerchi di colmarli con congetture, con quello che le sembra plausibile e via discorrendo. Ammetta che il suo ricordo è nebuloso e frammentario. In sostanza: dica la verità. Ovviamente tutto ruota attorno alla bottiglia rotta e alla minaccia di sfregio. Mi sono spiegato?

Mi guardò con una espressione difficile da decifrare. Se il contesto fosse stato diverso l'avrei definita: un'espressione incuriosita, con una sfumatura impercettibile di ironia. Dopo qualche istante, prima che potessi aggiungere altro, disse: – Si è spiegato. Bottiglia rotta e minaccia di sfregio.

34.

Consoli mi salutò con finta cordialità. Si sedette al suo posto e sfogliò il fascicolo come a farne un rapido riepilogo prima che cominciasse l'udienza e con essa il drammatico rituale della corrida fra inquisitore e inquisito. C'era parecchio pubblico, composto perlopiú da frequentatori abituali dei processi in corte di assise: pensionati che, a ragione, consideravano quel passatempo piú interessante delle partite a carte ai giardini pubblici o di certi show televisivi. Soprattutto c'erano giornalisti di varie testate e, fuori dall'aula, anche un paio di troupe televisive: Rai3 e Telenorba. La presidente Massari non autorizzava le riprese in aula e allora stavano là per catturare qualche immagine su cui appoggiare il servizio per i tg regionali.

Un paio di cronisti mi chiesero se volessi rilasciare una dichiarazione e io risposi, dandomi un po' di enfatico contegno, che quanto avevo da dire lo avrei detto in aula. Enfatico contegno a parte, la mia impressione è che l'avvocato, salvo rare eccezioni, perda di credibilità quando interviene sui suoi casi via radio, tv o giornali. Certe cose dette in un'arringa sono lecite e, anche quando sembrano contrastare con il senso comune, fanno parte di un rituale che le rende ammissibili, se non plausibili.

Le esternazioni ai giornali e alle televisioni mi sono quasi sempre parse un tentativo di farsi pubblicità o di interferire in qualche modo con lo svolgimento delle indagini o del processo.

In quella situazione, per ragioni che non mi erano chiare, mi sembrava ancora piú opportuno del solito tenere la bocca chiusa.

La campanella suonò, la corte uscí e non potei fare a meno di notare come la sensazione di goffaggine che mi avevano comunicato alla prima udienza i giudici popolari non si era attenuata nemmeno un poco. Non avrei saputo dire se dipendesse dal mio disagio crescente per quel lavoro, per i suoi armamentari, per le sue liturgie sempre piú macchinose – se cioè fosse un problema solo mio – o se davvero quel gruppo di signore e signori fossero e si sentissero, tutti quanti, totalmente fuori posto.

La presidente invitò l'imputata a sedersi davanti alla corte. Vicino a lei si collocò un'agente di polizia penitenziaria molto graziosa, col viso però atteggiato a un cipiglio autorevole e marziale. Castell indossava dei jeans e un maglione scuro. Forse non il tipo di abbigliamento che le avrei consigliato io, ma comunicava una certa naturalezza. Non si era vestita bene per impressionare la corte, era decorosa ma informale. Il suo modo di presentarsi sembrava dire: non voglio fare trucchi, voglio raccontare la mia storia, ascoltatela.

La presidente le fece gli avvisi di rito e le chiese se volesse rispondere. Sí, disse lei senza aggiungere altro.

Il pubblico ministero la guardò per qualche secondo senza parlare, con un'aria che lui doveva considerare drammatica e io trovai leggermente ridicola. Ammetto però che non ero ben disposto nei suoi confronti.

– Signora Castell, la mia prima domanda è molto semplice. Lei conosce l'imputazione: ammette l'addebito?

La domanda era avvocatescamente capziosa. Ammette l'addebito significa: è colpevole del reato di cui è accusata? Cioè proprio la questione per risolvere la quale eravamo lí a fare un processo. Nella logica un po' curiale del pubblico ministero ricevere una risposta affermativa a quella domanda avrebbe messo in discesa tutto il resto.

Castell replicò in maniera intelligente.

– Ammetto di avere sparato quella mattina. Sono qui a farmi interrogare e spiegare come sia potuto accadere.

Come era immaginabile, Consoli non gradí la risposta.

– Lei ha il porto d'armi?

– No.

– Quindi quel giorno ha portato abusivamente con sé un'arma da fuoco con la quale poi ha commesso l'omicidio.

– Sí. L'arma era regolarmente detenuta, ma non avevo il permesso di portarla.

– È una cosa che faceva abitualmente? Intendo: portare con sé la pistola pur essendo sprovvista di porto d'armi?

Stavo per fare opposizione. La domanda non aveva alcuna pertinenza con le imputazioni del processo, era poco piú che una provocazione. Poi mi dissi che Castell aveva dimostrato già dalle prime battute di sapersela cavare e rimasi fermo e zitto.

– Mai. La pistola è sempre rimasta nella stessa cassaforte in cui la teneva mio padre, dal quale l'ho ereditata. È stata tirata fuori una sola volta, forse un paio di anni fa. È venuto un mio amico, in realtà era un vecchio amico di mio padre, che si intendeva di armi; credo fosse anche un collezionista. L'ha smontata, pulita, oliata e rimontata. Poi l'abbiamo rimessa a posto ed è stata lí fino al 12 aprile di quest'anno.

Non mi aveva detto questa cosa e non l'aveva detta a Tancredi quando l'aveva interrogata, in carcere. Era un dettaglio utile alla difesa, anche se apprenderlo cosí, senza preavviso, mi diede un certo fastidio; dovetti reprimerlo per continuare a seguire l'interrogatorio.

– Perché avete fatto quest'operazione, con il suo amico?

– Gli avevo detto che avevo questa pistola e che non sapevo se fosse funzionante. Io avevo sparato qualche volta in un poligono, al tempo di mio padre, appunto, ma adesso, non avendo il porto d'armi, non potevo portarla fuori di casa per provarla. Lui si offrí di venire a vederla e controllare se era efficiente.

– Quando l'avete rimessa a posto la pistola era carica?

– Sí.

– Con il colpo in canna?

– Sí. In realtà io me ne sarei voluta sbarazzare, pensavo di regalargliela. Lui mi disse che regalare le armi porta sfortuna e che avrei fatto meglio a tenerla: era un ricordo e poteva essere utile per difesa personale nel caso di un'effrazione. Mi lasciai convincere e la chiudemmo in cassaforte, carica ma con la sicura.

– Può dirci il nome di questo suo amico?

– Aldo Bonomo, è mancato l'anno scorso. Era coetaneo di mio padre.

– Perché la mattina del 12 aprile prese la pistola e la portò con sé? Era consapevole di commettere il reato di porto d'arma abusivo?

– Sí, ne ero consapevole. Dovevo incontrare Petacci per ripetergli quello che gli avevo già detto piú volte al telefono, cioè che doveva lasciare al piú presto l'appartamento nel quale non aveva nessun titolo per rimanere. E che anche prima che ciò accadesse volevo fare una verifica di quello che c'era (tutte cose di mia sorella Elena, di cui sono l'unica erede) e prendere da subito alcuni oggetti di valore. Dai racconti di Elena sapevo che il Petacci era un violento e avere la pistola con me mi dava un senso di sicurezza. È stata una cosa stupida, ma immagino abbia poco significato dirlo adesso.

– Petacci era il convivente di sua sorella, giusto?

– Sí.

– Da quanto tempo?

– Hanno convissuto per circa due anni, fino alla morte di Elena.

– Che ha commesso suicidio.

– Sí.

– Quando è accaduto?

Castell prese un respiro profondo. Non si capiva se fosse tristezza o rabbia. Forse entrambe le cose.

– A marzo.

– Mi scuso per queste domande che possono procurarle sofferenza, ma purtroppo non posso evitarle. È emerso il motivo per cui sua sorella ha deciso di togliersi la vita?

– Non ha lasciato niente di scritto, se è questo che vuole sapere.

– Lei si è fatta un'idea?

Cominciavamo a muoverci su un terreno pericoloso.

– Mia sorella era una donna fragile e ha avuto una vita difficile, soprattutto per quanto riguarda le relazioni sentimentali. L'ultima, con quell'uomo, è stata devastante; credo abbia avuto un peso nel determinare il suo gesto.

– Vuole dire che la relazione con Petacci è stata la causa del gesto estremo di sua sorella?

I preliminari erano finiti. Adesso si faceva sul serio.

– Una concausa, sí.

– È per questo motivo che lei è andata all'incontro con Petacci armata di pistola? Per ucciderlo e punirlo per quello che aveva fatto, o lei riteneva avesse fatto, a sua sorella?

– È per questo motivo che volevo quell'uomo fuori da casa nostra il prima possibile. Sono andata da lui per intimargli di andarsene al piú presto e per ritirare subito alcuni oggetti di valore. Temevo che lui se ne impossessasse. Come aveva già fatto con altre cose di mia sorella e con molto del suo denaro.

– Lo odiava, vero?

– Lo disprezzavo. E non sono andata lí per ucciderlo.

– Allora perché gli ha sparato un colpo di pistola diritto al cuore?

– Per difendermi da un'aggressione.

– Che aggressione?

– Ha spaccato una bottiglia di cristallo che era su un tavolino e ha detto che mi avrebbe sfregiato.

Consoli non si aspettava questo sviluppo; dovette prendersi qualche secondo per riorganizzare l'interrogatorio.

– Cosí di punto in bianco?

– La discussione è diventata subito violenta. A un tratto aveva in mano quella bottiglia. Non ricordo tutto, ma aveva quella bottiglia, mi ha offeso, ha offeso mia sorella, ha detto che mi avrebbe sfregiata… e io ho sparato.

– Si rende conto di quanto sia poco credibile quello che sta affermando?

Era il momento di intervenire.

– Opposizione, presidente, il pubblico ministero può fare le domande che vuole sui fatti, sul ricordo dei fatti che ha l'imputata. I tentativi di polemizzare o anche solo i commenti argomentativi non sono previsti e tantomeno ammessi. Le valutazioni potrà tenerle da parte per la sua requisitoria.

– Passi a un'altra domanda, pubblico ministero.

Consoli sospirò in modo teatrale. Un modo per dire alla corte: non mi lasciate svolgere il mio lavoro, cercate di intralciare la giustizia, è difficile lavorare cosí, ma in ogni caso, con la consueta abnegazione, farò quello che deve essere fatto.

– Signora Castell, lei, in sostanza, dice di avere sparato a Petacci uccidendolo praticamente sul colpo per difendersi da un'aggressione. Ho capito bene?

– Sí.

– Nel corso delle indagini preliminari, prima davanti a me e poi davanti al giudice, lei si è avvalsa della facoltà di non rispondere. Può spiegare alla corte per quale motivo?

– Non ricordavo quasi nulla dell'accaduto e con il mio avvocato abbiamo ritenuto che fosse meglio non correre il rischio di raccontare le cose in modo sbagliato o lacunoso.

– Subito dopo il fatto non ricordava e invece oggi, a molti mesi di distanza, ricorda tutto benissimo. È interessante.

– Non ricordo tutto benissimo. Ricordo dei frammenti, sono riemersi in questi mesi. Subito dopo il fatto ero sconvolta e in stato confusionale.

Senza riuscire a governare i miei pensieri mi dissi che a me non era sembrata affatto in stato confusionale. Ma questo la corte non lo sapeva e il pubblico ministero non aveva modo di provarlo.

– Dunque lei vorrebbe farci credere…

– Opposizione, presidente. È chiaro dalle prime parole che non si tratta di una domanda ma di un tentativo di innescare una polemica con l'imputata.

– Lei però non faccia divinazioni, avvocato Guerrieri. Pubblico ministero, vada avanti ma cerchi di attenersi a domande sui fatti.

– Quando si è ricordata di questa bottiglia e della minaccia di sfregio?

– Non so dire esattamente quando. La scena è riemersa anche parlando con il mio avvocato, a sprazzi, a tasselli che a poco a poco collimavano gli uni con gli altri. Ma ancora adesso non ricordo tutto.

– Dove avrebbe preso la bottiglia il Petacci?

– Era su un tavolino del salotto, dove... insomma dove è accaduto il fatto. Era una bottiglia di un certo valore, di un artigiano di Murano. Un oggetto ornamentale, lí da molti anni.

– Come l'avrebbe impugnata?

– L'ha presa per il collo e l'ha spaccata sul bordo del tavolino.

Consoli scosse platealmente il capo, come fanno certi partecipanti ai dibattiti televisivi mentre parla l'interlocutore, per sottolineare quanto sia assurdo quello che stanno ascoltando.

– Mi dica ancora qualcosa sulla pistola. L'arma aveva il colpo in canna quando lei è uscita di casa.

– Sí.

– Quindi lei la custodiva in cassaforte con il colpo in canna, pronta a sparare?

– Gliel'ho detto, cosí la riponemmo insieme all'amico di mio padre. Con la sicura.

– E quando ha tolto la sicura?

Sospirò. – Questa è una delle cose che non ricordo. Potrei averlo fatto quando l'ho presa, oppure per strada, perché la tenevo con la mano in tasca, o forse lí, quando il litigio è degenerato. Ma non voglio dire una cosa tanto per dirla: la verità è che non so quando ho tolto la sicura. Non posso rispondere a questa domanda.

– Cosa è accaduto dopo lo sparo?

– Sono scappata.

– Non ha controllato se Petacci fosse ancora vivo?

– Si è accasciato a terra e non si muoveva piú.

– Non ha pensato che magari chiamando un'ambulanza fosse possibile soccorrerlo e salvarlo?

Abbassò appena la testa. – Non ho pensato niente, o se ho pensato qualcosa non lo ricordo. L'ho visto immobile a terra e sono corsa via, sconvolta.

– Come si è sbarazzata della pistola?

– L'ho buttata in un cassonetto.

– Dove?

– Non so rispondere. Sono scappata e a un certo punto ho pensato di dovermi liberare dell'arma e l'ho buttata in un cassonetto. In centro di sicuro, ma non so con precisione dove.

– L'ha buttata carica, pronta a sparare di nuovo?

– No. Ho tolto il caricatore e il colpo che era in canna e li ho buttati in un primo cassonetto. Poco piú in là ho buttato via la pistola.

Consoli sfogliò il fascicolo che aveva davanti a sé, come a verificare se ci fosse qualche spunto che non aveva toccato. Poi si rivolse alla corte e disse che aveva finito.

– La difesa può procedere, – disse Massari.

– Grazie, presidente, poche domande, – cominciai. – L'imputata ha già riferito le cose sostanziali. Dottoressa Castell, c'è un punto che mi preme chiarire. Solo oggi lei ha raccontato la sua storia, durante le indagini si è avvalsa della facoltà di non rispondere e, giustamente, questo è un punto su cui si concentrano le perplessità del pubblico ministero. Ora io le chiedo: perché dinanzi al pubblico ministero e poi davanti al giudice per le indagini preliminari si è avvalsa della facoltà di non rispondere? Glielo ha suggerito qualcuno?

– Me lo ha suggerito lei.

– Perché le ho dato questo suggerimento?

– Lei mi ha chiesto di dirle cos'era successo e io non riuscivo a raccontare i fatti: il momento dello sparo e quello che l'aveva preceduto.

– Cosa vuol dire: «non riuscivo a raccontare i fatti»?

– Che non mi ricordavo, cioè avevo un ricordo confuso. Molto confuso.

– Dunque non ha raccontato nemmeno a me, il suo avvocato, quanto era successo esattamente in quella casa?

– È cosí.

– Quando ha ricordato, almeno in parte?

– Non c'è stato un momento preciso. Con il passare delle settimane emergevano dei pezzi di quello che era successo, anche parlando con lei. Poi questi pezzi si sono combinati e ne è venuto fuori il racconto che ho fatto prima a lei e che ho ripetuto oggi in aula.

– Vuole riferirci la conversazione poi degenerata in lite con Petacci?

– Arrivai a casa di mia sorella e lui mi stava aspettando. Mi fece entrare nel salotto, mi invitò a sedermi e addirittura mi chiese se volessi un caffè. Io rimasi in piedi e gli dissi che ero andata a prendere i gioielli di mia sorella e a ribadire che doveva lasciare l'appartamento al piú presto.

– E Petacci?

– Mi disse che lo avrebbe fatto quando voleva lui, che occupava legittimamente quella casa e che io ne sarei diventata proprietaria solo quando si fosse esaurita la successione. Insomma, secondo lui non avevo titolo a chiedergli di andarsene subito. Per un po' abbiamo parlato, non dico in modo tranquillo, ma senza gridare. Poi la situazione è degenerata.

– Quanto è durata la discussione prima che ciò accadesse?

– Dieci minuti, un quarto d'ora.

– E ricorda cosa vi siete detti dopo?

– Non tutto. Io gli ho detto che non aveva vergogna a rimanere lí, che per rispetto alla memoria di Elena avrebbe dovuto avere la decenza di prendere le sue cose e andarsene.

– Avete alzato la voce?

– Sí.

– Una vicina di casa ha detto di avere sentito le grida del litigio e in particolare queste parole: ammazzare, merda, pazza o pazze, Elena è l'ultima. Ricorda di averne pronunciata qualcuna?

– Credo di aver detto che Elena era solo l'ultima di una lista di donne di cui lui aveva approfittato, che aveva manipolato e maltrattato. Posso avergli detto che era un uomo di merda. Certamente non ho usato la parola ammazzare. Non ricordo se l'abbia pronunciata lui. Ed è stato lui a usare la parola pazza.

– A che proposito?

– Ha detto che mia sorella era una pazza, che si era uccisa per questo.

– Come faceva a sapere che c'erano state altre donne di cui Petacci aveva approfittato?

– Negli ultimi mesi della sua vita, mia sorella si era confidata con me a proposito del suo rapporto con quell'uomo. All'inizio era reticente, cercava quasi di giustificarlo. Poi col passare del tempo, con l'aumentare del malessere, si aprí sempre di piú. Mi raccontò come la trattava, quell'individuo, e come avesse già trattato allo stesso modo anche altre donne.

– La pubblica accusa o i giudici potrebbero pensare, legittimamente, che queste cose siano un ottimo movente per un omicidio. Lei ne è consapevole? – Cosí privavo il pubblico ministero dell'opportunità di fare lui, in forma diversa, quella domanda. I punti critici delle linee difensive vanno sempre esibiti e illustrati. Se cerchi di fare il furbo e li nascondi, qualcuno – il pubblico ministero, la parte civile, il giudice o tutti e tre – se ne accorge ed è proprio lí che picchia. E tu devi correre ai ripari, dando l'impressione di essere stato preso in castagna.

– Ne sono consapevole. Mi rendo conto che quello che ho appena detto potrebbe essere usato contro di me. Ma è la verità e con lei siamo stati d'accordo sul fatto che, se mi sottoponevo all'interrogatorio, avrei dovuto dire la verità.

– È andata all'incontro con Petacci con l'intenzione di ucciderlo?

– No.

– Perché ha portato con sé la pistola?

– Sapevo che lui era un violento. Ho pensato che se la discussione fosse precipitata lo avrei minacciato, lui si sarebbe spaventato e sarebbe finita lí.

La verità è che lo volevi morto quel pezzo di merda. Questa è la verità.

La frase mi balenò incontrollabile in testa prima che riuscissi a scacciarla e a continuare. I giudici probabilmente ritennero che la mia fosse una pausa voluta per aumentare la suspense della narrazione. O piú probabilmente non ci badarono.

– E lui non si è spaventato?

– Non lo so. Ho solo il ricordo di lui che veniva verso di me con la bottiglia rotta in mano e poi il botto. Come se fosse stato generato da qualcun altro.

Era un buon finale, efficace. Forse avrei avuto ancora qualche altra domanda, ma nulla di indispensabile, perciò scelsi di chiudere lí.

– È tutto, presidente.

– Pubblico ministero, ha altre domande?

Non aveva altre domande. La presidente dichiarò chiusa l'udienza e rinviò alla settimana successiva per i testi della difesa.

35.

Il certificato penale acquisito dalla corte su mia richiesta conteneva i precedenti di cui mi aveva già parlato Tancredi. La presidente ne diede atto e disse di introdurre il teste Tancredi Carmelo perché deponesse sulle indagini difensive svolte.

Asciutto, con ancora un filo di abbronzatura. Era in giacca e cravatta e portava sottobraccio una cartellina di plastica.

– Buongiorno, vuol dire alla corte la sua attuale occupazione e cosa faceva in precedenza?

– Attualmente svolgo l'attività di investigatore privato con regolare licenza prefettizia. Fino a sei anni fa ero in polizia, lavoravo alla squadra mobile. Mi sono congedato per raggiunti limiti di età con il grado di sostituto commissario.

– Può riferirci l'esito delle sue indagini in questo procedimento, cominciando dall'oggetto della delega?

– Sí. L'oggetto della delega era il seguente: svolgere accertamenti sulla condotta di vita pregressa della persona offesa, sulla sua attività lavorativa, verificando altresí l'esistenza di eventuali precedenti.

– Quali sono stati gli esiti delle sue indagini?

Tancredi riassunse con il consueto stile preciso e misurato. Raccontò dei precedenti, che risultavano già dal certificato penale ma che lui illustrò rendendoli comprensibili, esibendo anche ritagli di giornale e la stampata di alcune pagine web.

Quando domandai cosa fosse emerso sulle precedenti relazioni sentimentali di Petacci, il pubblico ministero reagí.

– Presidente, finora ho lasciato fare, ma credo che la misura sia colma. Non è accettabile questo modo di procedere, questo scavo morboso nella vita personale della vittima di un omicidio. Non vedo cosa c'entri, come possa essere rilevante rispetto all'oggetto del processo, che cosa abbia fatto nel passato, perdipiú abbastanza remoto, la persona offesa. Ha commesso dei reati, ebbene? Ha avuto altre relazioni sentimentali, magari burrascose, ebbene? Quello di cui dobbiamo occuparci è un fatto specifico. O per essere piú preciso: la sussistenza o meno di penale responsabilità dell'imputata per questo fatto specifico. Il resto è solo un tentativo di intorbidare le acque e confondere soprattutto i giudici non professionali con informazioni e insinuazioni del tutto irrilevanti. Mi oppongo a qualsiasi ulteriore domanda sulla vita pregressa del Petacci. Se stessimo celebrando un processo per violenza sessuale, consentireste questo tipo di scavo, di intrusione nella vita personale della vittima?

Massari si rivolse a me.

– Vuole spiegarci la ragione di queste domande, avvocato Guerrieri? Spero sia buona, altrimenti dovrò chiederle di abbandonare questa linea e di concentrarsi sui fatti di causa.

Mi alzai piuttosto lentamente, mi aggiustai la toga sulle spalle, guardai per qualche istante i giudici, uno dopo l'altro.

– Mi chiedo di cosa si preoccupi il pubblico ministero. Se i fatti in questione sono irrilevanti, come lui sostiene, non interferiranno in alcun modo con il suo impianto accusatorio. Mi permetta però di dire che il riferimento ai processi di violenza sessuale è del tutto non pertinente. Lo scavo nella vita privata delle vittime di quei reati mira a escludere la responsabilità degli imputati facendo affiorare un intollerabile giudizio morale su comportamenti personali e insindacabili delle vittime. In questo caso noi vogliamo capire se elementi della storia individuale dell'imputato possano aiutarci a valutare l'attendibilità del racconto dell'imputata. È molto diverso.

Massari mi guardò per qualche secondo, pareva in dubbio sul da farsi e per qualche istante temetti che accogliesse l'opposizione di Consoli.

– La lascio proseguire, avvocato, – disse invece. – Non abusi di questa facoltà.

Non so bene perché, ma la cosa, invece di rassicurarmi, mi mise a disagio. Quando cominciai la professione c'era un detto che circolava fra gli avvocati anziani: se il giudice ti lascia fare troppo durante l'istruttoria, è perché ha già deciso di condannare.

Scacciai il pensiero molesto e tornai a Tancredi.

– Ispettore, stavamo parlando delle precedenti relazioni del Petacci.

Tancredi aveva capito che non dovevamo girarci attorno, che bisognava andare al punto per evitare che la presidente esaurisse la pazienza e ci impedisse di continuare.

– In estrema sintesi, da quello che ho accertato, il Petacci nelle sue ultime relazioni si era sempre trasferito a casa della compagna di turno, ogni volta in una città diversa. Ho esaminato quattro relazioni: non sono riuscito a localizzare due delle compagne, una è deceduta, un'altra l'ho rintracciata.

– Ci ha parlato?

– Sí.

– Vuole riferirci cosa le ha detto, indicandoci prima di tutto le sue generalità?

– Il nome è Mariangela Giordano, vive a Salerno, ho tutti i dati anagrafici –. Carmelo riassunse con chiarezza il suo colloquio con la signora Giordano. Sulle prime non era molto disposta a collaborare; poi lui l'aveva convinta; lei gli aveva detto che la vita con Petacci, dopo una prima fase di innamoramento, era stata un incubo; che era diventato sempre piú violento e abusivo; e che una volta, durante una lite, aveva minacciato di sfregiarla.

Il pubblico ministero non fece piú opposizioni, e la cosa mi stupí. Era come se dopo la precedente sfuriata si fosse calmato e avesse deciso di lasciarmi andare avanti liberamente. Forse anche lui si era ricordato quel detto da vecchi avvocati, ammesso che lo conoscesse. Comunque sia: non mi piacque.

– Mi avvio a concludere, manca solo qualche ultimo dettaglio. Lei sa con quale arma è stato commesso l'omicidio di cui discutiamo in questo processo?

– Sí, certo.

– Lei ha esperienza investigativa di omicidi?

– Una certa esperienza, sí.

– Volendo quantificare questa «certa esperienza» può dirci di quanti casi di omicidio si è occupato nella sua carriera?

– Con precisione no: fra centocinquanta e duecento.

– Immagino fossero omicidi di ogni genere, da quelli di criminalità organizzata a quelli comuni.

– Confermo.

– Facendo una stima grossolana, quanti sono stati commessi con armi da fuoco?

– La maggioranza, senza dubbio. Ovviamente mi sono capitati omicidi commessi con altri strumenti, dai coltelli, alle accette, a ogni tipo di corpo contundente, una volta anche un ferro da stiro, ma la maggioranza, fra cui rientrano gli omicidi di criminalità organizzata, sono stati commessi con armi da fuoco.

– Quali sono le armi da fuoco usate piú spesso in questo tipo di reati, secondo la sua esperienza?

– I revolver.

– Che sono diversi dall'arma utilizzata nel caso di cui ci stiamo occupando.

– Sí, la meccanica dello sparo è del tutto diversa. Vuole che la illustri?

– Non è necessario, grazie. Fra tutti gli omicidi di cui si è occupato, quanti sono stati commessi con una pistola uguale a quella utilizzata in questa vicenda?

– Proprio uguale solo uno; in un'altra occasione si trattava di un'arma molto simile per tipologia e calibro, una 22. In entrambi i casi si trattava di omicidi di criminalità: l'esecutore si era avvicinato alla vittima e aveva esploso diversi colpi direttamente alla testa.

– Immagino, da come ne parla, che i responsabili siano stati presi?

– Confermo.

– Non si è mai occupato di omicidi comuni in cui è stata usata un'arma come questa?

– No.

– Come lo spiega, considerato il volume della sua esperienza?

– La 6,35 è un'arma pericolosa per chi la usa, se non si tratta di un professionista capace e determinato. A parte il fatto che si inceppa con facilità, ha uno scarsissimo potere d'arresto; una persona colpita in organi non vitali con questa pistola può continuare a difendersi a lungo prima di risentire dell'effetto dei colpi.

– Sí, è quello che ci ha detto anche il medico legale un paio di udienze fa. Va bene, grazie.

Massari chiese al pubblico ministero se volesse procedere al controesame. Consoli alzò lo sguardo dal fascicolo che aveva davanti a sé, guardò la giudice, guardò Tancredi.

– Un paio di domande, presidente. Ispettore Tancredi, la precedente compagna del Petacci... ora non ricordo il nome, ma non è fondamentale, le ha detto che durante una lite lo stesso Petacci l'aveva minacciata di sfregiarla?

– Confermo.

– Sempre secondo quello che le ha detto questa donna, litigavano spesso?

– Sí.

– Il Petacci ha mai cercato di mettere in pratica la minaccia di sfregio?

– Se lo ha fatto, la signora non me lo ha riferito.

– Allora mi permetta di riepilogare: la coppia litigava spesso, nel corso di una di queste liti il Petacci ha perso la calma e ha fatto una minaccia di sfregio, questa minaccia non si è mai tradotta in atti concreti. È corretto?

– Non so dire se il Petacci in quell'occasione perse la calma o se fece la minaccia a freddo. Per il resto confermo.

– Grazie, ho finito.

– Il teste può andare. Ufficiale giudiziario, faccia entrare il consulente della difesa, professor Corallo, – disse la presidente.

Vittorio arrivò con quell'aria di sicurezza timida che era stata il suo stile dai tempi della scuola. La presidente lo salutò in modo quasi cordiale il che, considerato il personaggio, significava che le stava simpatico. Lui era molto apprezzato dai giudici che lo consideravano, a ragione, competente, correttissimo e, in sostanza, uno sulle cui affermazioni si poteva fare affidamento. Nei giorni precedenti all'udienza era andato a visitare Castell in carcere e si era fatto raccontare la storia. La sua consulenza, e dunque la sua deposizione, doveva rinforzare la versione della mia cliente. Non tanto sul contenuto, quanto sul modo in cui la memoria era riemersa.

– Professore, vuole indicare alla corte la sua qualifica e le sue specializzazioni?

– Sono professore associato di Psichiatria forense, insegno Criminologia, attualmente il mio campo di studio riguarda i rapporti fra psicopatie e capacità di intendere e di volere.

– Vuol dirci quali attività ha svolto nell'esecuzione dell'incarico di consulenza che le è stato conferito?

– Ho esaminato il fascicolo delle indagini preliminari, la relazione del suo investigatore privato, ho avuto un colloquio con la dottoressa Castell e ho letto i verbali dell'istruttoria dibattimentale che si è svolta sinora.

– Vuole indicare alla corte i quesiti che le erano stati posti?

– Sí. L'imputata nella fase delle indagini si è avvalsa della facoltà di non rispondere. Invece a dibattimento si è sottoposta a interrogatorio, ha sostenuto di avere agito per legittima difesa e a specifiche domande ha chiarito di avere ricordato l'effettivo svolgimento dei fatti solo a distanza di settimane, se non di mesi. Mi è stato chiesto di fornire un'interpretazione psichiatrica di tale comportamento. In particolare, mi è stato chiesto se sia possibile che il protagonista di un evento violento e altamente traumatico sviluppi un'amnesia parziale per tale evento e, nel caso, se l'amnesia sia reversibile.

– E la sua risposta?

– È possibile. Anzi è un fenomeno relativamente frequente in persone che hanno subito o sono state testimoni di gravi eventi traumatici. Definiamo questo disturbo come amnesia selettiva.

– Può spiegare alla corte di cosa si tratta?

– L'amnesia selettiva è il fenomeno per cui il soggetto ricorda solo alcuni, e dunque non tutti, mi scusi l'ovvietà, degli eventi accaduti in un periodo di tempo o in una specifica occasione.

– Perché si verifica?

– È una forma di difesa psichica di fronte a traumi insopportabili.

– L'amnesia selettiva è reversibile? Cioè può succedere che il soggetto in un primo momento non ricordi e poi invece recuperi la memoria?

– Non è una domanda facile. Se l'amnesia è il risultato di una rimozione la risposta è sicuramente sí: c'è una percezione, un ricordo che si forma, che è insopportabile per le piú varie ragioni e dunque viene rimosso. In questi casi, a certe condizioni, la memoria può tornare, diciamo che può essere rievocata. In altri casi il meccanismo è diverso: nel momento stesso in cui si verifica l'evento traumatico scatta una specie di corto circuito, un black-out che spesso impedisce la formazione stessa del ricordo o di parte di esso. In questi casi è piú difficile che vi sia il recupero di qualcosa, il ricordo, appunto, che almeno in parte non si è mai formato.

– Come si distinguono nella pratica clinica le due ipotesi?

– Non esiste un metodo certo. Nella pratica queste dinamiche non hanno mai connotati netti come nella teoria, e la casistica è molto varia. Di regola, semplicemente, se il soggetto riesce a raccontare quello che prima non riusciva, è molto probabile che la causa dell'amnesia fosse una rimozione.

– Avendo avuto un colloquio con l'imputata, che idea si è fatto?

– Non esiste un metodo sicuro nemmeno per stabilire la sincerità di un resoconto. Naturalmente ci sono test psicometrici, come per esempio il cosiddetto Minnesota, che includono scale di valutazione della sincerità. Possono fornire appunto elementi di valutazione, ma non garantiscono una diagnosi di sincerità. Ciò detto: il racconto degli eventi che mi ha fatto la dottoressa Castell nel nostro colloquio è compatibile, per le sue caratteristiche, con un ricordo rimosso e parzialmente recuperato.

Sfogliai il fascicolo che avevo davanti, fingendo di cercare qualcosa che forse mi era sfuggito. In realtà volevo che quell'ultima informazione, fondamentale per la nostra linea difensiva, si depositasse nella memoria e nell'immaginazione dei giudici, soprattutto di quelli non togati. Alla fine sollevai lo sguardo, scuotendo il capo, come per far capire che non avevo trovato quello che cercavo ma che non era poi cosí importante. – Oltre al quesito sull'amnesia selettiva le è stato chiesto di rispondere ad altre domande?

– Sí. La seconda domanda riguardava la possibilità di elaborare un profilo psicologico della persona offesa sulla base degli atti.

– Ed è possibile?

– È possibile dire se certi elementi emersi sono compatibili con alcuni profili di personalità. Nulla di piú, visto che il soggetto non c'è.

– Ha fatto bene a chiarire. Vuole dirci quali sono i profili di personalità con i quali sono compatibili le emergenze?

– È ragionevole ipotizzare la sussistenza di un disturbo narcisistico della personalità di grado medio o severo. Connotati di questo disturbo sono un'attitudine alla manipolazione, una quasi totale assenza di empatia, mancanza di remore nel ferire o sfruttare gli altri senza provare sensi di colpa o rimorso.

Dovevo sbrigarmi. Il pubblico ministero sarebbe intervenuto da un momento all'altro, anzi mi stupiva che non l'avesse già fatto; la presidente gli avrebbe dato ragione e l'esame di Corallo sarebbe finito.

– Può illustrarci, professore, quali sono le manifestazioni di questa personalità nelle relazioni, diciamo sentimentali?

Com'era ampiamente prevedibile, Consoli fece opposizione.

– Presidente, non possiamo sopportare ancora questo tipo di domande. Sono del tutto prive di pertinenza con il tema probatorio e implicano giudizi inammissibili su qualcuno, la vittima di un omicidio, non dimentichiamolo, che non ha modo di difendersi.

Massari si voltò verso di me. – Qual è lo scopo di queste domande, avvocato Guerrieri?

Stavo per rispondere. Poi mi convinsi che oltre quel punto non sarei riuscito ad arrivare. L'opposizione del pubblico ministero era corretta e la presidente l'avrebbe accolta. Probabilmente non era ancora successo solo per la simpatia che nutriva verso Corallo. Era meglio smettere, anche per non disperdere, nella mente dei giudici popolari, l'esito positivo della prima parte dell'esame. Per non lasciarli con il ricordo di una serie di provvedimenti contrari alla difesa, basati implicitamente sul fatto che la suddetta difesa non stava procedendo in modo corretto.

– Come dicevo prima, durante la deposizione del teste Tancredi, il nostro obiettivo era di rendere decifrabile la personalità della vittima, per offrire elementi di lettura sul suo comportamento in occasione del fatto tragico di cui ci occupiamo. Quello che abbiamo acquisito mi sembra sufficiente. Non ho altre domande.

Massari e Consoli rimasero un po' interdetti: non se l'aspettavano.

– Il pubblico ministero vuole procedere al controesame?

– No, presidente.

Fermo restando che non mi era simpatico, dovetti riconoscere che Consoli aveva fatto una mossa intelligente; conosceva il proprio mestiere. Controinterrogando Corallo non avrebbe acquisito elementi utili e certamente non era in grado di metterlo in difficoltà nel suo campo. Rinunciare al controesame includeva invece un messaggio implicito che fa effetto su molte giurie (anche perché è spesso fondato): questo teste, questo consulente, non ha detto nulla che possa davvero danneggiare la mia tesi. È un teste o un consulente superfluo, è stato portato davanti a voi non per provare qualcosa, ma per confondere le acque o ribadire ciò che è ovvio. Ecco perché non ho nessuna domanda da fargli.

La presidente ci guardò con espressione interrogativa. L'istruttoria dibattimentale si era conclusa, c'erano ulteriori richieste? Entrambi ringraziammo e rispondemmo che non c'erano.

– Il pubblico ministero non desidera ascoltare la persona cui ha fatto riferimento il teste Tancredi nella sua deposizione?

– No, grazie, presidente. Per me il dato non è rilevante.

Un'altra scelta intelligente. Anch'io, se fossi stato il pubblico ministero, avrei evitato, era solo un rischio.

Massari disse qualcosa all'orecchio della giudice a latere che, conformemente al suo stile taciturno, si limitò ad annuire.

– La corte ritiene invece necessario sentire la teste di riferimento. Dunque, letto l'articolo 195 comma secondo del codice di procedura penale, dispone la citazione di Giordano Mariangela, delega i carabinieri di Salerno per la citazione, rinvia all'udienza del 16 ottobre alle ore dodici.

36.

Le due sedute successive furono piuttosto irreali. Io non parlai di quello che ci eravamo detti sulla casa di campagna, il ragazzo, il sogno. Lui non mi chiese nulla. Ci comportavamo come non fosse successo niente, quasi non ci fossimo mai incontrati prima e fosse l'inizio della terapia. C'era stato una specie di uragano nella mia consapevolezza e tutti e due sembravamo volerlo ignorare.

Poi saltammo una seduta perché Carnelutti aveva un convegno all'estero. Ci ritrovammo che era già ottobre.

– Arrivando qui da lei, senza nessun motivo identificato, mi è venuto in mente un verso di una canzone di Leonard Cohen.

– Mi piace Leonard Cohen. Molto. Sono andato a un suo concerto, uno degli ultimi, credo, all'Arena di Verona.

– Ma davvero? C'ero anch'io. Sarà stato sei anni fa, ma mi sembrano trenta.

– Qual è la canzone?

– *Anthem*. E il verso è questo: «There is a crack, a crack in everything, that's how the light gets in».

– Eh, sí. La rottura, la crepa è presente in tutte le cose, per fortuna. Altrimenti non vedremmo mai la luce. C'è una frase di Shakespeare, credo che sia in *Love's Labour's Lost*, ma non sono sicuro, che enuncia lo stesso concetto.

– Quale frase?

– «Find where light in darkness lies».

Mi presi qualche secondo per assimilarla, per coordinarla con il verso di Cohen. La cosa mi diede un sussulto di allegria. Stavo cercando di decifrarlo, di capire perché l'allegria (ammesso che si possa capire esattamente un simile moto dell'anima), quando la voce di Carnelutti mi interruppe. Strano, mi dissi. Di solito mi lasciava elaborare, non subentrava mai troppo presto nel silenzio delle mie riflessioni. Chissà se la violazione di quella regola era casuale o aveva un significato.

– Mi dice qualcosa che le piace molto? Qualcosa che piace proprio a lei, non che una persona, un libro, un film le hanno detto che deve piacerle. Anzi, se ci riesce mi faccia un elenco: cose, esperienze, persone.

Mi sorpresi a rispondere senza pensare. – Mi piacciono le onde, le cascate e le grandi nuvole bianche.

– Quelle che ha visto quando è rientrato nel sogno.

– Sí, quelle. Mi piacevano i temperini, mi piaceva raccogliere i minerali, mi piace il gesto perfetto di schivare un pugno. Mi piace camminare sentendo il contatto dei miei piedi con la strada. Mi piace la città deserta in certi giorni di agosto mentre soffia il maestrale; le cose sembrano avere un senso in quei giorni. Mi piacciono le persone che fanno ridere, mi piacciono le persone, soprattutto le donne, che sanno ridere. Non capita spessissimo di trovarne. Poi mi piacciono quelli che stanno alle regole, quelli che non si lamentano anche se ne avrebbero ottimi motivi, quelli che riconoscono gli errori. Mi piacciono i bei ragionamenti. Mi piace la musica, soprattutto il rock. Mi piace scoprire e ascoltare musicisti sconosciuti, bravissimi, che non hanno avuto fortuna. Mi piacciono i vecchi film. Anche molti nuovi, è chiaro. Ma quando ci sono certe retrospettive mi piace andare al cinema a vedere nel buio i film in bianco e nero. Chaplin, Lubitsch, Capra. Piú di tutto mi piacciono i libri e le librerie.

Carnelutti stava per dire qualcosa, ma io continuai. – Ha mai letto *Finnegans Wake*?

– L'ultimo romanzo di Joyce? No. Perché me lo chiede?

– Non lo so, mi è passato ora per la testa.

Avevo voglia di divagare e, non so per quale motivo, divagare mi sembrava anche la cosa piú opportuna.

– Ho una storia su *Finnegans Wake*.

– Me la racconti.

– Qualche anno fa sono stato a cena da certi miei conoscenti, entrambi colleghi: la padrona di casa compiva cinquant'anni. Fra gli ospiti c'era un professore universitario piuttosto famoso, un intellettuale alla moda, di quelli che si ritengono abilitati a esprimere un'opinione conclusiva su qualsiasi argomento. Simpatico come un'ernia del disco. Comunque sia, a un certo punto la conversazione finí su Joyce. Una signora, non so chi fosse, disse che aveva letto quasi tutto Kafka, buona parte della *Recherche* di Proust, *Gente di Dublino* e anche qualche brano dell'*Ulisse* di Joyce. Era una donna simpatica, non diceva queste cose con ostentazione. Con il *Finnegans Wake* aveva tentato piú volte, ma non era mai riuscita ad andare oltre le prime pagine; si chiedeva se mai qualcuno lo avesse davvero letto da cima a fondo, e quale fosse il senso di un'opera letteraria tanto ostica da risultare illeggibile per chiunque. Forse era un po' ingenua, ma coglieva una questione non insignificante. Simile a quella dell'albero che cade rovinosamente nella foresta deserta. Se non c'è nessuno a sentire il rumore, si può dire che il rumore esista? Se non c'è nessuno a leggere un libro, si può dire che questo libro esista? Io non ce l'ho una risposta.

– Neanch'io. Immagino che il professore in questione lo avesse letto.

– Esatto. Io l'ho letto, ha subito precisato, e la conversazione è diventata abbastanza sgradevole. Ha sostenuto che trovava banale l'idea di giudicare la qualità letteraria di un'opera dal numero dei suoi lettori, cosa che, peraltro, la signora non aveva fatto; che Harold Bloom, il grande critico, aveva affermato che *Finnegans Wake* è l'unica opera contemporanea comparabile ai capolavori di Shakespeare e di Dante, e che lui era d'accordo con Bloom.

– Se non sbaglio, Joyce sosteneva che il *Finnegans* avrebbe tenuto occupati i critici per almeno trecento anni.

– Ecco, appunto. Comunque, qualche giorno dopo incontrai uno dei presenti alla cena, anche lui un accademico, il discorso tornò su quanto era accaduto. Escluse che il professore avesse mai letto *Finnegans* (non so in base a cosa lo affermasse con tanta sicurezza) e che nell'ambiente era noto per essere un bugiardo, un millantatore, oltre che un molestatore. Però la vita segue strani percorsi. Dopo quella cena e quella conversazione mi è capitato di andare in libreria, da Laterza o da Feltrinelli, o all'*Osteria del Caffellatte*, di prendere il *Finnegans Wake*, di sfogliarlo e di leggere a caso un paio di pagine. Ho anche imparato l'incipit a memoria: «Avidofiume, passato Eva ed Adamo, da spiaggia sinuosa a baia biancheggiante, ci conduce con un piú commodus vicus di ricircolo di nuovo a Howth Castle Edintorni». Leggere cosí, in modo apparentemente casuale, a piccole dosi, mi piace. Non lo avrei mai detto.

Rimasi sovrappensiero per un bel po'. Carnelutti, al solito, aspettava.

– Perché le ho parlato di questo? Perché mi sono messo a sparare questa sequenza di cose assurde e irrilevanti?

Mi sembra la conversazione piú incongrua che ho fatto da quando vengo qui da lei.

– L'irrilevanza e l'incongruità sono molto sottovalutate.

– Queste ultime volte ho cercato di parlare d'altro, rispetto alla questione fondamentale.

– È abbastanza normale, considerata l'esperienza che ha fatto con il sogno e soprattutto con il suo ritorno nel sogno. Non sono cose che si elaborano in cinque minuti. E non c'è nulla di irrilevante in quello che mi ha raccontato oggi.

– Il ragazzo che ho incontrato nel sogno è la mia ombra, per usare la vostra terminologia, vero?

– Direi proprio di sí. Siete andati via insieme, di rado mi sono imbattuto in una metafora piú nitida.

37.

L'udienza per l'audizione della ex fidanzata di Petacci era stata fissata alle dodici per consentire alla teste di arrivare e ripartire da Bari in giornata.

Quella mattina non avevo altri impegni, né in studio né in tribunale, era una bella giornata e cosí decisi di far passare il tempo camminando un po'. Feci la solita lunga passeggiata verso sud e arrivai fino al parco di Punta Perotti, dove tanti anni prima, con centinaia di cariche esplosive, erano stati buttati giú tre grattacieli di lusso al centro di una interminabile battaglia giudiziaria. Battaglia che peraltro non si era conclusa nemmeno dopo il rituale pubblico della demolizione.

La manutenzione del parco lascia a desiderare ma – forse proprio per questo – quel luogo ha un'atmosfera vagamente astratta, genera un lieve senso di straniamento che a me piace molto. Mi fa sentire a un tempo fuori posto e a mio agio. In bilico tra la separazione, l'inquietudine e una strana, remota familiarità.

Rimasi lí per una mezz'ora a guardare i ragazzi che giocavano a pallacanestro, che facevano trazioni alla sbarra, che praticavano arti marziali. Pensai a qualcosa che, come capita in certi sogni, si dissolse dalla mia mente appena mi incamminai sulla via del ritorno.

Arrivato sul lungomare all'altezza della rotonda mi sedetti su una panchina a guardare i gabbiani come facevo da bambino. Vicino a me, sull'altra panchina, vennero a sedersi due ragazze sui vent'anni o poco piú: avrei detto che erano straniere, invece venivano da Pavia.

Ci mettemmo a chiacchierare con una spontaneità che mi parve quasi innaturale, o forse solo di un'altra epoca della vita. Studiavano Giurisprudenza, furono molto incuriosite dal mio lavoro. Una voleva proprio fare l'avvocato penalista, l'altra invece il magistrato. Erano entrambe carine, simpatiche, socievoli. Luminose.

Per qualche istante mi passò per la testa l'idea di invitarle ad assistere all'udienza. Solo per qualche istante, giusto il tempo di rendermi conto che dovevo essere piú anziano dei loro genitori, e di quanto fosse patetica quell'idea.

Mi alzai, le salutai e augurai loro buona fortuna.

Mariangela Giordano era una signora sulla cinquantina, un po' dimessa. Portava degli occhiali di foggia antiquata e un tailleur che le andava un po' largo.

Quando si fu seduta, dopo che ebbe pronunciato la formula di impegno a dire la verità, mi accorsi che aveva un vistoso tremito alle mani e alle labbra. Poteva essere lo stress per la situazione, ma anche un problema neurologico. In ogni caso, quella donna sembrava sul punto di andare in pezzi, mi fece pena. Castell la guardava con una intensità quasi febbrile.

La citazione era stata disposta direttamente dalla corte, dunque fu la presidente a interrogarla.

– Signora Giordano, lei ha avuto una relazione con Giovanni Petacci?

– Sí, parecchi anni fa.

– Sa che il signor Petacci è stato ucciso e questo processo è relativo al suo omicidio?

– Me lo ha detto l'investigatore privato, io non lo sapevo. Non ho mai piú saputo nulla di lui dopo la fine del nostro rapporto.

– E questa a quando risale?

– Sette, otto anni fa.

– Nel corso della vostra relazione ci sono stati momenti di violenza?

Sospirò. Il tremito parve aumentare, per fermarlo fu costretta a prendersi una mano con l'altra.

– È stato un rapporto difficile, ho cercato di dimenticare.

– Ha mai subito atti di violenza?

– A volte qualche schiaffo.

– Ha mai sporto denuncia?

– No.

– Petacci l'ha mai minacciata?

– Gridava. Era un rapporto difficile.

– Le ha mai detto che l'avrebbe sfregiata?

Ancora il tremito. Ancora una mano che fermava l'altra, poggiandola in grembo.

– Non ricordo.

– In questo processo abbiamo sentito la deposizione dell'investigatore privato Tancredi. Ha detto che lei gli avrebbe riferito di una minaccia di sfregio da parte del Petacci.

Ci fu una lunga pausa di silenzio. Cosí lunga che la presidente ripeté la domanda. – Lei ha detto al signor Tancredi questa cosa, che Petacci avrebbe minacciato di sfregiarla?

– Mi pare.

– Ed è vero? Che l'aveva minacciata?

– Gridava, diceva tante cose. Non lo so se era una vera minaccia.

– Però lo ha detto?

– Sí.

La presidente parve sul punto di chiedere qualcos'altro,

poi dovette ripensarci. – Ci sono domande del pubblico ministero e della difesa?

Io risposi che non ne avevo. Consoli invece sí.

– Signora, solo due rapidi chiarimenti, poi la lasciamo andare. Dunque in un'occasione il Petacci avrebbe usato la parola sfregio, se ho capito bene?

– Sí.

– Quando usò questa parola, Petacci impugnava qualche tipo di arma o oggetto atto a offendere?

– Non ho capito.

– Quando la minacciò di sfregio aveva in mano un coltello o qualsiasi altro tipo di oggetto tagliente con cui avrebbe potuto realizzare la minaccia?

Lei lo guardò stupita, come se le avesse posto una domanda strana.

– No, non aveva niente.

– Grazie, ho finito.

La testimone fu licenziata e andò via di fretta. Pareva incredula che si fosse già concluso tutto. La presidente tornò a rivolgersi a noi. – Siamo d'accordo per fare l'intera discussione in un'unica udienza?

– A me non occorre piú di un'ora, presidente, – rispose il pubblico ministero.

– Lei, avvocato Guerrieri?

– Io forse avrò bisogno di un po' piú di tempo. Ma non ho problemi a discutere nella stessa udienza.

– Va bene, allora dichiariamo l'utilizzabilità degli atti contenuti nel fascicolo del dibattimento e rinviamo per la discussione all'udienza del 24 ottobre.

38.

Consoli si alzò. Aveva un'espressione seria che non pareva una maschera né affettazione. Mise da parte fascicolo e appunti, per sottolineare che avrebbe parlato a braccio.

– Signora presidente, signora giudice a latere, signori giudici popolari, anticipo subito che non parlerò a lungo, per la semplice ragione che questo processo non lo richiede. Un'altra cosa che non farò sarà riepilogare le emergenze dell'istruttoria dibattimentale. Le prove sono state assunte davanti a voi, le conoscete quanto e meglio di me e non voglio sottrarvi tempo con un'inutile ricapitolazione.

«Vediamo invece quali sono i fatti pacifici e verifichiamo quale interpretazione è possibile e legittimo dare a questi fatti.

«Un primo fatto pacifico è che l'imputata Elvira Castell nutrisse sentimenti di forte ostilità, per usare un'espressione eufemistica, verso il Petacci. Ce l'ha detto lei stessa e il tema non è controverso, nemmeno la difesa lo mette in dubbio, e non richiede particolari considerazioni.

«Un secondo fatto pacifico è che la mattina del 12 aprile 2019, la Castell, previo appuntamento, andò a incontrare il Petacci munita di un'arma da fuoco pronta a sparare.

«Un terzo fatto pacifico è che subito dopo l'omicidio l'imputata si presentò in questura e, interrogata dal pubblico ministero, si avvalse della facoltà di non rispondere; lo stesso fece alcuni giorni dopo in sede di interrogatorio di convalida davanti al giudice per le indagini preliminari.

«Una volta in camera di consiglio, dunque, dovrete occuparvi di una fondamentale questione: l'omicidio di Petacci Giovanni fu commesso in presenza della causa di giustificazione della legittima difesa, come sostiene l'imputata, o fu un'azione freddamente pianificata e freddamente eseguita?

«Per risolvere questo dilemma dovrete valutare l'attendibilità e la credibilità delle dichiarazioni dell'imputata.

«L'ostacolo principale, e io direi insormontabile, perché a tali dichiarazioni si possa credere è il contegno tenuto dalla Castell subito dopo l'omicidio, in occasione dei suoi due interrogatori.

Fece una breve pausa, bevve un bicchier d'acqua, si volse in direzione di Castell e riprese a parlare puntando il dito verso di lei.

– Se uccido un uomo per legittima difesa e poco dopo vengo interrogato su quell'evento dal pubblico ministero, qual è per me la cosa piú importante? Ve lo dico io: voglio spiegare, voglio giustificarmi, voglio allontanare da me un'accusa cosí grave, che potrebbe addirittura portarmi all'ergastolo. Può darsi che il trauma abbia causato un ricordo sfuocato, confuso, frammentario. La questione fondamentale però, ho agito per difendermi da un'aggressione, non può non essere presente nella mia memoria. Altro discorso, in via teorica, si potrebbe fare se l'imputata sostenesse di aver avuto un blackout totale, di non ricordare assolutamente nulla. Ma questo non è il caso di Elvira Castell.

«Per spiegare il comportamento processuale dell'imputata e il suo presunto ricordo a scoppio ritardato la difesa ha portato davanti a voi uno psichiatra forense, un professionista competente e rispettato.

«Non lasciatevi suggestionare dalla deposizione del consulente della difesa, o meglio: non lasciatevi suggestionare dall'interpretazione che ne darà la difesa nel corso della sua arringa. Il professor Corallo è una persona seria e non ha affermato, perché non poteva farlo, che Castell dice il vero. Ci ha spiegato che esistono le amnesie selettive e che non si può escludere che un simile fenomeno psichico sia accaduto all'imputata. Non ci sfugge che "non si può escludere" è diverso da "si può affermare".

«Se tutto quello che in astratto non si può escludere diventasse la base delle decisioni nei processi penali, vi garantisco che pochissimi colpevoli verrebbero condannati.

Consoli continuò ancora per una decina di minuti su questo argomento, su come valutare le dichiarazioni di Corallo. Poi passò oltre.

– Insomma, per sostenere in modo serio l'ipotesi della scriminante, la difesa dovrebbe spiegare ciò che in realtà non è in grado di spiegare. E cioè, in un quadro di coerenza e non in base a congetture fantasiose: a) per quale motivo davvero Castell abbia portato con sé un'arma da fuoco; b) perché non abbia riferito nell'immediatezza del fatto, ancorché in modo sommario, di avere sparato per esservi stata costretta dalla necessità di difendersi dal pericolo attuale di un'offesa grave alla sua incolumità o addirittura da un pericolo di vita.

La presidente prendeva appunti; la Pintucci guardava il pubblico ministero ma pareva indifferente a quello che stava ascoltando e piú in generale a quello che stava accadendo intorno a lei. Capire cosa pensassero i giudici popolari era impossibile.

Consoli prese un lungo respiro, come chi si prepara ad affrontare la parte spiacevole di un compito.

– Devo dirvi con molta franchezza che non ho capito

dove la difesa volesse andare a parare con la sua indagine sulla vittima. Indagine per certi aspetti anche moralmente discutibile, perché processualmente irrilevante, sulla vittima di un omicidio, che in quanto tale è impossibilitata a difendersi. Indagine che mira a rendere confuso uno svolgimento dei fatti invece molto lineare.

«Ammettiamo pure che il Petacci avesse una condotta di vita censurabile, che si comportasse in modo scorretto nelle sue relazioni. Diamo per scontato, ci sono i precedenti, che avesse avuto problemi con la giustizia. Ebbene? Cosa c'entra tutto questo con il fatto sottoposto al vostro giudizio? L'ipotetica discutibilità della condotta di vita del Petacci autorizzava l'imputata a giustiziarlo, ritenendolo, lei stessa ce lo ha detto, responsabile del suicidio della sorella?

«Abbiamo ascoltato la testimonianza dell'ispettore Tancredi, e anche quella della signora Giordano. È emerso che nel corso di una lite di tanti anni prima, in un momento di rabbia e concitazione, il Petacci avrebbe formulato qualche minaccia dal tono spiacevole. Senza nessuna concretezza, senza cioè maneggiare alcuno strumento atto a produrre lesioni.

«Questa acquisizione dovrebbe asseverare l'inverosimile racconto dell'imputata e in definitiva la tesi della presunta legittima difesa. Ma occorre dirlo con chiarezza: la tardiva versione dei fatti dell'imputata fa acqua da tutte le parti. Nessuno vuole ipotizzare che tale versione sia stata creata a tavolino, – e cosí appunto lo hai ipotizzato e lo hai detto ai giudici, pensai, – ma va detto che essa è venuta fuori quando non era piú possibile sottoporre a verifica i suoi elementi chiave. In particolare, non era piú possibile verificare la presenza di impronte digitali del Petacci sui famosi cocci di bottiglia. Possiamo dire che il ricordo tardivo è giunto provvidenzialmente quando non esistevano piú gli indizi materiali che avrebbero potuto confermarlo o smentirlo.

«Ma immaginiamo per un attimo che davvero il Petacci abbia (perché poi?) preso in mano un coccio di bottiglia e abbia minacciato di sfregio l'imputata. È a quel punto che, secondo la narrazione della Castell, viene fuori la pistola. Come è possibile immaginare e sostenere che, alla vista di un'arma da fuoco spianata, il Petacci non abbia desistito dalla sua minaccia e sia addirittura avanzato come capita solo in certi film polizieschi di serie B?

Si interruppe di nuovo per bere un sorso d'acqua, ma qualsiasi avvocato avrebbe potuto dirvi che era una scelta tattica; preparava l'affondo finale. – La verità dei fatti è molto piú solida, molto piú nitida dei tentativi difensivi di rendere opaco ciò che invece è limpido.

«La riassumo in poche parole. Castell considerava Petacci responsabile del suicidio di sua sorella. A torto o a ragione, è irrilevante. Lo odiava per questo e per la sua presunta arroganza, perché non voleva abbandonare una casa che, secondo Castell, lui occupava abusivamente. Insomma l'imputata decide di vendicarsi, prende la pistola che custodisce in cassaforte, toglie la sicura o forse inserisce il caricatore e mette il colpo in canna, perché la storia che l'arma fosse stata custodita per anni pronta per sparare è davvero poco credibile. Comunque sia, va da Petacci, ha con lui un breve litigio e gli spara. A distanza ravvicinata e ad altezza d'uomo. Infatti, lo colpisce al cuore cagionandone la morte immediata. Non c'è da dire altro, non ci sono prospettazioni alternative plausibili a questa ricostruzione. Nella maggior parte dei casi, nella vita reale che è diversa dai romanzi o dai film che la difesa cerca di evocare con le sue fantasiose ricostruzioni, le cose stanno esattamente come sembrano. E vanno interpretate con le prove e il buon senso, non con le congetture.

Fece una lunga pausa. Per prendere fiato e per lasciare che il concetto fosse ben assimilato dai giudici popolari, ai quali si era rivolto in quest'ultima parte della sua requisitoria.

– Due parole sull'aggravante della premeditazione. Castell chiede a Petacci un appuntamento; al momento di recarsi all'incontro prende dalla cassaforte di casa la pistola; percorre a piedi la strada fra la sua abitazione e quella in cui si trovava il Petacci, che significa una ventina di minuti. Possiamo dunque ragionevolmente affermare che il proposito omicida sia persistito nella mente dell'imputata per un tempo apprezzabile e di certo riconducibile al paradigma della premeditazione. Ha deciso, ha avuto tutto il tempo di pensarci e tornare sui suoi passi, ha mantenuto il proposito criminoso e lo ha eseguito con estrema determinazione ed efficacia.

Aggiunse ancora qualcosa sulla premeditazione e sulla concessione delle attenuanti generiche, ma ormai la requisitoria era finita. Fra poco sarebbe toccato a me, e a questo punto volevo solo sapere che pena avrebbe chiesto.

– In conclusione, ecco le mie richieste: affermazione di penale responsabilità dell'imputata per le imputazioni a lei ascritte; concessione delle attenuanti generiche, giustificate dall'incensuratezza e dallo stato di turbamento cagionato dal suicidio della sorella, in giudizio di equivalenza con l'aggravante contestata; condanna alla pena di anni ventiquattro di reclusione ed euro cinquecento di multa con l'interdizione perpetua dai pubblici uffici.

Il mio impulso, come quasi sempre in questi casi, fu di voltarmi verso Castell. Come quasi sempre in questi casi, lo repressi e rimasi con lo sguardo puntato sui giudici.

La presidente decise una sospensione di mezz'ora. Pensai che Consoli aveva fatto un buon lavoro e che io, al suo posto, avrei detto piú o meno le stesse cose. Il che non mi fece sentire a mio agio.

Avrei dovuto usare quei minuti di pausa per riguardare i miei appunti. Li trascorsi pensando che avrei voluto essere altrove.

– Avete appena ascoltato un ottimo esercizio di arte della persuasione. Il pubblico ministero è stato bravo, mentre parlava pensavo che se fossi stato un membro della giuria mi sarei lasciato suggestionare dai suoi argomenti. In effetti è proprio la suggestione che ha utilizzato per coprire le falle argomentative della sua impostazione. Cercheremo di mostrarle tutte, cominciando dalla fine. Cioè dalla contestata aggravante della premeditazione.

«Secondo la giurisprudenza, perché vi sia omicidio premeditato è necessario un significativo spazio di tempo tra il proposito delittuoso e la sua attuazione. La semplice preordinazione non basta a configurare il delitto premeditato: ci vuole uno studio delle opportunità, un'organizzazione dei mezzi e una specifica predisposizione delle modalità esecutive.

«Mi scuso con i giudici popolari per il gergo tecnico. Sono però le parole della cassazione, che spiegano bene quando è configurabile e quando non è configurabile la fattispecie di omicidio premeditato.

«Ora voi potreste chiedervi per quale motivo la difesa cominci a discutere la causa partendo dal tema della premeditazione, come se per il resto riconoscesse la fondatezza dell'impianto accusatorio e delle richieste di condanna in cui si è tradotto. Dunque, è bene ripeterlo: cominciamo dalla premeditazione per mostrare, partendo dall'aspetto piú evidente, la fragilità dell'impostazione accusatoria e del suo metodo interpretativo.

«Non voglio dilungarmi troppo: manca del tutto la prova dell'esistenza di un apprezzabile intervallo temporale tra l'insorgenza del proposito delittuoso e la sua attuazione, per usare le espressioni della suprema corte. Il pubblico ministero desume l'esistenza di tale aggravante da un solo dato equivoco come il fatto che l'imputata quella mattina ha preso e ha portato con sé una pistola, peraltro regolarmente detenuta. Ha fatto una grossa, tragica sciocchezza e ha commesso il reato di porto d'armi abusivo, su questo non ci sono dubbi. Su tutto il resto i dubbi pullulano. L'aver preso l'arma quella mattina è del tutto compatibile con diverse spiegazioni che ora vi elenco. Una funzione difensiva; l'intenzione di minacciare il Petacci per indurlo a lasciare la casa che occupava abusivamente; addirittura, l'intenzione di cagionargli lesioni personali. Sono tutte spiegazioni piú plausibili rispetto a quella proposta dalla pubblica accusa che afferma apoditticamente che portare con sé un'arma in vista di un incontro che si preannunciava molto teso significhi aver premeditato l'omicidio. La cassazione, giurisprudenza costante, non la pensa come il pubblico ministero.

«Perché insisto sulla palese insussistenza dell'aggravante della premeditazione dovrebbe quindi esservi chiaro. Questo tema, che non riguarda in modo diretto la questione della penale responsabilità, ci permette di comprendere il metodo poco rigoroso usato dalla pubblica accusa per valutare l'intero quadro probatorio.

A quel punto feci un rapido riepilogo delle prove difensive e in particolare riassunsi la storia raccontata da Castell, spiegando come la deposizione di Corallo la rendesse plausibile. La presidente e i giudici popolari sembravano attenti, la Pintucci, come sempre, pareva altrove.

– Il professor Corallo, la cui competenza e affidabilità sono fatti notori in questo palazzo di giustizia, ha detto che è possibile e plausibile che Castell sia stata colpita da un'amnesia selettiva. Non poteva dire nulla di piú e per l'appunto non l'ha fatto. Ma ricordate questi aggettivi: possibile e plausibile, ci torneremo.

«Il pubblico ministero, con un argomento sulla cui eleganza potremmo discutere, ha sollevato dei dubbi sulla tempistica del ricordo da parte dell'imputata.

Con la coda dell'occhio notai un movimento di Consoli. Pensai stesse per protestare contro l'accusa di scarsa eleganza. Forse lo aveva pensato, ma non lo fece. Invece si alzò, si tolse platealmente la toga dalle spalle e uscí dall'aula.

In teoria il pubblico ministero dovrebbe rimanere in aula per tutto il tempo della discussione difensiva. In pratica, i giudici tollerano che si allontani a patto che sia presente al momento della lettura della sentenza.

Mi strinsi nelle spalle. – La pubblica accusa non è interessata agli argomenti della difesa. Ci tocca prenderne atto, ma non ci stupisce. Dicevo dunque che il pubblico ministero solleva dubbi sulla tempistica del ricordo di Castell. In particolare ha affermato che l'imputata avrebbe ricordato solo quando i cocci di bottiglia non erano piú disponibili per eventuali accertamenti di polizia scientifica. Chiariamo in primo luogo che l'appartamento fu dissequestrato a una decina di giorni dal fatto e fu poi ripulito da collaboratori familiari dell'imputata. Ove il ragionamento del pubblico ministero fosse corretto e fondato, l'imputata non avrebbe avuto ragione di aspettare molti mesi per tirar fuori la storia che secondo il piemme fa acqua da tutte le parti.

«La questione è che di solito si è piú aggressivi sui temi rispetto ai quali ci si sente piú vulnerabili. E qui c'è una vulnerabilità che non riguarda direttamente la persona del pubblico ministero, o almeno io non posso affermarlo, ma in generale l'apparato che ha svolto le indagini. La mia opinione, senza girarci troppo attorno, è che quelle tracce materiali dell'evento drammatico svoltosi la mattina del 12 aprile dovessero essere repertate e che la mancata repertazione sia stata un errore investigativo le cui conseguenze non possono, non devono ricadere sull'imputata.

«Ovvio, gli errori capitano. Soprattutto quando si formula un'ipotesi su come si sono svolti i fatti e poi si va solo alla ricerca di ciò che la conferma. L'ipotesi, in questi casi, influenza non solo l'interpretazione dei fatti, ma anche la percezione delle loro tracce materiali. Chi è intervenuto sulla scena del crimine si è fatto subito un'idea degli eventi e, alla lettera, non ha visto ciò che non corrispondeva a quell'idea.

Parlavo già da un po' e l'attenzione dei giudici, togati e popolari, si stava attenuando. Dovevo stringere. Chiesi alla presidente se preferiva che facessimo una pausa per non affaticare troppo la corte. Mi rispose che, se non mi occorreva molto tempo, avrebbe preferito che continuassi senza interruzioni. Il senso era: non tirarla per le lunghe, concludi e lasciaci andare in camera di consiglio.

Spiegai perché la storia di Castell era plausibile, perché fosse rilevante il fatto che già in passato Petacci avesse minacciato una donna di sfregio, perché la presenza dei cocci a terra, con il tavolino ancora in piedi, fosse ben piú compatibile con la tesi della legittima difesa che con quella della caduta accidentale della bottiglia.

Poi feci qualche rapida riflessione sul concetto di legittima difesa, sulla proporzione fra offesa temuta e reazione. Era roba tecnica che dovevo dire, ma su cui non mi soffermai troppo. Non era su quello che i giudici avrebbero deciso il processo.

– Mi avvio a concludere. Elvira Castell ha agito per legittima difesa e va per questo assolta. Ne sono intimamente convinto –. Mentre pronunciavo queste ultime parole provai un senso di imbarazzo, una lieve nausea, un malessere fisico. Non era il tipo di frase che usavo nelle difese, l'intima convinzione dell'avvocato, ammesso che esista, è del tutto irrilevante e uno dovrebbe tenersela per sé.

– Qualcuno potrebbe non condividere il tono categorico della mia affermazione. Mi sta bene. È lecito avere dubbi. Io sono il difensore e, per diversi motivi, sono convinto dell'innocenza della mia assistita. Voi avete il diritto di non condividere questa certezza. Avete diritto ai vostri dubbi. Avete il diritto di pensare che Elvira Castell potrebbe essere colpevole.

«Potrebbe. Modo condizionale. Le sentenze però non si scrivono, non si possono scrivere, al modo condizionale. Si scrivono all'indicativo, cioè affermando certezze.

«Potete formulare certezze? Potete dire che alla fine di questo processo non esiste un dubbio ragionevole?

«Vedete, ogniqualvolta sia possibile costruire una pluralità di storie capaci di inglobare tutti gli indizi in un quadro di coerenza narrativa, bisogna arrendersi al fatto che la prova è dubbia, che non vi è certezza processuale, che bisogna pronunciare la sentenza di assoluzione.

«Non si tratta di una gara fra livelli di probabilità delle storie. Alla pubblica accusa non basta proporre una storia piú probabile per vincere il processo. Il pubblico ministero deve proporre l'unica storia accettabile. Cioè l'unica spiegazione accettabile dei fatti di causa. Alla difesa basta proporre una spiegazione possibile. Questo è il paradigma del dubbio ragionevole, il parametro del vostro giudizio. Se esiste una plausibile storia alternativa a quella dell'accusa esiste il dubbio ragionevole di cui parla la legge.

«Il processo penale è una macchina costruita per tenere conto della fallibilità umana. La regola per cui si può condannare solo se l'imputato risulta colpevole al di là di ogni ragionevole dubbio è un antidoto a tale fallibilità. La domanda che dovrete porvi in camera di consiglio è molto semplice: possiamo escludere che i fatti si siano svolti come ha raccontato l'imputata? La risposta è no. Non possiamo, non potete escluderlo ed è per questo che vi chiedo di assolvere l'imputata con la formula: perché il fatto non costituisce reato essendo stato commesso in presenza della causa di giustificazione della legittima difesa.

«Grazie per avermi ascoltato con tanta attenzione.

Ero stato in dubbio sull'opportunità di concludere avanzando istanza di sostituzione della custodia in carcere con gli arresti domiciliari nel caso di condanna. Avevo deciso di no, pensando che avrebbe indebolito psicologicamente la mia linea difensiva con i giudici popolari. Cosí consegnai un'istanza al cancelliere, scritta nel peggiore gergo da avvocati: «Nella denegata ipotesi di una sentenza di condanna si formula comunque istanza di revoca o di attenuazione della misura cautelare. A prescindere da ogni valutazione sul merito processuale, il dibattimento ha fatto emergere quello che era chiaro sin dall'inizio: il carattere del tutto episodico di quanto è accaduto quella mattina, l'assenza di qualsiasi profilo di pericolosità dell'imputata e dunque l'insussistenza (o comunque la particolare tenuità) di qualsiasi esigenza cautelare».

39.

E cosí ero lí in aula, da solo. Quando i giudici fossero stati pronti a uscire dalla camera di consiglio – probabilmente nel tardo pomeriggio – avrebbero avvertito il cancelliere, che avrebbe avvertito me e il pubblico ministero perché assistessimo alla lettura della sentenza. Di regola si torna a casa o in studio, a seconda dell'ora, perché non ha nessun senso rimanere in aula per tanto tempo a far niente senza avere idea di quando la corte potrà uscire. Quello, però, era per me un periodo di molte cose prive di senso, o munite di un senso che non riuscivo ad afferrare. Perciò rimasi. Mi ero anche portato dei libri.

Avevo scambiato due parole con Castell, prima che le agenti della polizia penitenziaria la portassero via; l'avrebbero riaccompagnata al momento della lettura del dispositivo.

Parlava con il solito tono tranquillo, come se tutto quello che era accaduto in aula – e quello che stava per accadere: il suo destino – non riguardasse lei.

– È stato bravo, era un discorso tecnico, ma si capiva tutto. I giudici popolari seguivano con attenzione.

Avevo annuito in modo vago, non sapendo cosa rispondere. Nemmeno cosa pensare, in realtà.

– Non le chiedo una previsione.

– Fa bene. Di rado sono capace di farne, in questo caso ancora meno che in altri.

Lei mi aveva fissato intensamente come per capire il vero significato della frase. Delle parole, in questo caso. Per qualche istante avevo pensato che stesse per dirmi qualcosa. Qualcosa di decisivo, una rivelazione, magari addirittura la verità. Invece, dopo una manciata di secondi, quel lampo febbrile si era estinto, aveva smesso di guardarmi e aveva scosso le spalle. – Mi sembra giusto. Ha idea di quanto ci vorrà?

– Non troppo, ma speriamo non sia troppo poco.

– Perché?

– Se escono troppo presto è piú probabile che ci diano torto. Dobbiamo sperare che almeno a qualcuno siano venuti dei dubbi e che siano costretti a discutere.

– Va bene, allora ci vediamo piú tardi.

– Piú tardi, sí.

Non so dire se avessi deciso già quella mattina, al momento di andare in tribunale, che sarei rimasto in aula ad aspettare la sentenza. Forse sí o forse no. Mi sedetti sulla sedia del pubblico ministero, su quella di un giudice popolare, su quella del presidente, poi entrai nella gabbia degli imputati. Per vedere il mondo attraverso le sbarre.

Tirai fuori i libri che mi ero portato. Mi capita a volte, quando esco, di mettere un libro o due nella borsa o nello zainetto, per ogni evenienza. Frase bizzarra, in effetti: per ogni evenienza. Prevedere tutto quello che potrà succederci ed essere pronti a comportarci nella maniera piú adeguata. Ci può essere un'idea piú stupida? Pensai a Margherita; mi era capitato pochissime volte, perlomeno in modo esplicito e consapevole, durante tutti quei mesi. Anche lei era pronta per ogni evenienza? Imprecai ad alta voce, cosa che non mi capita quasi mai. Non era pronta come non è pronto nessuno, ma almeno lei aveva avuto il coraggio di scegliere. E con quella scelta di dignità aveva sconfitto l'ottusa brutalità del caso che l'aveva colpita. Fui travolto dalla tristezza e insieme dall'ammirazione per lei. Mi venne in mente la poesia che Nelson Mandela recitava a sé stesso durante gli anni trascorsi nel carcere del regime sudafricano. È di un poeta inglese, William Ernest Henley; una delle cose piú belle che siano mai state scritte sul coraggio di fronte alla spietatezza del destino. La ricordavo – la ricordo – tutta a memoria e la scrissi sul retro di una delle fotocopie che avevo portato con me e che non mi servivano piú.

Dal profondo della notte che mi avvolge
buia come il pozzo che va da un polo all'altro
ringrazio qualunque dio esista
per la mia anima invincibile.

Nella feroce morsa del caso
non ho arretrato né ho gridato d'angoscia.
Sotto la scure della sorte
il mio capo sanguina ma non si piega.

Oltre questo luogo di collera e lacrime
incombe solo l'Orrore dell'ombra
eppure la minaccia degli anni
mi trova, e mi troverà, senza paura.

Non importa quanto sia stretta la porta
quanto pieno di castighi il destino.
Io sono il padrone della mia sorte:
io sono il capitano della mia anima.

Trascrivendo quella poesia mi ricordai di quando, da ragazzo, copiavo a macchina brani o intere pagine di romanzi che mi erano piaciuti. Copiavo le parole altrui – senza scriverci accanto di chi fossero e da quale libro venissero – e provavo un senso di onnipotenza: le stavo scrivendo e per questo ne ero l'autore. Erano mie. Erano la premessa naturale di quello che pensavo sarebbe accaduto nella mia vita. Scrivere.

Chissà cosa sarebbe successo, se avessi avuto il coraggio di provarci.

Ha senso una domanda del genere? Ha senso chiedersi cosa poteva accadere? Ha senso interrogarsi sui diversi percorsi che poteva prendere la tua vita se solo avessi fatto o non avessi fatto certe scelte? Ovviamente non ne ha, e anzi è una pratica pericolosa. Di tutte le parole tristi della lingua e della penna, le piú tristi sono queste: «sarebbe potuto essere». Chissà di chi erano queste parole – o forse erano dei versi? – non mi ricordavo proprio, erano venute fuori cosí, come certe bolle che appaiono d'un tratto nelle pozze vulcaniche e poco dopo scompaiono borbottando placide.

Uno dei libri che avevo con me era una raccolta di massime e riflessioni di Goethe: *Gli errori rendono amabili*.

Le lessi per un po' una dopo l'altra, cioè come non si dovrebbe leggere un libro di massime. Poi mi fermai a riflettere. Cosa significa davvero che gli errori piú di tutto rendono l'uomo amabile?

Il primo significato della frase, quello piú ovvio, è che gli errori ci umanizzano, ci rendono simpatici agli altri esattamente come l'avere sempre ragione (pretendere di avere sempre ragione) ci rende piuttosto odiosi.

Ma forse il significato piú profondo è che gli errori ci rendono amabili con noi stessi. Accettare l'idea che sbagliare non è una catastrofe è un passaggio fondamentale dell'evoluzione. Una forma di armistizio con noi stessi. Un modo per diventare persone migliori. Senza commiserazione e senza risentimento.

Devi ricordartele queste cose che stai pensando. Devi.

Non fare come con le tante altre cose – pensate e vissute senza attenzione – che hai lasciato precipitare nel gorgo dell'oblio.

Cose che non ricordi e che dunque non sono mai accadute.

40.

Il cancelliere mi chiamò per dirmi che la corte era pronta a uscire dalla camera di consiglio.

– Grazie, arrivo subito, – risposi.

Perché quella inutile bugia? Perché non gli dissi che ero già lí? La vecchia storia del timore del giudizio altrui, immagino. Non volevo pensasse che ero un tipo strano che passava il suo tempo in un'aula deserta. Anche se, a stretto rigore, cosa pensava di me il dottor Nicola D'Eusebio – o chiunque altro, se è per questo – non avrebbe dovuto interessarmi. Ma appunto, funziona cosí.

Indossai la toga, mi sedetti al mio posto e aspettai.

Arrivarono i giornalisti, poi la polizia penitenziaria con Castell.

Appena entrò anche il pubblico ministero, il cancelliere andò ad avvertire la corte che c'eravamo tutti.

Guardai l'orologio e mi resi conto che ero rimasto da solo per quasi cinque ore. Avevano discusso parecchio, su questo non c'era dubbio. Se fosse una cosa positiva o no l'avrei scoperto di lí a pochissimo.

D'Eusebio rientrò, il suono gracchiante e spiacevole della campanella lacerò l'aria, i giudici a uno a uno riapparvero e presero posizione. Tutti ci alzammo.

La presidente guardò prima a destra poi a sinistra, assicurandosi che i componenti della corte fossero tutti allineati e composti. Mise gli occhiali per leggere la sentenza: aveva la faccia tesa e sembrava stanca e anziana. Mi chiesi come si fossero divisi in camera di consiglio – perché di certo si erano divisi – e mi risposi che non l'avrei saputo mai.

Abbassai lo sguardo, socchiusi gli occhi. Nei frammenti di secondo che precedettero la lettura ebbi un'improvvisa, lancinante fitta di nostalgia, come se quella volta fosse l'ultima. Come se non stessi vivendo quel momento ma lo stessi ricordando, ormai diventato molto vecchio.

– In nome del popolo italiano, la corte di assise di Bari, letti gli articoli 533 e 535 del codice di procedura penale...

Fui attraversato da un sussulto che mi spezzò il respiro. Gli articoli 533 e 535 sono quelli della sentenza di condanna. Quando senti quei due numeri – e a meno che tu non stia difendendo la parte civile – sai immediatamente di avere perso il processo.

– ... dichiara l'imputata Castell Elvira responsabile dei reati a lei ascritti, unificati dal vincolo della continuazione, esclusa l'aggravante della premeditazione e in concorso di attenuanti generiche, la condanna alla pena di anni quattordici, mesi sei di reclusione ed euro cinquecento di multa, oltre al pagamento delle spese processuali e di custodia in carcere. Dichiara l'imputata interdetta in perpetuo dai pubblici uffici. Dispone l'attenuazione della misura cautelare in corso di esecuzione sostituendola con quella degli arresti domiciliari da eseguirsi presso la sua abitazione. L'udienza è tolta.

Il subito dopo è un ricordo confuso. Piú di altre volte. I giornalisti si avvicinarono a me e al pubblico ministero per chiederci dei commenti e se avremmo impugnato la sentenza. Il pubblico ministero disse che avrebbe dovuto leggere la motivazione per valutare l'appello. Io feci solo un gesto di diniego con la testa e andai verso Castell.

Parlò lei per prima.

– Ho capito bene, vado a casa?
– Ha capito bene, hanno attenuato la misura.
– Grazie –. Non sembrava avesse appena ascoltato la lettura di una sentenza che, pur con le attenuanti, pur con quasi il minimo della pena, pur con la sostituzione della misura cautelare, l'aveva condannata a oltre quattordici anni di reclusione. Di lí a quattordici anni io ne avrei avuti piú di settanta, pensai come capita quando il tuo cervello va dove gli pare e non dove dovrebbe.
– Ero sicura che avrebbero accolto la richiesta del pubblico ministero, – aggiunse con la stessa espressione indecifrabile di sempre.
– Faremo appello, – risposi non sapendo cosa dire.
– Sí, certo, – fece lei con espressione assente, come di chi abbia da occuparsi o preoccuparsi di questioni piú gravi. Piú essenziali.
La colpa, la vita, la morte.

41.

Chiamai in studio e dissi che per quella sera non mi avrebbero visto. Eventuali appuntamenti dovevano essere spostati alla settimana successiva. Passai da casa, preparai il borsone e me ne andai in palestra, dove mancavo da tempo. C'era qualcosa di rassicurante negli spogliatoi, con quell'odore inconfondibile di vecchio legno delle panche, sudore, umidità, polvere, cuoio, bagnoschiuma a buon mercato. Era l'orario dei ragazzi agli inizi, qualcuno mi guardò come tanti anni prima io avrei guardato un signore con i capelli brizzolati che non si rassegnava al passare del tempo e invadeva un territorio non suo.

Saltai con la corda e feci un po' di boxe con l'ombra per riscaldarmi. Poi fasciai le mani e lavorai con il punching ball, lasciandomi prendere dal ritmo ipnotico dei pugni e dei rimbalzi. Quando ebbi finito, per qualche istante pensai di proporre a qualcuno dei ragazzini di fare un po' di guanti. Cosí, per togliergli dal viso l'espressione di ironica sufficienza con cui mi osservavano. Era un'idea infantile, la scartai subito, me ne andai al sacco e smisi solo quando non riuscii piú a tenere le braccia alzate.

Fuori dalla palestra mandai un messaggio a Carnelutti. Avevamo appuntamento di lí a tre giorni e io gli chiedevo se fosse possibile anticipare, magari anche a quella sera. Mi rispose quasi subito:

Questa sera impossibile. Domani alle 21.00 sí, se è necessario. Dal suo messaggio direi che è necessario.

– Cosa è successo?

– Si ricorda di quella vicenda di cui le parlai ad aprile scorso, la cliente accusata di omicidio?

– Certo.

Gli raccontai quanto era accaduto, fino all'epilogo del giorno prima.

– L'esito le sembra soddisfacente? – mi domandò.

– Diciamo che poteva andare molto peggio. Bisognerà leggere la motivazione, ma insomma, le hanno dato il minimo della pena, e il fatto che le siano stati concessi i domiciliari significa che la sconterà per la maggior parte a casa sua. Dovrà rientrare in carcere solo quando la condanna diventerà definitiva, e comunque non ci rimarrà troppo a lungo.

– Farà appello?

Rimasi in silenzio. Cercavo le parole per dire quello che volevo dire.

– La verità è che lei è andata all'incontro decisa ad ammazzarlo, e io l'ho sempre saputo, anche se non ho avuto il coraggio di ammetterlo fino al momento della sentenza. Dunque la condanna è giusta e anche parecchio mite. Sarebbe mio dovere fare appello, ma non ne ho nessuna voglia.

– Perché ce l'ha con sé stesso?

– Sí. Sono io che le ho fatto intuire la possibilità di costruire quella versione della legittima difesa. Non ci credevo, non ci ho creduto un solo momento, come non ho creduto al recupero della memoria. Ho mentito ai giudici e soprattutto ho mentito a me stesso.

– Ha fatto qualcosa di deontologicamente censurabile?

– Nessuno potrebbe contestarmi niente. Il problema è

che io lo so: ho indotto una narrazione falsa e l'ho sostenuta con la mia impostazione difensiva.

– I giudici però non l'hanno accolta. Se avessero deciso per la legittima difesa come si sentirebbe?

– Peggio. Ripeto, la sentenza è mite ma giusta nella sostanza. Però io non avevo mai fatto una cosa del genere. Perché adesso l'ho fatta? Forse perché volevo vincere: nei processi tutti vogliono solo vincere, e della verità, della giustizia, non importa a nessuno. O forse perché nel mio intimo ero convinto che Castell avesse fatto bene ad ammazzare quel figlio di puttana. Magari per entrambe le ragioni. Senza riconoscerlo a me stesso ho pensato che fosse giusto cercare di farla assolvere. Una questione di giustizia sostanziale. Ma l'espressione «giustizia sostanziale» non significa niente. O meglio: è un sinonimo di arbitrio. Ho sempre pensato che la giustizia esista solo nel sistema delle regole e fin qui avevo cercato di attenermi a questo principio: non si imbroglia per vincere un processo, e in generale non si imbroglia nella vita.

Carnelutti non fece commenti e nemmeno domande.

– A ben vedere anche questa era una storia che mi raccontavo. Una storia rassicurante: Guido Guerrieri ha i suoi numerosi difetti, ma in fondo è un bravo ragazzo, uno che rispetta le regole, che non bara e altre cazzate. Me la sono sempre raccontata cosí, cancellando dall'orizzonte dei miei ricordi le occasioni che contraddicevano questa narrazione. Piccole scorrettezze di cui non si accorgeva nessuno e che dunque non esistevano. O scorrettezze molto piú grandi che non potevo fingere di non vedere e per le quali trovavo ogni tipo di giustificazione.

– Quali scorrettezze?

– Lo so che sto mettendo insieme cose diverse, in modo sconnesso. Ma adesso mi vengono in mente i tradimenti, soprattutto del periodo in cui ero sposato con Sara. Non ricordo se le ho mai parlato di lei. Comunque, prima che mi lasciasse l'avevo tradita ripetutamente, e siccome questa cosa non potevo ignorarla, mi inventavo ogni tipo di giustificazione. Ero rimasto intrappolato in un matrimonio deciso in modo precipitoso; in fondo qualche piccolo diversivo aiutava il nostro rapporto; se lei non sapeva niente non stavo facendo nulla di male. Se fai una cosa sbagliata ma non la scopre nessuno, quella cosa sbagliata non esiste… di nuovo la storia dell'albero che cade nella foresta deserta. Quelli che si pentono delle proprie cattive azioni, criminali e non, lo fanno solo se sono stati scoperti e se, in un modo o nell'altro, devono pagare. Sei pentito perché ti hanno beccato. Ne ho visti tanti. Io non sono migliore.

– Quindi?

– Quindi non so se ho ancora voglia di fare questo lavoro. Anzi, lo so benissimo. Non ne ho piú voglia. Una volta ho letto una cosa del genere: il nostro Io conscio è come un avvocato che, dovendo giustificare l'operato del proprio cliente, fornisce scuse per decisioni che sono state già prese, per condotte che sono state già tenute. Non mi ricordo di chi è questo concetto, ma mi sembra calzante. Facciamo delle cose, magari per caso o magari per ragioni poco nobili, o addirittura ignobili. Poi le raccontiamo e ce le raccontiamo inventando motivazioni rassicuranti che non sono mai esistite.

– In effetti l'uomo, piú che essere un animale razionale, è un animale razionalizzante. Decide d'istinto e costruisce a posteriori un sistema di ragioni. Per gli altri, ma soprattutto per sé stesso.

Da qualche appartamento vicino giunse il suono di un pianoforte. Era la prima volta che capitava da quando frequentavo quello studio. La musica era attutita, ma pareva un notturno di Chopin.

– Forse lei ha fatto accadere inconsciamente questi eventi, ha commesso questa presunta violazione delle sue regole per creare l'opportunità di smettere. Cioè: non smette perché ha violato le regole, ha violato le regole per poter smettere. È una possibilità.

– Sarebbe coerente con molte delle cose che ci siamo detti sulla mia incapacità di affrontare le scelte. Ancora una volta ho lasciato che tutto accadesse, – dissi con un tono a metà strada fra la rabbia e la frustrazione.

– Ancora una volta è troppo spietato con sé stesso. Ma mi parli di questa idea di lasciare il lavoro. Immagino possa permetterselo.

– Il mio consulente finanziario dice di sí. Ho guadagnato molto piú di quello che ho speso, tasse incluse. Non ho famiglia, non ho figli. Potrei ritirami senza alcun problema.

– E se smette cosa fa?

– Se smetto cosa faccio... Ottima domanda. Quando ero bambino e volevo immaginare la cosa piú lussuosa, piú incredibile, piú desiderabile e inarrivabile pensavo a un viaggio alle Hawaii. Dipendeva dai fumetti di Walt Disney, immagino, da certi film, dai cartoni animati. Non lo so. Quando ero bambino, alla fine degli anni Sessanta e all'inizio degli anni Settanta, non si parlava ancora di mete che poi sono diventate famose come le Maldive e posti simili. Il mitico paradiso tropicale per eccellenza erano le Hawaii. Il mare, le piroghe, i vulcani, le collane di fiori, la musica, la danza hula. Quanti anni ha lei, dottore?

– Sono del '61.

– Quindi ha un anno piú di me. Praticamente siamo coetanei. Si ricorda anche lei del mito delle Hawaii? O era solo una mia fissazione personale?

– No, non era solo una sua fissazione. Le due cose piú esotiche per me erano le Hawaii, che mi figuravo a metà fra un luogo avventuroso e un luna park naturale, e la Nuova Zelanda, perché avevo visto sul mappamondo che era agli antipodi dell'Italia.

– Incredibile, proprio quello che pensavo io. Oltre alle Hawaii, la Nuova Zelanda perché era agli antipodi. Mi piaceva un sacco, questa parola.

– La nozione di antipodi è molto junghiana e fortemente simbolica. Un altro modo per parlare di dualità, luce e ombra, bisogno di integrazione. Tanto per dire che gli argomenti non saltano mai fuori per caso.

– Lei è cresciuto a Bari, dottore?

– Sí. La mia famiglia non è di Bari, ma mio padre era un ufficiale dell'esercito. Arrivammo qua, la città piacque a mia madre e ci rimanemmo. Suppongo che questo non abbia aiutato mio padre nella carriera.

– Che scuola ha frequentato?

– Lo scientifico, al Fermi. Lei il classico all'Orazio Flacco, vero?

– Sí. Già al tempo della scuola pensava di fare questo lavoro?

– Per niente. Non lo psichiatra né tantomeno lo psicoanalista, che all'epoca nemmeno sapevo cosa significasse. Mi iscrissi a Medicina per diventare chirurgo. Negli anni dell'università, però, scoprii una cosa di cui non mi ero mai accorto durante il liceo, che per me è stato spensierato, o almeno cosí mi sembra di ricordarlo. Ho dovuto familiarizzare con la mia inclinazione all'angoscia e allo scoraggiamento. Non sapevo come affrontarli e non osavo chiedere aiuto. In realtà, forse, non era nemmeno questione di osare. Forse non immaginavo che si potesse chiedere aiuto per contrastare quel tipo di sofferenza. Poi, ero al quinto anno, mi imbattei in una frase di un maestro zen dal nome difficile da ricordare, e infatti non lo ricordo. A dire il vero non ricordo con esattezza neanche la frase: spesso, quando ti ripeti tante volte una cosa nella mente, poi non riesci piú a recuperare la traccia originale da cui arriva.

Fece una pausa, come se un pensiero improvviso lo avesse sorpreso. Aspettai che riprendesse a parlare, ma visto che rimaneva in silenzio gli chiesi quale fosse la frase del maestro zen. Scosse il capo, come uno che si è leggermente assopito e viene risvegliato di colpo.

– Il modo migliore, il piú efficace, per contrastare il nostro scoraggiamento consiste nell'incoraggiare gli altri. Badi, questo maestro non diceva: prima stai meglio e poi incoraggia gli altri. È il fatto stesso di dare coraggio agli altri che cura. E incoraggiare gli altri ha abbastanza poco a che fare con l'essere brave persone, o addirittura persone buone. Per quanto io consideri lo sforzo di essere buoni una cosa molto positiva, auspicabile. Ma questo riguarda la sfera etica. Incoraggiare gli altri come forma, anche, di autoterapia ha molto piú a che fare con un concetto che chiamerei: idraulica delle emozioni.

– Non sono sicuro di seguirla, – dissi.

– Il tema centrale, come spesso accade in molte cose che riguardano la salute mentale, è l'attenzione. Quando siamo in preda allo scoraggiamento, o addirittura all'angoscia, la nostra attenzione è tutta concentrata sulla sofferenza. E paradossalmente l'attenzione sulla sofferenza non fa che accrescerla, a meno che non sia un'attenzione che elabora. Quando ci impegniamo a incoraggiare gli altri siamo costretti a spostare da noi la torcia della nostra attenzione. In questo modo togliamo nutrimento alla nostra personale sofferenza.

– E funziona?

– A volte funziona a volte no. Come tutto. Comunque sia sono diventato psichiatra e poi psicoanalista per questo motivo: per venire a patti con la mia tristezza.

Mi passai una mano sul mento. – Se c'è qualcosa che mi ha aiutato a tirare avanti in questi anni con tanta tristezza nel cuore, quella che adesso è saltata fuori, è stato proprio il mio lavoro. Aiutare i disperati. Non voglio dire che tutti i miei clienti siano disperati. Alcuni sono semplicemente dei lazzaroni. Ma alcuni sono disperati, e aiutarli è stato un grande conforto.

Poi, dopo qualche minuto, dissi: – Stanotte ho sognato. Ma forse è tardi per raccontare.

– Non si preoccupi dell'orario, siamo in chiusura, non ho altri appuntamenti. Stasera lasciamo perdere le regole.

– Ero in una casa che nel sogno mi era familiare, anche se non ricordo di esserci mai stato. A un certo punto da sotto un mobile usciva uno scarafaggio e io pensavo che dovevo ucciderlo, ma l'idea di schiacciarlo con il piede non mi piaceva. Dopo ne usciva un secondo e un terzo e cosí via. Di regola avrei dovuto trovare la cosa disgustosa, invece no. Voglio dire: non mi piaceva, mi dava fastidio, ma niente di piú. C'era un'altra persona in casa, però non la vedevo. Ne avvertivo la presenza, forse era una donna, non sono sicuro. Le dicevo che questa faccenda degli scarafaggi era seccante e percepivo che lei era d'accordo, eppure nessuno dei due drammatizzava. All'improvviso gli scarafaggi sparivano, e adesso che ci penso spariva anche la persona, cioè smettevo di avvertirne la presenza. Poi da sotto un mobile, o forse un letto, ecco di nuovo uno scarafaggio, solo che questo era giallo, non aveva nulla di ripugnante, sembrava un disegno animato. Io lo guardavo con curiosità e lui mi saliva sulla scarpa. Il sogno, o quello che ne ricordo, termina con questa immagine.

Carnelutti si fece sfuggire un fischio.

– Ci faccio un seminario, con questo sogno. Credo non abbia bisogno di ascoltare la mia interpretazione.

Scossi il capo. – Credo di no. Comincio a familiarizzare con quello che prima mi ripugnava e viene fuori che non è cosí ripugnante.

Annuí. – Già.

Arrivò il momento di salutarci e come al solito mi accompagnò alla porta. Mi guardò. – Le ho parlato di me e, come potrà immaginare, abitualmente non lo faccio. Voglio aggiungere un'ultima cosa perché penso possa capirla, al punto in cui siamo arrivati. Sono nato il 6 giugno 1961. Questa data non le dirà niente e nemmeno a me diceva niente. Era il giorno in cui ero nato e basta. Subito dopo la specializzazione, ho scoperto che il 6 giugno 1961 era morto Carl Gustav Jung.

Rimasi per parecchi secondi in silenzio, davvero non sapendo cosa rispondere. Lui fece un sorriso che era quasi un accenno di risata, amichevole. – No, non credo alla reincarnazione, se è quello che si sta chiedendo.

– Allora perché mi ha detto della sua data di nascita?

– Perché scoprire che ero nato il giorno stesso in cui Jung moriva quando stavo decidendo cosa fare mi ha aiutato a trovare senso. A scegliere. Diamo senso alle cose e alle nostre vite interpretando fatti e circostanze anche casuali e inserendoli in una trama narrativa. Che, come tutte le trame narrative, è arbitraria fino a quando non viene scritta. Anche questo è un concetto di Jung, si chiama sincronicità. Si riferisce a una connessione significativa tra eventi interni, pensieri, emozioni, sogni, ed eventi esterni che non possono essere spiegati dalle categorie tradizionali di causa ed effetto. Ho scoperto questa coincidenza di fatti, nascita e morte, e questo, senza nessuna lettura esoterica, mi ha suggerito la direzione da prendere. Le ho raccontato questa piccola storia personale perché lei è pronto per cogliere messaggi come quello che allora arrivò a me. Lei è pronto per trovare un senso nuovo. Tutto qui.

42.

Vagai fino a quando non mi venne fame. Andai a sedermi in una storica pizzeria alle porte della città vecchia. Non mangiavo un panzerotto fritto da tempo immemorabile e ne ordinai due in un colpo solo: uno classico con mozzarella e pomodoro e un'impareggiabile specialità barese con le cime di rapa.

C'era tanta gente, come sempre in quel locale. Ragazzi, soprattutto. Anche un gruppo di praticanti avvocati e giovani colleghi che mi scrutavano di sottecchi mentre da solo, presumo con uno sguardo un po' spiritato, addentavo panzerotti e bevevo birra. Mi sentii fuori posto e pensai, con un confortevole senso di leggerezza, che non me ne importava nulla.

Finiti i panzerotti e le birre, decisi che quella non era la sera dell'alimentazione sana; andai a prendermi anche un gelato vicino al castello svevo e mi sedetti a mangiarlo sul muro del fossato. Come facevamo un numero infinito di anni prima con amici che erano ormai scomparsi chissà dove. Poi passai da Ottavio. Non avevo particolare voglia di chiacchierare, ma mi sembrava giusto raccontargli come era andata a finire quella storia che era cominciata proprio lí da lui, sei mesi prima.

Ascoltò facendo solo qualche domanda, di tanto in tanto, durante il mio racconto. Alla fine disse che non era un avvocato e non capiva di processi (come molti avvocati, stavo per dire, ma poi mi parve una battuta stupida, acida e soprattutto inutile). Però fino al giorno prima era convinto che Elvira sarebbe stata condannata a una pena molto piú pesante, forse addirittura all'ergastolo. Pensava che quel risultato – pena mite e arresti domiciliari – fosse merito mio. Io non replicai perché non lo sapevo se era merito mio – e a dirla tutta non so se avrei usato la parola «merito» – ma anche di questo mi importava molto poco. O forse proprio niente.

Tornai a casa verso l'una, feci addirittura un bagno caldo e mi misi a letto. Dopo un paio d'ore di tentativi infruttuosi, assumendo le piú varie posizioni, ascoltando una raccolta di musica rilassante (in realtà la musica rilassante mi ha sempre messo ansia e cosí fu anche quella notte), abbracciando il secondo cuscino come fosse un orsacchiotto, mi arresi all'idea che il sonno non sarebbe arrivato, salva l'eventualità di trangugiare un cospicuo quantitativo di benzodiazepine. Ma non ne avevo voglia e in realtà non mi sembrava di sentire nemmeno la stanchezza. Mi alzai e decisi di vedere un vecchio film, sperando di assopirmi sul divano. Però commisi l'errore di scegliere *Gli intoccabili*; non mi addormentai, lo seguii come fosse la prima volta e ai titoli di coda, poco prima delle cinque, ero piú sveglio che mai. Per qualche minuto pensai di tornare all'*Osteria del Caffellatte* e di rimanerci fino alla chiusura, cioè alle sei. Poi mi dissi che non avevo voglia di dare spiegazioni a Ottavio e, a dirla tutta, non avevo voglia di dare spiegazioni a nessuno. Volevo solo diventare invisibile e smettere di essere triste.

Alle cinque e mezza mi feci la barba, mi rivestii con cura – essere sciatto, in quella situazione, mi pareva una resa intollerabile all'entropia – e uscii.

Presi la macchina e nell'oscurità solitaria e un po' desolata che precede l'alba guidai lentamente verso sud. Ogni tanto lanciavo degli sguardi al mare alla ricerca dei primi bagliori. Tutto era ancora buio e nel flusso di pensieri ingovernabili che mi attraversavano la mente per sparire veloci com'erano arrivati, uno fu meno fugace degli altri. Pensai che non si distingueva l'orizzonte. Nulla di strano, a dire il vero. L'orizzonte è la linea apparente che separa la terra dal cielo, che divide le direzioni percettibili in due categorie, quelle che intersecano la superficie terrestre e quelle che non la intersecano. Di notte l'orizzonte non si vede. Quindi non esiste? Perché è una linea apparente, appunto. Esiste solo se lo vediamo. Oppure dovremmo essere capaci di immaginarlo – di vederlo – anche di notte, anche quando è buio? Mi domandai se questa considerazione avesse senso, se avesse qualche implicazione che poteva aiutarmi.

Non trovai una risposta.

Parcheggiai a Torre a Mare e andai a sedermi su una panchina di fronte al porto.

Osservai l'oscurità dissolversi, sempre piú rapida, fino a quando l'orizzonte non comparve sovrastato da nuvole bianche. Grandiose come in certe foto di Ansel Adams. Mi piacciono le grandi nuvole bianche, avevo detto a Carnelutti. È vero. Mi piacciono per la loro bellezza maestosa, innanzitutto. Questo potrebbe essere sufficiente, la bellezza è una ragione da sola, basta a sé stessa, non richiede di essere spiegata o giustificata. Però in quel momento mi pareva di cogliere anche un perché: le grandi nuvole custodiscono un mistero che in certi momenti sembra comprensibile, o almeno intuibile. Un significato. Un senso. Mi tornò in mente una poesia di Baudelaire: «i veri viaggiatori partono per partire... i loro desideri hanno la forma delle nuvole».

Raggiunsi un bar poco distante, per fare colazione. I tavolini erano ancora tutti liberi tranne uno, dove era seduta una signora. Doveva essere piú giovane di me di una decina di anni, aveva un viso aperto, zigomi armoniosi, indossava una tuta e un giubbotto e pensai fosse andata a fare jogging. Sembrava in forma, forse appena un po' troppo magra e aveva i capelli cortissimi, spruzzati di grigio. Notandoli provai un filo di inquietudine.

Mi sedetti al tavolo vicino al suo, i nostri sguardi si incrociarono, lei mi sorrise come se fossi un vecchio amico e mi salutò.

– Buongiorno, avvocato Guerrieri.

– Buongiorno, – risposi dopo un attimo di esitazione. La faccia, ora che la guardavo meglio, aveva qualcosa di vagamente familiare, ma comunque non avevo idea di chi fosse.

– Non si ricorda di me.

Dissi le solite frasi banali che si dicono in questi casi. Mi ricordavo di lei, ma non ricordavo in che occasione ci fossimo incontrati, vedevo tanta gente per il mio lavoro e forse cominciavo a perdere colpi. Eccetera.

– È normale che non si ricordi, quando ci siamo conosciuti ero un po' diversa.

– Mi aiuti.

– Intanto ero parecchio piú giovane. Poi avevo i capelli molto lunghi di un bel colore biondo, questa è la differenza fondamentale. Adesso mi stanno ricrescendo. Può darsi che un giorno torni a tingerli.

Ecco chi era! La moglie di un mio cliente di molti anni prima: un ingegnere, soprattutto un grosso costruttore. Era stato arrestato per bancarotta fraudolenta e frode fiscale e, tanto per evitare equivoci, era sicuramente colpevole.

Le indagini della procura, però, erano state quantomeno difettose, avevano tralasciato questioni fondamentali e insomma mi riuscí prima di fare annullare la misura cautelare e farlo scarcerare, poi addirittura di farlo assolvere con una sentenza che, se non fossi stato coinvolto nella vicenda processuale, avrei trovato né piú e né meno che scandalosa.

Lei lo aveva accompagnato qualche volta in studio, adesso ricordavo benissimo. Quando l'avevo conosciuta avevo pensato due cose in aperta contraddizione fra loro: a) era la tipica bella ragazza che sposa un uomo ricco assai piú grande di lei; b) era molto simpatica – autentica, avrei detto – e dunque non sembrava il tipo di donna di cui al punto a).

Eppure il nome non mi tornava in mente. O, a ben rifletterci, non lo avevo mai saputo o registrato.

Lei inclinò leggermente la testa. – Forse lo ha già capito, ma evitiamo imbarazzi: ho avuto il cancro. I capelli sono cosí per la chemio. Siccome non voglio incupirla, aggiungo che, a quanto pare, stando a quello che i medici mi hanno detto ieri dopo tutti i controlli, dovrei avercela fatta: sembra sia scomparso.

– Sono molto contento per lei –. In sé era una espressione di circostanza, ma venne bene, suonò giusta.

– Anch'io sono molto contenta per me, – commentò sorridendo.

– Mi sono ricordato. Quanti anni fa ci siamo conosciuti?

– Undici. Lei è la prima persona che incontro da quando sono in giro, stamattina. Voglio dire: la prima persona con cui posso parlare.

Le chiesi se volesse sedersi al mio tavolo. Rispose di sí senza inutili complimenti, prese il suo cappuccino e si spostò.

– Sa che è strano? Quando hai ricevuto una buona notizia, una meravigliosa notizia come questa, dovresti essere felice e dormire serena. Io non sono riuscita a chiudere occhio. Ho passato la notte in bianco e sono uscita quando ancora era buio.

Stavo per dire che anch'io avevo passato la notte in bianco, ma non lo feci. Mi parve una cosa inutile e non avevo voglia di spiegare per quale motivo. Anche perché lo ignoravo io stesso, il motivo.

– Quando una volta venimmo da lei in studio ricordo che il mio ex marito voleva pagarla in contanti e in nero. Lei disse che non si poteva, che bisognava fare la fattura e preferiva il pagamento con il bonifico. Lui le chiese perché volesse regalare tutti quei soldi al fisco e lei rispose che non voleva rischiare accertamenti della Finanza. Ma si capiva benissimo che non era quella la ragione.

– E qual era?

– Che lei è una persona perbene e non voleva evadere le tasse. Era chiarissimo. Credo di aver preso una cotta per lei proprio dopo questo episodio. Per la sensazione di pulizia, quasi inverosimile. Trovai la cosa sexy, quasi esotica, essendo sempre stata con degli stronzi senza scrupoli, ex marito incluso.

Finii il cornetto e bevvi un sorso del mio cappuccino, non sapendo cosa replicare.

– Mio marito, non so come, se ne accorse che lei mi piaceva. Per diverse settimane mi fece delle scene di gelosia.

– Cosa le disse?

Lei ignorò la mia domanda. – Magari lei adesso pensa di aver incontrato una pazza, una che non la conosci e si mette a raccontarti i fatti suoi in questo modo. E non avrebbe neanche torto a vederla cosí, ma sa, quando hai trascorso tanti mesi in compagnia della morte, non ti preoccupi troppo dell'opportunità delle tue parole, del fatto che siano o sembrino convenienti.

– Passiamo cosí tanto tempo a preoccuparci stupidamente di faccende che non lo meritano. Incluso come comportarci in modo adeguato. Se lo lasci dire da un esperto.

– Sarebbe un problema se ci dessimo del tu? Parlare di queste cose usando il lei mi suona proprio strano.

Dissi che no, non era un problema, pensando di nuovo che non sapevo il suo nome.

– Quando ci si ammala di cancro si fanno tante scoperte sulle persone. Quasi nessuna è positiva. Amiche e amici per cui avresti messo la mano sul fuoco scompaiono nel nulla. Rimani sola e l'assurdo è che ti vergogni. Come se la malattia fosse colpa tua. Sono piena di rabbia per questo. Mi ripeto che dovrei andare oltre. Dimenticare e andare oltre, ma non ci riesco.

– Forse bisognerebbe andare oltre senza dimenticare. Forse è meno difficile e piú utile. Anche piú giusto.

– Già, forse sí.

Rimase in silenzio qualche secondo. Mi fissò. – Fra poco te ne andrai, immagino.

Guardai l'orologio, erano quasi le otto, il bar si stava riempiendo e sí, era ora di andarsene, dopo quella lunghissima notte.

– Ieri pensavo che avrei dovuto festeggiare il primo giorno della mia nuova vita, però non sapevo con chi farlo. Poi eccoti qua. Tu ci credi al destino?

Fece un ampio sorriso. Era molto bella.

Il destino? Chi lo sa. Forse il modo giusto di metterla – Carnelutti avrebbe apprezzato – è che il destino esiste se ci credi. È una delle parole che usiamo, non trovandone di migliori, per dare senso a quello che è successo e anche, forse, a quello che non è successo.

Pensai a Margherita, giovane e indistruttibile. Alla sua vita luminosa.

Pensai a quello che mi aveva scritto: «Non c'è stato un solo giorno passato con te in cui mi sia annoiata».

Fui quasi soffocato dalla tristezza e dall'allegria. Insieme.

La donna seduta al mio tavolo mi guardava.

– Come ti chiami? – le chiesi.

Nota al testo.

I versi di G. Gozzano citati a p. 42 sono tratti dalla poesia *I colloqui*, in *Le poesie*, Einaudi, Torino 2016.

La citazione a p. 72 è tratta da Murakami Haruki, *I salici ciechi e la donna addormentata*, trad. it. di A. Pastore, Einaudi, Torino 2013.

La citazione a p. 76 è tratta da B. Russell, *Storia della filosofia occidentale*, trad. it. di L. Pavolini, Longanesi, Milano 2016.

La citazione a p. 126 è tratta da T. Mann, *Confessioni dell'impostore Felix Krull*, trad. it. di E. Broseghini, © 2019 Mondadori Libri S.p.A., Milano.

La lettera alle pp. 145-48 è tratta da G. P. Quaglino, A. Romano, *Nel giardino di Jung*, Raffaello Cortina, Milano 2010.

La citazione a p. 164 è tratta da S. Plath, *La campana di vetro*, trad. it. di A. Bottini, Mondadori, Milano 2023, © Estate of Sylvia Plath, first published and authorised by Faber and Faber.

Il verso citato a p. 231 è tratto dalla canzone *Anthem*, Words and Music by Leonard Cohen, © 1992 Sony Music Publishing (US) LLC and Stranger Music Inc. All rights administered by Sony Music Publishing (US) LLC, 424 Church Street, Suite 1200, Nashville, TN 37219. International Copyright Secured. All rights reserved. Reprinted by permission of Hal Leonard LLC / Hal Leonard Europe BV (Italy).

La citazione di W. Shakespeare a p. 231 è tratta da *Love's Labour's Lost*.

La citazione a p. 234 è tratta da J. Joyce, *Finnegans Wake*, trad. it. di L. Schenoni, © 2017 Mondadori Libri S.p.A., Milano.

La poesia di W. E. Henley, *Invictus*, riportata a p. 254, è stata tradotta dall'autore.

La citazione di Baudelaire a p. 272 è tratta da *Le voyage*, in *Les fleurs du mal*, traduzione dell'autore.

Indice

p. 3 *Parte prima*

127 *Parte seconda*

279 *Nota al testo*

Questo libro è stampato su carta contenente fibre certificate FSC®
e con fibre provenienti da altre fonti controllate.

MISTO
Carta da fonti gestite
in maniera responsabile
FSC® C115118

Stampato per conto della Casa editrice Einaudi
presso ELCOGRAF S.p.A. - Stabilimento di Cles (Tn)
nel mese di febbraio 2024

C.L. 25611

Edizione						Anno			
1	2	3	4	5	6	2024	2025	2026	2027